Elfriede Hammerl
Müde bin ich Känguru

Elfriede Hammerl

Müde bin ich Känguru

Nachrichten aus dem
Krisengebiet Patchwork-Familie

Deuticke

1 2 3 4 5 10 09 08 07 06

ISBN-10: 3-552-06017-0
ISBN-13: 978-3-552-06017-3

Satz: Eva Kaltenbrunner-Dorfinger, Wien
Druck und Bindung: Ebner & Spiegel, Ulm
Printed in Germany

Müde bin ich Känguru, dichtet Teresa für Stefanie. Sie soll sie zu Bett bringen und mit ihr beten. Hannes und Betty sind nicht fromm, aber taufscheinkatholisch. Unverbindliche kleine religiöse Übungen gehören zur hygienischen Routine. Zähneputzen und Gutenachtgebet.

Müde bin ich Känguru,
schließe meine Augen zu.
Ich bin klein
und so allein.
Will in deinem Beutel sein.

So reimt Teresa für Stefanie, und Steffi spricht ihr die Worte nach.

Als Inge das Gedicht hört, ist sie empört. Wie kann Teresa dem Kind nur so was Perverses beibringen!

Es stellt sich heraus, für Inge ist der Wunsch, in einem Kängurubeutel sein zu wollen, unanständig.

Sehnsucht nach Geborgenheit: pervers?

Nein!

Was sonst?

Tu nicht so scheinheilig, sagt Inge.

1.

Sophie, das dumme Luder, hat es zu einem One-Night-Stand mit Ronnie Williams gebracht und muss das jetzt stolz herumerzählen. Klar, wozu sonst lauert eine vor der Hotelsuite des Popstars, wenn nicht zu dem Zweck, es publik zu machen, falls er die Güte hat, es mit ihr zu treiben? So blöd zu glauben, dass bloß der Verkehr mit den prominenten Genitalien – ganz ohne nachfolgende Pressearbeit – sie aufwertet, ist nicht einmal Sophie.

Genau genommen ist Sophie ja überhaupt nicht wirklich blöd im Sinn von unintelligent, sondern vor allem lustlos, was das Denken anlangt. Aber wenn sie wollte, könnte sie. Findet Teresa.

Okay, Teresa muss Sophie natürlich irgendwie verteidigen, schließlich stammt sie von ihr ab, da will man das Ganze nicht zu schwarz sehen, wer hat schon gern einen Volltrottel als Mutter. Als leibliche Mutter. Als leibliche Mutter, die mit der sozialen Mutterschaft nicht so viel am Hut hat. Deswegen Betonung auf leiblich.

Sophie hat also mit Ronnie W. gebumst – oder behauptet es nur, aber da Ronnie W. bis jetzt nicht dementiert hat, kommt es auf das Gleiche heraus – und erzählt es herum, und ein paar Zeitungen schreiben es, und dann ist Sophie auf dem Cover von *Leute*, und irgendwer in der Redaktion hat sich offenbar erinnert, dass es eine Tochter von Sophie gibt, und deswegen ist mitten in dem Bericht über Sophie und Ronnie W. und wie sie es angeblich miteinander getan haben, ein Foto von Sophie mit Teresa, und als Bildtext Sophies Behauptung, ihre Tochter finde das alles ganz toll. Fuck. In jeder Hinsicht sozusagen.

Sophie sagt auch – jedenfalls steht das in der Story –, ihre Tochter sei ein sehr *verständnisvolles* Mädchen, sie freue sich einfach, wenn die Mutter glücklich sei, und deswegen: kein Problem, sie gönne ihr die Nacht mit Ronnie W. von Herzen.

Fällt niemandem auf, wie sehr das nach Rollentausch klingt? *Mütter* haben sich zu freuen, wenn die Kinder glücklich sind, egal wobei und worüber, aber Kinder müssen kein Verständnis *haben*, sondern dürfen Verständnis *fordern*. Dürften. Konjunktiv bei einer Mutter wie Sophie, an der solche Forderungen abprallen.

Sophie schlüpft in die Rolle der Tochter, eignet sie sich an, drängt Teresa in die Mutter-Position, aber niemand kommt Teresa zu Hilfe und stoppt Sophie, sagt streng (oder schreibt streng): *He, halt, Frau, das steht dir nicht zu, was fällt dir ein, seit wann müssen Töchter Verständnis haben für die sexuellen Eskapaden ihrer Mütter?*

Das hätte Sophie halt gern, dass Teresa eins dieser altklugen Film- oder Sitcomkinder wäre, reines Dekorum im Leben der Mütter oder sogar psychotherapeutisch tätig im Interesse der Erwachsenen.

Scheint ein allgemeines Bedürfnis der Alten zu sein, dass die Kinder klüger sein sollen als sie und nachsichtig mit ihnen, sonst würde *Leute* diesen Schwachsinn nicht einfach so bringen, wie er hier steht.

Die verständnisvolle Tochter als Erfolgsnachweis eines geglückten mütterlichen Verhaltens, dessen Charakteristikum darin besteht, dass die Mutter sich eben *nicht* mütterlich verhalten hat.

Wie *Schwestern* seien sie, sagt Sophie im Interview, auch das ein Satz, der bei Menschen jenseits des Schwestern-Alters offenbar Reflexe des Entzückens auslöst, aber will vielleicht irgendwer wissen, ob Teresa noch eine Schwester braucht? Teresa hat Schwestern im Überfluss, eine Stief und eine ganze Halb, danke, das reicht.

Und dann sollte Sophie auch nicht davon ausgehen, dass sich die eine Schwester freut, wenn die andere mit Ronnie Williams öffentlich intim ist sowie auf dem Cover von *Leute*. Sophie muss doch aus den Reaktionen ihrer tatsächlichen Schwester gelernt haben, dass Schwestern ebenfalls keine nachsichtigen Mütter sind, auch wenn Tante Gabi immer so mild tut, mild und desinteressiert schaut sie über Sophie hinweg, aber tatsächlich ist ihr Gehabe der überlegenen großen Schwester kein Ausdruck von unbefangener Zuneigung, sondern eine Demonstration von Geringschätzung. Findet jedenfalls Teresa, die in der wenig beneidenswerten Lage ist, das und noch viel mehr zu durchschauen. Wenig beneidenswert deswegen, weil Dummheit ein Polster fürs Gemüt wäre und weil Teresas Klugheit von Sophie als *Altklugheit* seit jeher ausgenützt wurde. *Meine altkluge Tochter, der ich die Mutterrolle zumuten kann.*

Wenn sich Sophie mit ihr fotografieren lässt, muss sie sich kindlich stylen. Zöpfchen und so. Wie in einem schlechten Film. Klischee, Klischee. Aber manche Klischees stimmen. Große Kinder machen nun mal älter.

Bis vor kurzem sagte Sophie von ihr, sie sei elf. Ließ sich jetzt mit Mühe überzeugen, dass das nicht mehr durchgeht. Nun darf sie dreizehn sein. Was für ein Glück, dass kein Schwein sie erkennt, nachdem sie mit Sophie – die Haare zu Zöpfchen geflochten, doofes Lächeln im Gesicht – fotografiert wurde. Und gut, dass Sophie immer behauptet, sie heiße Anaïs. *Meine Tochter Anaïs.* Wunderbar.

Hannes hat seinerzeit darauf bestanden, dass sie auch einen soliden, brauchbaren Namen kriegt. Teresa. So heißen

Mädchen aus ordentlichen Verhältnissen. Teresa Anaïs. So heißt sie, aber für gewöhnlich gibt sie nur Teresa zu.

In der Schule daher also Gott sei Dank niemand eine Ahnung, dass Teresa identisch mit Anaïs, der Tochter, die glücklich ist, wenn ihre Mutter von Ronnie W. genital geadelt wird. Hofft Teresa wenigstens. Zumal Sophie selber hintennach einen Künstlernamen trägt. *Künstlernamen.* Ist offenbar eine Kunst, Promis flachzulegen. Wieso eigentlich, soll heißen: Für eine wie Sophie kann das doch keine Kunst sein? Bei allem, was man gegen sie sagen kann, aber eins steht fest: Sie sieht toll aus. Runde Augen, runder Mund, runder Busen, wuschelige lange Haare. Sehr *sexy*.

Übrigens ist sie vielleicht doch dumm. Erstens sieht sie dumm aus, rundäugig und schmollmündig, schwer vorstellbar, dass sich hinter ihrem Kuhblick ein wacher Geist versteckt, und zweitens ist es einfach saublöd, zuzulassen, dass Teresa, und sei es als Anaïs, in dieser Ronnie-Williams-One-Night-Stand-Story vorkommt, jetzt wird Hannes wieder für eine Weile nicht erlauben, dass sie sich mit Teresa trifft. Oder macht es Sophie nichts aus, wenn sie Teresa nicht sehen darf?

Tante Gabi sagt, Sophie ist, wie sie ist, weil sie intellektuell das Handtuch geworfen hat angesichts von Omis und Opis geistiger Überlegenheit. Zwei so gescheite Elternteile und selber nicht begabt zur Klassenbesten, da hat sie aufgegeben und trotzig die gegenteilige Laufbahn eingeschlagen. Ergebnis: blondes Dummchen.

Dumm, aber geltungssüchtig. Sophie möchte unbedingt punkten, schon ihr ganzes bisheriges Leben lang zahlt sie es Omi und Opi heim, dass sie nicht in der Lage ist, durch ein besonderes Talent aufzufallen, also fällt sie auf durch gnadenlose Geltungssucht. *Meine Mutter, das Groupie, das Boxenluder, die Promi-Schlampe, die wilde Tochter aus gutem Haus*. Das gute Haus ist wichtig, ihre bürgerliche Kinderstube bewahrt Sophie davor, zur gewöhnlichen Nutte gestempelt zu werden, so eine wie sie kann es sich erlauben, promiskuitiv zu sein und sich ihrer zahlreichen sexuellen Kontakte zu rühmen, ohne der Rotlichtszene oder den Randschichten zugerechnet zu werden, bei einer Tochter aus gutem Haus gilt als interessante Rebellion, was bei einer Proletenhaut hemmungsloses Herumbumsen wäre.

Ist übrigens doch eigentlich egal, warum Sophie so ist, wie sie ist, warum soll sich Teresa den Kopf zerbrechen, was der Grund war für Sophies Entwicklung zur Promi-Schlampe, wo es doch an Sophie wäre, sich den Kopf zu zerbrechen über Teresas Entwicklung?

Außerdem übertreibt Tante Gabi. Omi und Opi sind gescheit, aber uneinholbare Titanen auch wieder nicht, ein Uni-Prof, emeritiert, Historiker, und eine pensionierte Gymnasiallehrerin für Geographie und Französisch.

Omi ist die Letzte in der Familie, die Französisch kann. Tante Gabi und Sophie haben Englisch gelernt (Tante Gabi Englisch und Latein, Sophie Englisch und Kochen, nachdem sie in Latein gescheitert ist), Teresa lernt Englisch und Spanisch. Eigentlich hat sie ja Französisch erwogen, wegen Omi, die ihr dann helfen hätte können, aber Hannes war dagegen. Überholte Sprache, Spanisch viel wichtiger, so und so viele Millionen spanischsprachig, dagegen Französisch nur noch ein kläglicher Rest etcetera. In Wahrheit wollte er nicht, dass sie zu Omi rennt, wenn sie was braucht, er sagt es nicht offen, aber er kann Omi und Opi nicht leiden, einfach nur, weil sie Sophies Eltern sind. Mit Sophie hat er auch Omi und Opi abgelegt, die immer nett zu ihm waren, was er selber zugibt.

Dreiundvierzig war Omi bei Sophies Geburt, Opi war vierundvierzig, sie haben nicht mehr mit einem Kind gerechnet, Tante Gabi war schon fünfzehn, und plötzlich mussten sie wieder von vorn anfangen, weil Omi die ersten vier Monate der Schwangerschaft hindurch Blutungen gehabt und gar nicht gemerkt hatte, dass sie schwanger war. Niemand weiß, ob sie an Abtreibung gedacht hätten, wenn Omi die Schwangerschaft früher aufgefallen wäre. Sie reden nicht darüber, in ihren Erzählungen kommt Sophie immer als erwünschtes Kind vor, als kleiner Sonnenschein, unerwartet, eine Nachzüglerin, ein spätes Glück, aber alle wissen, dass Sophie ein Kuckucksei war (charakterlich, nicht genetisch, über diesbezügliche Zweifel ist Omi erhaben) und ihnen von Anfang an das Leben schwer gemacht hat. Jedenfalls klingt das durch Tante Gabis Schilderungen hindurch, wobei man in Betracht ziehen muss, dass Tante Gabi sicherlich eifersüchtig war, auch wenn sie es bestreitet.

Nach der Schule, zu Hause, kein Wort über Sophie und Ronnie Williams, alles wie immer, fad und öd, bis hin zu den Vollkornpalatschinken, die Betty diesmal auf den Tisch bringt. Betty kocht bodenständig, aber auch gesund, das ist sie ihren Kindern schuldig, sagt sie. Außerdem muss sie sparen, *wirtschaften*, wie sie es nennt, Hannes verdient gut, doch so gut auch wieder nicht, dass es aufs Geld nicht ankäme.

Mach kein Gesicht, Fräulein, sagt Betty zu Teresa, weil sie weiß, dass Teresa süße Hauptspeisen nicht ausstehen kann, wir sind hier nicht in einem Haubenrestaurant, falls du das bejammern willst, kannst du es dir sparen, wir wissen es schon. Sie sagt es forsch und lachend, Betty, der lustige Kumpel.

Betty ist patent. Betty schafft es, mit Hannes' Einkommen *ihre vielen* Kinder satt zu kriegen, kein Problem, nur Wachteleier und Kaviar sind halt nicht drin, tut mir leid, falls jemand von euch scharf darauf ist.

Carolina und Stefanie schütteln sich vor Abscheu bei dem Gedanken an Wachteleier, und die Zwillinge schütteln sich, weil Carolina und Stefanie sich schütteln, und am Ende ist Teresa die einzige, die sauertöpfisch am Tisch sitzt, obwohl auch sie keine Wachteleier wollte.

Teresa will weder Wachteleier noch Kaviar, sie kann bloß den süßen Pampf nicht leiden, den Betty für angemessenes Kinderfutter hält, das ist alles.

Betty redet von *ihren vielen* Kindern, wenn sie davon redet, wie viele sie auf gesunde Weise satt zu kriegen hat, das schließt Teresa mit ein und klingt sehr nett, so als ginge es Betty vor allem darum, dass alle ihre Kinder, auch Teresa, unterschiedslos mit gesunder, sättigender Nahrung versorgt werden. Aber Teresa weiß, dass es ein Vorwurf an sie ist, wenn Betty so redet. Hätte Betty bloß ihre tatsächlichen Kinder zu versorgen und nicht auch noch Teresa, wer weiß, welche Leckerbissen dann drin wären! *Das* ist gemeint. Betty schließt Teresa in *ihre* zu versorgenden Kinder mit ein, um darauf hinzuweisen, dass fünf zu viele sind, um was Besonderes auf den Tisch stellen zu können.

Fünf Kinder! Das geht ins Geld. Sonderbarerweise ist es vor allem die Tatsache, dass Teresa bei ihnen lebt, die ins Geld geht. Vier Kinder wären nicht so schlimm. Aber das fünfte! Das fünfte ist Teresa. Man könnte auch sagen, einer der Zwillinge sei das fünfte, aber so würden es nur Leute sehen, die keine Ahnung haben. Das fünfte ist Teresa, die später hinzugekommen ist, obwohl sie als erste da war. Sie war jedoch als erste nur für Hannes da und nicht für Betty, und das zählt.

Für Betty ist sie die Nummer fünf, daher auch für alle anderen.

Wenn Stefanie ein Bub geworden wäre, wären sie vielleicht bloß zu dritt. Nein, falsch, Betty wollte auf jeden Fall zwei gemeinsame mit Hannes, denn zwei sind das Kennzeichen wirklich geglückter Verbindungen. Einzelkinder sind Produkte gescheiterter Ehen, gescheitert, ehe das konventionelle Glücksmaß – zwei Kinder – voll war. Betty wollte zwei, nun hat sie drei von Hannes.

Hannes wollte unbedingt einen Sohn, nun hat er zwei Söhne, die Zwillinge.

Lauter Mädchen, das hätte Hannes' Ego nicht verkraftet, deshalb war auch er für ein weiteres gemeinsames, und das waren dann eben zwei. Was hätte er eigentlich gemacht, wenn die Zwillinge zwei Mädchen geworden wären? Weiter gezeugt, und wenn ja, wie lange? Wie viele Kinder hätten dann keine Rolle gespielt fürs Budget – wie viele außer Teresa, um genau zu sein?

Deine Mutter ist auf dem Cover von *Leute*, sagt Carolina plötzlich. Betty wirft ihr einen strafenden Blick zu. Lass Teresa damit in Ruhe, sagt sie zu Carolina, obwohl Carolinas Bemerkung anscheinend ganz harmlos dahergekommen ist.

Betty lächelt Teresa zu, verzeihend irgendwie, und beginnt, die leeren Teller abzuräumen. Los, los, ihr großen Mädchen, sagt sie betont fröhlich, sitzt nicht so faul herum, helft mir.

Oft hat Teresa den Eindruck, Betty sieht sich unentwegt als Heldin einer steinzeitlichen TV-Serie, in der eine betuliche Mutter unerträglich positiv zum Leben eingestellt ist.

Betty braucht es Teresa gar nicht zu verzeihen, dass sie eine Mutter hat, die auf dem Cover von *Leute* ist. Betty soll aufhören, so zu tun, als wäre es prinzipiell schon unanständig, das Cover von *Leute* zu zieren. Teresa traut sich zu wetten, dass Betty wer weiß was drum gäbe, einmal auf dem Cover von *Leute* zu sein. Vielleicht würde Betty sogar genauso weit gehen wie Sophie und mit Ronnie Williams bumsen, wenn sie dafür auf das Titelblatt von *Leute* käme, aber leider, leider, keine Chance. Da könnte Betty noch so lange vor der Hotelsuite lauern, Ronnie Williams würde sie nicht mit hineinnehmen, weil Betty nämlich nicht hübsch genug ist, so schaut's aus. Betty: breithüftig, flachbusig, dünnlippig. Naja, nicht dass Betty direkt unansehnlich ist, sie kommt ihrem eigenen Ideal der höheren Tochter ziemlich nahe, wenn sie, adrett im Poloshirt, mit einreihiger Perlenkette und *klassisch* geföntem Aschblondhaar, zum Elternsprechtag fährt, aber für einen Ronnie Williams wäre sie zum Schreien uninteressant.

Und? Hast du's gelesen?, fragt Carolina nach dem Mittagessen lauernd in ihrem und Teresas gemeinsamem Zimmer.

Klar, sagt Teresa kühl.

Hast du wirklich gesagt, du findest es toll?, fragt Carolina.

Wenn sie sagt, ich habe gesagt, dass ich es toll finde, dann wird's stimmen, antwortet Teresa. Oder willst du behaupten, sie lügt?

Willst du behaupten, meine Mutter lügt?, mit Betonung auf *meine Mutter* wäre noch eindrucksvoller, aber um Carolina einzuschüchtern, muss man gar nicht so dick auftragen.

Carolina sagt nichts mehr, sondern kramt in ihren Schulsachen. Sie ist zum Kotzen konfliktscheu.

Wo hast du's gelesen?, fragt Teresa. Doch nicht am Kiosk?

Nein, in meiner Klasse. Ich hab es mir ausgeborgt.

In deiner Klasse lesen sie *Leute*?

Ja. Warum nicht?

Nur so.

Typisch. Typisch, dass dieser angepasste Haufen katholischer Privatschülerinnen sowas Hirnloses wie *Leute* liest.

Teresa geht in ein öffentliches Gymnasium. Darauf ist sie stolz. Noch sind die staatlichen Bildungseinrichtigen nicht den Bach runter, Leuten wie Betty zum Trotz, die das gerne sehen würden, weil sie ständig darauf aus sind, zu irgendwelchen Eliten zu gehören.

Teresas Schule ist eine Intellektuellenschmiede. Sagen die, die was davon verstehen. Betty glaubt, sie *eröffnet* Carolina *ganz andere Bildungschancen*, wenn sie sie zu den Schulschwestern schickt. Stefanie geht auch schon hin, in den Kindergarten, aber nur zweimal die Woche vier Stunden, der Kindergarten soll ja, sagt Betty, die häusliche Erziehung nur ergänzen, nicht ersetzen. Betty, die Berufsmutter. So eine Berufsmutter hat's gut, was die Evaluierung anlangt, sie stellt sich selber das beste Zeugnis aus und schon ist alles geritzt. Wer soll ihr widersprechen? Ihre vier- und zweijährigen Sklaven, die an ihr hängen, weil sie von ihr abhängig sind?

Sind die Kinder einmal nicht mehr abhängig und trauen sich, schlechte Zeugnisse auszustellen, heißt es, das ist die Pubertät, das muss man nicht ernst nehmen.

Aber Carolina wird wahrscheinlich nicht einmal in der Pubertät gegen Betty aufbegehren. Der masochistische Eifer, mit dem sie Mamas großes Mädchen mimt, hat was Mitleid Erregendes.

Also: hirnloser Haufen. Naja, obwohl, es lässt sich nicht leugnen, dass auch an Teresas Intellektuellenschmiede *Leute* gekauft und gelesen wird und keineswegs immer mit kritischem Abstand.

Pfeif drauf. Nicht ihr Bier. Was geht Sophie sie ehrlich und wirklich an? Nichts.

Sie und Carolina in dieser Kammer, im verlogenen Neubaudeutsch Kinderzimmer genannt. Drei Kinderzimmer hat das Haus, das deswegen zu den größten der Anlage gehört, einer kleinen Anlage mit altem Baumbestand am Rand eines so genannten Nobelviertels.

Ursprünglich war eins der Kinderzimmer Hannes' Reich, Hannes brauche, hieß es, daheim ein Arbeitszimmer. Teresa ist zwar nicht ganz klar, warum, schließlich ist Hannes angestellter Bürohengst, der zum Zwecke des Arbeitens in seine Firma fährt, aber Betty gefiel das, ein Mann, der in seinem Arbeitszimmer wichtigen Gedanken nachhängt. Daher: ein Kinderzimmer (das dann nicht mehr Kinderzimmer genannt werden durfte) für Hannes, eins für die Zwillinge und eins für die drei Mädchen.

Erstaunlicherweise protestierte ausgerechnet Carolina nach kurzer Zeit. Sie könne doch nicht wie eine Vierjährige um acht zu Bett gehen. Sie habe oft noch zu lernen, wie solle sie an ihrem Schreibtisch arbeiten, wenn es im Zimmer dunkel sein müsse, damit Stefanie schlafen könne?

Betty sah es ein. Stefanie wurde in Hannes' Zimmer umquartiert, Hannes wiederum übersiedelte in den Hobbykeller, der nun kein Hobbykeller mehr ist, sondern Hannes' neues so genanntes Arbeitszimmer.

So weit, so schlecht. Denn nach wie vor sind Teresa und Carolina aneinander gekettet in einem gemeinsamen Schlaf- und Arbeitsraum von der Größe einer Besenkammer.

Carolina, Gitarrestunde!, ruft Betty von unten herauf. Carolina seufzt, steht auf und verdreht die Augen, sodass Teresa es sieht. Teresa starrt mit unbewegter Miene zurück, streng, als liege es ihr unendlich fern, sich über Betty lustig zu machen. Sofort versucht Carolina das Augenrollen durch nachfolgende Grimassen zu dementieren, sie zuckt und zwinkert, um vorzugeben, dass ihr was ins Auge geraten sei, und schaut aus wie eine, die einen Anfall hat.

Hasenherz.

Am Abend hört Teresa Betty und Hannes in der Küche reden. Bis an mein Lebensende, sagt Hannes bitter. Sie war der größte Fehler meines Lebens und er wird mich bis an mein Ende verfolgen.

Betty sagt milde: Jetzt übertreib nicht.

Ich übertreibe nicht, hört Teresa Hannes sagen. So war sie, so ist sie und so wird sie immer sein. Und ich muss es ausbaden.

Nicht *du*, sagt Betty.

Doch, ich, widerspricht Hannes. *Ich* muss mir überlegen, was ich jetzt tun soll.

Ich bitte dich, sagt Betty. Sie macht doch von ihrem Besuchsrecht sowieso kaum Gebrauch.

Trotzdem, beharrt Hannes.

Betty sagt tröstend: Sei nicht so pessimistisch. Sobald das Mädel erwachsen ist, geht dich das alles nichts mehr an.

Hannes seufzt. Ach du, sagt er, warum hab ich dich nicht früher getroffen?

Betty lacht.

Guter Einfall, Hannes! Ja, warum hat er Betty nicht früher getroffen? Dann hätte er sich das Theater mit Sophie erspart und Teresa würde ihm nicht wie ein Klotz lebenslang am Bein hängen, die Mensch gewordene Erinnerung an den größten Fehler seines Lebens. Vielleicht sogar der größte Fehler seines Lebens selbst. Von Sophie konnte er sich ja scheiden lassen. Sophie hätte er längst aus seiner Erinnerung gestrichen. Wenn da nicht Teresa wäre.

Warum nur hat er Betty nicht früher getroffen? Warum ist

sowas Unnötiges wie Teresa überhaupt auf der Welt? Danke, Hannes.

Obwohl: Wer garantiert, dass Hannes sich Betty zugewendet hätte, wenn sie einander früher über den Weg gelaufen wären? Offenbar war er anfangs nicht darauf aus, sich mit den Bettys zu paaren. Es muss einen Grund gehabt haben, dass er auf Sophie abgefahren ist, die Schöne, Erotische, Sprunghafte, Unberechenbare, Selbstsüchtige.

Selbstsüchtig ist Betty auch. Nur in der sozial verträglicheren Variante. Bettys Selbstsucht wird in der Rolle der guten Ehefrau und Mutter befriedigt, aber wehe, die Familien-Erfolgsstory würde durch das Verhalten eines der Familienmitglieder gefährdet! Dann ging's rund, mein lieber Schwan.

Jedenfalls liegt der Verdacht nahe, dass es gar nichts gebracht hätte, wenn Hannes und Betty einander früher begegnet wären, weil nämlich Hannes eine wie Betty erst als Gegensatz zu Sophie schätzen gelernt hat. Nur ist Hannes das vermutlich nicht klar. Und deshalb weiß er auch nicht, dass ihm weder Sophie noch Teresa erspart geblieben wären, wenn er Betty vor Sophie getroffen hätte.

Teresa schlendert in die Küche. Sophie hat mich angerufen, sagt sie scheinbar unbefangen. Sie will mich am Sonntag sehen. Geht das in Ordnung?

Hannes und Betty wechseln einen bedeutungsschweren Blick. Hannes ist sicher auf hundert, aber er will es sich nicht anmerken lassen.

Ich weiß nicht, ob mir das recht ist, sagt er langsam.

Nein? Warum nicht?

Komm, tu nicht so, sagt Betty resolut. Wir haben alle *Leute* gelesen, oder?

Ja, und?, fragt Teresa.

Herrgott, sagt Hannes, ich finde nicht, dass sie der richtige Umgang für dich ist, tut mir leid.

Mir auch, sagt Teresa. Sie ist meine Mutter, oder?

Findest du, dass sie sich wie eine Mutter verhält?, fragt Betty.

Warum muss Betty sich immer vordrängen? Wenn Hannes das fragte, wäre es okay. Hannes dürfte so eine Frage stellen. Betty nicht.

Wie muss eine Mutter sich verhalten?, fragt Teresa spöttisch. Exakt so wie du?

Sprich nicht in diesem Ton mit Betty!, kläfft Hannes. Der Reflex funktioniert immer. Kaum tippt Teresa seine geliebte Betty auch nur ein kleines bisschen an, springt er als Beschützer vor sie hin und schnappt nach der bösen, bösen Angreiferin. Nie würde er Teresa vor Betty beschützen. Aber Betty vor Teresa: jederzeit.

Ich möchte meine Mutter sehen, sagt Teresa. Ich verstehe nicht, warum ich meine Mutter nicht sehen darf.

So. Und jetzt erklärt es mir. Erklärt mir, was die Gefahren sind. Glaubt ihr, dass ich mich ebenfalls auf der Stelle unter irgendeinem Popstar flachlege, nur damit Sophies *schlechter Einfluss* sich geltend macht? Was meint ihr, wenn ihr sagt, nicht der richtige Umgang?

Sie hat dich wirklich angerufen?, fragt Betty. (Kluges Kind.)

Ja. Sag ich doch.

Wann?

Heute vormittag.

Dazu zahlen wir dir ja ein Handy, merkt Hannes erbittert an. Damit du während der Schulstunden telefonieren kannst. Da bin ich aber froh.

Sie zahlen ihr gar kein Handy. Sie geben ihr Taschengeld. Das wird man ja wohl noch erwarten dürfen, heutzutage, von einem Vater, der nicht gerade am Hungertuch nagt. Teresa leistet sich das Handy von ihrem Taschengeld. Und damit sie es sich leisten kann, verzichtet sie auf andere Dinge, die sie sonst davon kaufen könnte. Also. Was soll das Gerede?

Sie hat mich nicht während einer Schulstunde angerufen. Sie hat mich in der Pause erreicht.

Was für ein glücklicher, glücklicher Zufall, sagt Betty.

Und Hannes sagt: Hör zu, ich rede mit Sophie. Es geht nicht. Wir sind am Sonntag bei Bettys Eltern eingeladen.

Okay. In der Zeit kann ich mich doch mit Sophie treffen.

Stell dich nicht so blöd, blafft Hannes. Du bist auch eingeladen. Das weißt du.

Nein, das weiß sie nicht. Sie ist nämlich nicht auch eingeladen, sie ist *notgedrungen* auch eingeladen, das wissen alle.

Vielen Dank für die Einladung, aber ich möchte mich lieber mit meiner Mutter treffen, sagt Teresa eisig.

Sie ist bereit, das Spiel noch eine Weile fortzusetzen, doch zu ihrer Überraschung sagt Betty plötzlich: Weißt du was? Mach doch, was du willst. Und an Hannes gewandt, der ebenfalls verblüfft aus der Wäsche schaut, fährt sie fort: Ist doch wahr. Lass sie doch. Soll sie sich den Kopf anrennen, wenn sie unbedingt will. Wahrscheinlich hat Sophie im letzten Moment sowieso keine Zeit.

Ha! Irrtum! Sophie wird *nicht* im letzten Moment keine Zeit haben. Ein erfundenes Date wird nicht an der Realität von Sophies Unverlässlichkeit scheitern. Wann immer Teresa eine Verabredung mit Sophie erfindet, bleibt es dabei. Diese behaupteten Treffen sind jedes Mal ein kleiner Triumph, sie darf sie nur nicht zu häufig stattfinden lassen, das würde auffallen und die Selbstständigkeit, die ihr neuerdings zugebilligt wird, gefährden. Am Sonntag also Kino. Schon Bettys Eltern nicht besuchen zu müssen, ist ein Gewinn.

2.

Patchwork heißt Flickwerk, das sollte man nicht aus den Augen verlieren, findet Teresa. Wir sind eine glückliche Patchwork-Familie, sagen Hannes und Betty, wenn sie sich aufspielen und gleichzeitig vermeiden wollen, dass Teresa ihrem gemeinsamen Genpool zugerechnet wird. Teresa fragt sich, ob Betty dann insgeheim hofft, dass niemand weiterfragt und die Formulierung zum Anlass nimmt, um Teresa für beispielsweise adoptiert zu halten, weil Betty nichts so sehr verabscheut wie die Vorstellung, dass es einmal einen gemeinsamen Genpool von Hannes und Sophie gegeben hat. Betty tut gern so, als sei Teresa ein Produkt nur von Sophies Genen (von Sophies fragwürdigen Genen, die an allem schuld sind, was Betty an Teresa nicht mag, und das ist viel), außer sie hält Hannes gerade wieder zu Dankbarkeit an, weil sie sich so aufopfernd um *seine* Tochter kümmert. Na gut, aufopfernd ist vielleicht übertrieben, Betty legt Wert darauf, keine sich opfernde, sondern mehr eine patente Person zu sein. Aber sie besteht darauf, dass es sehr, sehr freundlich von ihr ist, Teresa zu *akzeptieren*. Teresa fragt sich immer, was Betty glaubt, dass mit ihr passieren würde, wenn sie sie nicht akzeptierte. Stellt sie sich vor, dass Hannes sie auf eine Müllhalde befördern würde, oder was? Das Schlimmste, was passieren könnte, wenn Betty sie nicht akzeptierte, wäre, dass sie woanders leben müsste und Hannes nicht zu sehen bekäme, aber wer sagt, dass das schlimm wäre? Sie würde jedenfalls nicht aufhören zu leben, nur weil Betty ihre Existenz nicht akzeptierte. Betty kann Teresa ihre Existenz nicht nehmen, aber sie tut so, als schenke sie Teresa mit ihrer *Akzeptanz* das Recht zu existieren.

Hannes und Betty sagen, sie seien eine glückliche Patchworkfamilie. Würde irgendjemand sagen: Ich trage glücklich geflickte Unterwäsche? Gestopfte Pullover? Na bitte.

Teresa also nicht in Hannes' und Bettys gemeinsamem Genpool. Carolina aber auch nicht. Eine Zeitlang hat Teresa versucht, sich schadlos zu halten, indem sie darauf hinwies. Hannes ist gar nicht Carolinas Vater! Na, mehr hat sie nicht gebraucht. Hannes: Doch, er habe Carolina genauso lieb wie seine leiblichen Kinder, praktisch kein Unterschied, er betrachte sich als ihren Vater. Nicht wahr, Carolina, wir sind Vater und Tochter? Carolina nickt verhalten (nicht triumphierend, das könnte man ihr zugute halten, wenn man wollte, aber vielleicht will man nicht, vielleicht will man ihr stattdessen ihr Duckmäusertum übel nehmen, ständig ist sie kooperativ, mit der stimmt doch was nicht) und Betty lächelt befriedigt, siegesgewiss. Wenn Hannes Carolinas Vater ist, warum will dann Betty nicht Teresas Mutter sein? (Betty sagt zwar *meine* vielen Kinder, wenn sie von der Last spricht, die sie trägt, aber sie legt es nie darauf an, für Teresas Mutter gehalten zu werden, während Hannes zumindest vorgibt, dass er es darauf anlegt, für Carolinas Vater gehalten zu werden.) Noch einmal also: Warum will Betty nicht als Teresas Mutter gelten?

Diese Frage möchte sich Teresa gar nicht stellen, denn sie ist froh darüber, dass Betty nicht ihre Mutter sein will, erstens hat sie eine Mutter und zweitens würde sie, wenn sie eine andere Mutter wollte, ganz bestimmt keine wie Betty wollen.

In der Schule spricht Teresa den Lehrerinnen gegenüber von ihrer Stiefmutter, wenn sie von Betty spricht.

Manchmal sagt sie auch mein Stiefvater, wenn sie von

Hannes spricht. Den Lehrerinnen fällt sowieso meistens nichts auf, nur einmal hat die Englisch gefragt: Wieso Stiefvater, ich habe geglaubt, du hast eine Stief*mutter*?

Sind beide Stief, hat Teresa ungerührt geantwortet.

Die Lehrerin: Wie soll das gehen?

Teresa: Darüber möchte ich jetzt nicht sprechen.

Ein Appell ans pädagogische Zartgefühl. Nicht vor den anderen. Offenbar ein wunder Punkt.

Auch im Vieraugengespräch blieb Theresa verschlossen, gefasst, reif. Sehr komplizierte Verwandtschaftsverhältnisse, es würde zu weit gehen, sie zu erklären, nein, danke, ich möchte nicht darüber reden, ich komme schon klar, ehrlich.

Wahrscheinlich denkt die Englisch jetzt, Sophie, die Schlampe, hat Hannes Hörner aufgesetzt (hat sie ja auch, aber ohne Folgen in Kindesform) und Teresa ist das Produkt eines Seitensprungs und nur dem Papier nach Hannes' Tochter. Soll sie. Auch egal.

Mein Vater und meine Stiefmutter haben meiner Mutter das Sorgerecht weggenommen, erzählte Teresa in der Klasse. Sie haben sie ausgetrickst. Meine Mutter hatte keine Chance.

Aber das stimmt gar nicht. Wenn Sophie gewollt hätte, hätte sie das Sorgerecht behalten.

Teresa hat jedoch keine Lust, Sophie zu grollen, weil sie nicht um sie gekämpft hat. Das ist ein Glück für Sophie, denn eigentlich hätte Teresa jeden Grund, Sophie zu hassen dafür, dass sie erleichtert eingewilligt hat, sie an Hannes und Betty abzutreten. Teresa könnte Sophie hassen und sie mit ihrem Hass verfolgen und wer weiß was für pathologische Reaktionen setzen, und dann würde Sophie schön schauen. Sophie glaubt, es ist selbstverständlich, dass Teresa widerspruchslos bei Hannes und Betty lebt, in dieser ach so glücklichen Flickwerk-Familie, und sich freut, wenn Sophie ab und zu Zeit für sie hat. Sophie ist dumm und egoistisch. Sie käme nie auf die Idee, die Dinge könnten sich nicht zu ihrer Bequemlichkeit fügen. Dabei könnte Teresa ganze Jugendämter und Psychologinnenscharen beschäftigen mit gesellschaftsschädigenden Reaktionen auf die Lieblosigkeit ihrer Verantwortung scheuenden leiblichen Mutter, und das wäre dann für Sophie vielleicht doch peinlich, wenn vor Gericht und in den Zeitungen zur Sprache käme, wer schuld daran ist, dass ihre Tochter sich an der Gesellschaft rächt.

Vielleicht aber auch nicht. Vielleicht wäre für Sophie auch das eine willkommene Gelegenheit, im Rampenlicht der Öffentlichkeit zu stehen.

Eben. Und deswegen hütet sich Teresa davor, pathologisch zu reagieren. Den Gefallen tut sie Sophie nicht.

Papa-Mama-Kind. Es gab eine Zeit, da hat Teresa *Papa* zu Hannes und *Mama* zu Sophie gesagt. Wirklich erinnern kann sie sich daran nicht. Es fällt ihr schwer, sich Hannes und Sophie mit ihr, einer ganz kleinen Teresa, als Dreieinigkeit vorzustellen, eine gewöhnliche junge Kleinfamilie, zum Beispiel sonntags in einem Ausflugsgasthaus. Hat Hannes sie in einem Tragegestell auf dem Rücken getragen? Hat Sophie ihren Kinderwagen geschoben? Hatten sie Tee in einem Kinderfläschchen für sie mit? War Sophie jemals nicht angeödet von Hannes und Hannes nicht fuchsteufelswild auf Sophie? Haben sie miteinander geredet, *Elterngespräche* geführt, vielleicht sogar miteinander gelacht? War sie ein fröhliches kleines Kind, das auf dicken, unsicheren Beinchen vom einen zur anderen gewackelt ist? Von wem wollte sie lieber auf den Schoß genommen werden? Wer von den beiden hat sie auf den Schoß genommen?

Sophie zu fragen hätte keinen Sinn, und Hannes *kann* sie nicht fragen. Erinnere mich nicht, sagt Sophie und lacht, wenn Teresa versucht, die Rede auf Sophies Zeit mit Hannes zu bringen.

Für Hannes existiert keine Zeit mit Sophie. Ihn danach zu fragen ist genauso sinnvoll, wie ihn nach seiner Zeit auf dem Mond zu fragen. Eisiges Unverständnis. Schroffe Verweigerung. Irritiertes Erstaunen.

Egozentriker, alle beide. Sie sollen ihr doch nichts über ihre abgelegte Ehe, sondern etwas über ihre, Teresas, frühe Kindheit erzählen. Aber das kapieren sie nicht. Ihre Empfindlichkeit hat Vorrang. Sie haben ihre Ehe ausradiert und Teresas frühe Kindheit gleich mit.

An die Zeit bei Omi und Opi erinnert sie sich besser. Sophie und sie bei den alten Leutchen in der großen Wohnung. Das war, bevor Omi und Opi die Villenetage in Döbling aufgegeben haben, um ganz in das kleine Gartenhaus beim Prater zu ziehen, das früher nur im Sommer und auch da bloß am Wochenende benützt wurde.

Das heißt – so *alt* waren Omi und Opi damals noch gar nicht, jedenfalls nicht im Sinne von klapprig. Opi knapp siebzig, Omi ein Jahr jünger und beide ganz flott unterwegs, oh ja. Teresa sieht, wenn sie an damals denkt, eine schwungvoll ausschreitende Omi vor sich, in einem eleganten Sommerkleid, mit dichtem weißem Haar, lachend. Neben ihr strampelt Teresa auf einem kleinen Fahrrad mit Stützrädern den Gehsteig entlang, bestimmt sind sie auf dem Weg zum Türkenschanzpark.

Sophie war oft sonstwo, meist kam sie erst heim, wenn Teresa schon schlief. Teresa weiß nicht mehr, ob sie das gestört hat. Sie glaubt mittlerweile, dass es Omi und Opi gestört hat, aber vor Teresa fiel kaum ein mißbilligendes Wort. Trotzdem zog Sophie eines Tages aus.

Meine Eltern haben mir das Leben *zur Hölle* gemacht, sagte Sophie einmal in Teresas Gegenwart zu einer Freundin, mir blieb nichts anderes übrig, als zu flüchten. Die Freundin schaute mitleidig. Sie nahm Sophie, dem verwöhnten Miststück, tatsächlich ab, dass Omi und Opi sie schlecht behandelt hätten. Noch nachträglich würde Teresa der Freundin gern die Wahrheit hineinsagen, nämlich, dass Omi und Opi nur einen einzigen Fehler gemacht haben, den, nicht zu reagieren, wenn Sophie wieder einmal am Watschenbaum gerüttelt hat. Ein bisschen schwarze Pädagogik hätte ihr durchaus gut getan.

Teresa blieb bei Omi und Opi. Für sie kein großer Unterschied, sie bekam Sophie genauso oft oder selten zu Gesicht wie davor. Aber dann musste Opi operiert werden (Prostata, wie sie heute weiß), und Omis Herz spielte nicht mehr mit, und Sophie kam und holte Teresa ab.

Heute sind Omi und Opi zwei wirklich alte Leute, beide über achtzig, rührend lieb, nicht dement, aber schonungsbedürftig. Nie würde Teresa mit einer Sorge zu ihnen kommen. Sie schauen gleich so verletzt und verwirrt, man bekommt Angst, dass sie auf der Stelle umfallen. Das Erschreckende ist, dass sie umso mehr lächeln, je überforderter sie sich fühlen, total hilflos sehen sie dann aus. Das Lächeln erinnert Teresa an die Demutshaltung junger Hunde. Omi und Opi könnten nicht viel verstörender wirken, wenn sie sich auf den Rücken würfen und dem Feind namens *unvorhergesehene Komplikation* die Kehle zum Biss darböten. Es würgt Teresa im Hals, wenn sie auch nur daran denkt.

Teresa bei Sophie: eine Katastrophe. Sagt Hannes. Diesen kurzen Abschnitt ihrer Kindheit hat zur Abwechslung Teresa in die Tiefen nicht abrufbarer Erinnerungen verdrängt, mal ist auch sie dran mit Sich-nicht-erinnern-Wollen. Partielle Amnesie für alle, das ist nur gerecht.

Hannes und seine Mutter, ihre Oma (Oma mit a am Ende!), tun so, als hätte er sie aus Sodom und Gomorrha befreit, aber das ist kompletter Blödsinn. Nur ein einziges Mal haben Nachbarn die Polizei gerufen, weil sie nachts im Pyjama auf dem Balkon stand. Hatten wohl Angst, dass sie hinunterfallen könnte. Naja, und dann brüllte sie auch wie am Spieß. Sophie war abgehauen, als sie eingeschlafen war, aber sie wachte wieder auf und niemand da, also nichts wie raus auf den Balkon. Und dort schrie sie sich die Seele aus dem Leib nach Omi und Opi. Es kam aber nur die Polizei. Dumm gelaufen.

Hannes, der Spießer, soll sich keinen Heiligenschein aufsetzen. Damals, als er sie das erste Mal allein mitnahm auf Urlaub, vertschüsste er sich ebenfalls, kaum dass sie im Bett lag. (Was hatte sie eigentlich an sich, das ihre Erziehungsberechtigten dazu trieb, sie nachts im Stich zu lassen und den Schrecknissen der Dunkelheit auszusetzen? Ist da irgendwas an ihr, das dazu auffordert, sie so beschissen zu behandeln? Man wird ja noch fragen dürfen.) Also. Hannes mit Teresa auf Urlaub, noch vor der Betty-Zeit, nur sie beide, noch heute sind Oma und irgendwelche ihrer Bekannten ganz hin und weg über so viel moderne Vaterschaft. Und dann lässt er sie allein und schleicht sich an die Pool-Bar, zu dieser Tussi, und sie wandert durch die Hotelgänge, auf der Suche nach ihm, so scared, dass ihr sogar das Weinen vergangen ist.

Hannes redet sich aus, es könne nicht so schlimm für sie

gewesen sein, schließlich habe sie nicht geweint, aber in Wahrheit war es bei ihm viel schlimmer, Sophie hatte sie immerhin in einer halbwegs vertrauten Wohnung zurückgelassen, er hingegen in einem fremden Hotelzimmer.

Fünf Kinder. Sieben gar, wenn man in Betracht zieht, dass Carolinas Vater sich ebenfalls zwei weitere Male fortgepflanzt hat.

Zwei Väter, zwei Mütter, zwei Stiefmütter, wobei Carolinas Stiefmutter sie nicht sehen will, was zur Folge hat, dass Carolina auch ihren leiblichen Vater so gut wie nie zu Gesicht bekommt. Jedenfalls ist das die offizielle Version. Es gibt allerdings keine Beweise, dass es Carolinas Stiefmutter ist, die ihren Vater daran hindert, sich um sie zu kümmern. Vielleicht kümmert er sich ganz von selber nicht. Wer weiß.

Zwei Paar Großeltern, wovon ein Paar (Sophies Eltern) Teresa allein gehört, das andere Paar (Bettys Eltern) Carolina, Stefanie und den Zwillingen. Eine Großmutter zusätzlich (Hannes' Mutter), die auch Carolina gehört, obwohl sie nur die leibliche Großmutter von Teresa, Stefanie und den Zwillingen ist.

Von Carolina gäbe es außerdem noch einen Großvater, den Vater ihres leiblichen Vaters, der tritt aber genauso wenig in Erscheinung wie sein Sohn.

Keine ungewöhnlichen Verhältnisse. Teresa hat in Omis und Opis Bibliothek ein zerfleddertes Büchlein gefunden, in dem beschreibt Marie von Ebner-Eschenbach ihre Kindheit. Auch in der wimmelt es von Stiefmüttern und Stiefgroßmüttern. Opi sagt, Patchwork-Familien waren in früheren Jahrhunderten gang und gäbe, weil so viele Frauen im Kindbett gestorben sind.

Betty glaubt jedoch, sie ist was Besonderes. Betty kommt

sich gut vor mit ihrer *bunt gemischten* Kinderschar. Betty hat den Fünfzigerjahre-Weiblichkeitswahn (Teresa hat Betty Friedan gelesen), für sie besteht die ordentliche Familie aus Geldverdienervater, Hausfrauenmutter und zwei bis drei gemeinsamen Kindern (in einem gepflegten Eigenheim inmitten von stets frisch gemähtem Rasen), und sie klopft sich ständig auf die Schulter, weil sie eine Beeinträchtigung dieses Idealbildes durch zwei nicht gemeinsame Kinder in Kauf genommen hat. Bestimmt wäre Betty im Grunde glücklicher, wenn es ihre gescheiterte Ehe mit Carolinas leiblichem Vater nie gegeben hätte, was bedeutet, dass Betty auch Carolina in gewisser Weise als Fremdkörper empfindet, selbst wenn sie das nie zugeben würde.

Zwei Paar Großeltern plus eine Großmutter. Omi und Opi sind Omi und Opi nur für Teresa, sonst heißen sie *deine Großeltern*, in distanzierendem Ton, als müsse man aufpassen, dass sie sich nicht unversehens zur Tür hereindrängen, wenn man vergisst, darauf hinzuweisen, dass sie bloß ein Teil von Teresas dubioser Seite sind und im Hannes-Betty-Glück nichts verloren haben. Nur Stefanie besteht darauf, sie ebenfalls Omi und Opi zu nennen, wogegen die zwei Alten nichts haben, Betty aber schon. Ich will auch zu Omi und Opi, kräht Stefanie, wenn Teresa aufbricht zu den Alten, und Betty sagt dann jedes Mal süßsauer und beherrscht: Das sind nicht deine Großeltern, Stefanie, so kannst du sie nicht nennen.

Sie haben es mir aber erlaubt!, schreit Stefanie, die die Alten einmal kennen gelernt und *urlieb* gefunden hat.

Lass sie doch mitkommen, sagt Teresa gelegentlich, aber Betty schüttelt stets den Kopf. Nein, das geht nicht.

Sicherlich würde sie, gefragt, warum es nicht gehe, ihr Taktgefühl rühmen, das sie darauf bestehen lasse, dass Teresa ihre Großeltern für sich haben soll. Tatsächlich hat sie Angst vor Ansteckung, davon ist Teresa überzeugt. Betty will nicht, dass ihre Kinder ein Terrain betreten, das durch Sophies fallweise Präsenz mit krank machenden Psychokeimen verseucht wurde. Das ist der wahre Grund.

Teresa ist sich übrigens nicht sicher, ob sie es leiden könnte, wenn Stefanie tatsächlich mitkäme. Steffi ist eine Meisterin im Besitzergreifen, über kurz oder lang würde sie den Alten auf den Knien hocken und sie ganz für sich beanspruchen.

Bettys Eltern sind Großmama und Großpapa für alle außer Teresa, die Tante Inge und Onkel Walter sagen soll. Nie haben Bettys Eltern so tun wollen, als betrachteten sie auch Teresa als eine Art Enkelkind.

Oma und *Opa*, das wäre Walter und Inge zu wenig fein. Sie sind aber nicht feiner als Omi und Opi, die kein Problem damit haben, Omi und Opi zu sein, eher im Gegenteil. Vielleicht haben Omi und Opi kein Problem, weil sie wirklich fein sind, während Walter und Inge ständig betonen müssen, dass sie was Besseres sind, man käme sonst vielleicht nicht auf die Idee.

Oma ist die Anrede für Hannes' Mutter. Oma ist ärmlich und verbittert, das Leben war hart zu ihr, deshalb hat sie Sophie, das Glückskind, gehasst, und liebt Betty, die ihrem Sohn eine loyale Ehefrau ist. Oma ist von geradezu kriecherischer Dankbarkeit Betty gegenüber, die färbt auch auf ihren Umgang mit Carolina, Stefanie und den Zwillingen ab. Sie alle sind Bettys herrliche Kinder und deshalb Omas Augensterne, während Teresa von der bösen Sophie abstammt, die Omas einzigen Sohn beinahe ins Unglück gestürzt hätte. Teresa, Produkt einer Ehe, von der Oma gleich gewusst hat, dass sie nicht gutgehen kann, weil: Nicht nur wurde sie viel zu früh geschlossen, sondern Oma hat auch sofort erkannt, dass Sophie nichts taugt. Kein Wunder, dass Oma Teresa nicht viel Zuneigung entgegenbringt. Zu Carolina hingegen ist sie so freundlich, wie es ihr mieselsüchtiges Naturell zulässt, und wenn ihre Blicke auf die drei Kleinen fallen, dann glänzen ihre Augen vor Liebe und Großmutterstolz. Die Kleinen, das sind die richtigen Enkelkinder. Teresa ist ein Irrtum des Schicksals, Carolina eine willkommene Zuwaage.

Für Teresa ist Oma seit jeher nur eine Oma mit Vorbehalt, der Vorbehalt heißt Sophie. Schon komisch, dass alle in Teresa nahezu ausschließlich Sophies Kind sehen – alle außer Sophie.

Inge und Walter lehnen es ab, sich Teresas Zuneigung durch Geschenke zu erkaufen. Sie lehnen es aber nicht ab, Carolina und die drei Kleinen zu beschenken. Allerdings nennen sie das nicht Liebe kaufen. Sind ja ihre Enkelkinder. Da schenkt man, weil man selber liebt. Trotzdem: Der Jubel, in den die vier ausbrechen, wenn Inge und Walter auftauchen, wäre vielleicht weniger groß, wenn sie ihnen nicht immer was mitbrächten. Vermutet Teresa.

Teresa betrachte Hannes vor allem als Melkkuh, behaupten Inge und Walter (Carolina hat es Teresa berichtet), sie sei eiskalt nur auf ihren materiellen Vorteil bedacht. Schon um ihrer Habgier erzieherisch entgegenzuwirken, dürfe man ihr nicht zu viele Geschenke machen. (Zu viele ist gut. Jedes Geschenk ist eines zu viel. In Inges und Walters Augen.)

Wahrscheinlich erzählt Betty ihren Eltern haarklein von jeder Auseinandersetzung über Kohle zwischen Hannes und Teresa. Hannes hat ziemlich rigide Anschauungen, was Taschengeld, Klamotten oder Kosmetika betrifft, seiner Meinung nach verfügt Teresa über fürstliche Reichtümer, weil sie nicht wie er seinerzeit mit zwei Paar Schuhen auskommen muss. Hannes hört sich an wie ein Arbeiterschicksal aus dem 19. Jahrhundert, wenn er von seiner ach so bescheidenen Jugend schwafelt. Er behauptet, dass er sich sein Taschengeld selber verdient habe, als Nachhilfelehrer, und mit Jobs wie Regale einräumen im Supermarkt, aber Oma, seine Mutter, erzählt immer, es habe ihm an nichts gefehlt. Omas Ausführungen zufolge war sie es, die sich die Bissen vom Mund abgespart hat (Oma sagt tatsächlich: *Bissen vom Mund abgespart*), damit Hannes alles kriegen konnte, was andere auch gekriegt haben.

Aber nehmen wir zum Beispiel Weihnachten. Omi und Opi geben Teresa immer Geschenke für Carolina und die Kleinen mit, liebevoll ausgesuchte Aufmerksamkeiten, Bilderbücher von Helen Oxenbury oder kleine Stofftiere aus gediegener Fabrikation (keinen Fernost-Ramsch) oder modischen Krimskrams für Carolina, der sich dadurch auszeichnet, dass er wirklich modisch ist, weil Omi und Opi sich dafür in derselben Boutique beraten lassen, in der sie auch Geschenke für Teresa kaufen. Zwar kriegt Teresa von ihnen mehr als die anderen, aber nicht so viel mehr, wie sie eigentlich kriegen sollte, was sie nicht aus Habsucht meint, sondern aus Gründen der ausgleichenden Gerechtigkeit. Omi und Opi merken einfach nicht, dass sie aufgerufen wären, kompensatorisch zu wirken. Sie machen keinen großen Unterschied zwischen Teresa und den Übrigen, weil sie hoffen, dass dann auch sonst niemand große Unterschiede machen wird. Omi und Opi wollen daran glauben, dass Güte Güte erzeugt und Großzügigkeit Großzügigkeit, deshalb weigern sie sich, eine Benachteiligung Teresas wahrzunehmen. Teresa bringt es nicht übers Herz, sie mit der Nase darauf zu stoßen, und außerdem haben Omi und Opi sowieso nicht viel Geld, weshalb sie Teresa schon aus diesem Grund keine großartigen Geschenke machen könnten. Okay, sie könnten an den anderen sparen, aber Teresa würde ihnen das, wie gesagt, nie vorschlagen, zumal sie dann in ihrer Achtung sinken würde.

Gegen Omis und Opis Geschenke hat Betty übrigens nichts einzuwenden. Sie will zwar nicht, dass eins ihrer Kinder mit dem Pesthauch in Berührung kommt, der die Alten als Sophies Eltern umgibt, aber sie erlaubt ihnen, Geschenke zu schicken, die sie nie kommentiert, jedoch mit erkennbarem Gefallen mustert.

Oma lässt sich bei der Auswahl ihrer Weihnachtsgaben von Betty beraten. Betty rät Oma stets, Teresa was Praktisches zu schenken, was sowieso angeschafft werden müsste. Wenn Teresa Winterstiefel von Oma kriegt, brauchen Betty und Hannes kein Geld dafür auszugeben. Oma nimmt Teresa dann zwar zum Einkaufen mit – schließlich muss sie die Stiefel ja anprobieren –, entscheidet aber, in welche Geschäfte gegangen und was schließlich gekauft wird.

Oma geht grundsätzlich nur in Geschäfte, in die Teresa freiwillig keinen Fuß setzen würde (Betty übrigens auch nicht.) Und sie kauft grundsätzlich nur *gediegene* und *praktische* Sachen.

Man braucht sich bloß anzuschauen, wie Oma angezogen ist, dann wird einem klar, dass man von ihr ausgesuchte Stiefel auf keinen Fall tragen kann.

Teresa latschte den ganzen letzten Winter mit nassen Füßen durch den Schneematsch, lieber hätte sie sich die Zehen abgefroren, als mit Omas Omatretern gesehen zu werden. Betty tobte, aber Teresa blieb unnachgiebig.

Im Jahr davor hatte Oma Teresa mit einem Packen zeltartiger Unterhosen und einem trostlosen Pullover beglückt. Der Pullover leierte zum Glück schon vom Herumliegen so sehr aus, dass selbst Betty ihn peinlich fand. Die zeltartigen Unterhosen waren hingegen ein ernstes Problem. Betty wacht darüber, dass aus Ersparnisgründen erst dann gewaschen wird, wenn eine volle Waschmaschinenladung Schmutzwäsche beisammen ist. Aus unerklärlichen Gründen und obwohl ohnehin dauernd Berge von dreckiger Unterwäsche in der Trommel rotieren, fügte es sich immer wieder, dass Teresas Slips in der Waschküche liegen blieben und nur die Zelte sauber waren. Blöd. Die Slips selber zu waschen war nämlich wegen Bettys Spartick nicht drin, ohne ihre Erlaubnis darf die Waschmaschine nicht in Betrieb genommen werden.

Umziehen vor und nach dem Turnen, ohne die Omahosen den Blicken der anderen preiszugeben: ein artistisches Kunststück, nervenaufreibend. Schließlich nahm Teresa die gesammelten Zelte mit in die Stadt und stopfte sie dort in einen Mülleimer. Zu Betty sagte sie, sie seien praktisch auseinandergefallen, wie der Pullover.

Carolina kriegt von Oma, auf Bettys Rat hin, *Mango-*, *Zara-* und *Street-One*-Gutscheine geschenkt.

Warum kann ich nicht auch Gutscheine bekommen?, fragte Teresa, und Oma antwortete: Weil du dir nur lauter unvernünftiges Glumpert kaufen würdest.

Da ist es ein geringer Trost, dass sich bei Carolina die uneingelösten Gutscheine stapeln, weil sie in die *Mango-* und *Zara*-Sachen nicht hineinpasst.

Im Übrigen verspräche sich Teresa für den Fall, dass Oma ihr ebenfalls Gutscheine schenken würde, sowieso keine Konsumorgie, Oma knausert, schon an und für sich und bei

Teresa erst recht, aber die Variante hätte wenigstens den Vorteil, dass sie nachher nichts anziehen oder verwenden müsste, was sie nicht anziehen oder verwenden will.

Für die Kleinen schleppt Oma immer wieder abgrundtief kitschigen Spielzeugramsch an, obwohl Betty sie gebeten hat, das zu unterlassen. Betty will, dass Oma den Kleinen nur Spielsachen schenkt, die von ihr mit einem pädagogischen Gütesiegel versehen wurden. Das heißt, Oma soll zahlen, was Betty kauft, und es den Kleinen dann überreichen.

Funktioniert aber nicht. Oma hält sich nicht dran, zu Bettys mühsam kaschierter Erbitterung.

Ich werd doch meinen Enkelkindern einfach was mitbringen können!, verteidigt sich Oma. Und: Mir hat das so gut gefallen, da hab ich mir gedacht, das müssen meine Enkelkinder kriegen.

Zu Bettys noch größerer Pein fahren die Kleinen enorm ab auf den Ramsch, den Oma ihnen in die Hände drückt, deshalb kann man ihnen das Zeug auch nicht wieder wegnehmen oder Oma einreden, dass sie leider nicht damit spielen wollen, weshalb es besser wäre, Oma würde nicht einfach eigenmächtig handeln, sondern sich an Bettys Vorgaben halten.

Bleiben Inge und Walter: jede Menge Gutscheine für Carolina, Berge von pädagogisch wertvollem Spielzeug für die Kleinen, manchmal auch von Betty abgesegnete Klamotten für Stefanie und die Zwillinge. Betty und ihre Mutter haben dieselbe Vorliebe für dieselbe Sorte konservativer Kinderkleidung, dunkelblau und weiß und blau-weiß Gestreiftes, sowas halten sie für vornehm. Für Teresa eine billige Kleinigkeit. Ohrstecker mit falschen Perlen. Eine No-name-Plastikarmbanduhr. Ein Polyesterschal mit Altweibermuster, von dem Tante Inge behauptet, es sei *jugendlich*.

Tante Inge gehört zu denen, die der Putzfrau zu Weihnachten ein Nachthemd vom Textil-Diskonter überreichen und dafür tiefe Dankbarkeit erwarten.

Warum nimmst du nicht die Perlen von den Großeltern?, fragt Betty und deutet auf Teresas Ohrringe.

Die Perlen von *wem*?, fragt Teresa scharf zurück. Wenn Inge und Walter nicht als ihre Großeltern gelten wollen, dann soll Betty gefälligst nicht den falschen Terminus technicus verwenden.

Von meinen Eltern, sagt Betty.

Passen nicht dazu, sagt Teresa. (Das Outfit, zu dem diese Ohrstecker passen würden, ist noch nicht erfunden. Oder falls doch, dann wäre es jedenfalls keins, in dem sich Teresa unter Menschen wagen würde.)

Ich hab gedacht, du gehst zu einer Party?

Ja. Und?

Zieht man sich da nicht … ein bisschen festlicher an?

Oh Gott.

Ich bin *festlich* angezogen. Teresa spricht das Wort *festlich* aus wie eine Vokabel aus einer toten Sprache. Sozusagen entgegenkommend. Wenn Betty nur antiquierte Sprachen versteht, will sie sie nicht durch zeitgemäße Ausdrücke verwirren.

Interessante Auffassung von festlich, sagt Betty und kommt sich souverän ironisch vor.

Ich würde die Perlen von der Großmama gern einmal tragen, behauptet Carolina schleimig. Borgst du sie mir?

Die Perlen von der Großmama. Carolina ist Bettys getreue Schülerin. Immer tüchtig angeben. *Perlen von der Großmama* zu Ohrsteckern aus falschem Silber und falschen Perlen.

Jahrelang hat Betty vom *Salon* in der Wohnung ihrer Eltern gesprochen. Teresa, die die Wohnung kennt und weiß, dass da weit und breit kein Salon ist, nur ein Wohnzimmer in einem Neunzehnhundertsechziger-Jahre-Bau, hat zunächst gedacht, Betty und ihre Eltern hätten früher vielleicht woanders gewohnt. Aber nein, es gab nie eine andere Wohnung, wie sich irgendwann herausstellte. Betty meint ein aus öffentlichen Förderungsgeldern erbautes Wohnzimmer, wenn sie vom Salon ihrer Kindheit spricht.

Leider, Carolina, erklärt Teresa mit Genuss, die kann ich dir nicht borgen. Die sind ein Geschenk von deiner Großmama an mich. Die sind mir heilig.

Betty schaut mißtrauisch. Aber der Ton, in dem Teresa gesprochen hat, war tadellos. Kein Hinweis auf Hohn und Satire.

Kann ich nächste Weihnachten übrigens bei Omi und Opi feiern?, fragt Teresa.

Warum?, fragt Hannes.

Damit sie nicht allein sind.

Sie sind zu zweit. Außerdem ist jetzt März, sagt Hannes.

Ich weiß. Ich möchte eben rechtzeitig planen.

Hannes schüttelt den Kopf. Hör auf mich zu verarschen.

Betty wirft sanft ein: Vielleicht macht sie sich Sorgen. Wer weiß, wie lang es die Alten noch gibt.

Gemeiner Trampel. Der Teufel soll sie holen. Vielleicht geben Inge oder Walter ja noch vor Omi und Opi den Löffel ab. Dann wird die schön schauen.

Trotzdem, es ist März, sagt Hannes dickköpfig.

Betty lacht und fährt ihm durchs Haar.

Ja, es ist März, aber Teresa graust jetzt schon, wenn sie an Weihnachten denkt.

3.

Treffen mit Sophie sind, so sie tatsächlich einmal stattfinden, meist ganz witzig. Natürlich überlegt sich Sophie nicht extra ein Programm für Teresa, es liegt ihr fern, Teresa unterhalten zu wollen. Sophie will sich selber unterhalten und Teresa darf mittun.

Weil Sophie eine Schwäche für Luxus hat, spielen sie häufig superreich. Sophie geht zum Beispiel in sauteure Läden und probiert sich quer durch die Klamottenbestände. Teresa darf auch probieren, wie eine Freundin oder eine Schwester. Nie würde Sophie sich benehmen wie eine Mutter, die mit ihrer Tochter shoppen geht, um die Tochter auszustaffieren, vielleicht für das Sommercamp oder einen Abschlussball. Sophie ist keine stolze Mutter. Teresas Aussehen ist ihr ziemlich wurscht.

Das heißt, ganz wurscht auch wieder nicht. Früher hat sie Teresa als hässliches Entlein betrachtet. Zu farblos, zu formlos, zu schwerfällig. Das hat ihr nicht gefallen. Da hat sie ständig an Teresa herumgemeckert. (Zu Unrecht übrigens, wenn man sich Fotos von Teresa anschaut. Teresa war ein süßes Kind, pausbäckig zwar, aber seit wann ist das bei kleinen Kindern ein Nachteil? Ein unvoreingenommener Betrachter würde die kleine Teresa als ernsthafte kleine Person sehen, pausbäckig, mit dickem, strubbeligem Haar und finsteren Augen, was anderes als die lockenköpfigen Putzis mit dem leeren, wasserhellen Blick, aber nicht weniger rührend. Sophie jedoch hat Teresa als Last empfunden, deswegen hat sie sie auch als Last gesehen. Sophie hat Teresa als Plumpsack gesehen, weil sie sich von der Verpflichtung bedrückt fühlte, die Teresa – theoretisch – darstellte. Ein Sack auf ihrem Rücken.

Praktisch ist sie dann mit ihr verfahren, wie sie mit allen Pflichten verfährt, sie hat Teresa abgeschüttelt. Erst danach konnte sie sie schön finden. Davor kam erschwerend hinzu, dass Hannes ihr verwehrte, Teresa wenigstens stylish herauszuputzen. Das hätte Sophie getröstet: Teresa teuer ausstaffieren und dann mit sich herumschleppen zu können wie eine Designerpuppe. Aber Hannes, der Spielverderber, jammerte von wegen überzogenem Konto und ließ keinen Tag vergehen, ohne darauf hinzuweisen, dass er ein kleinkarierter Vertreter der mittleren Einkommensklasse war. Zumindest hat sich Teresa das so zusammengereimt, aus den bruchstückhaften Kommentaren, die sie Sophie, Hannes und Oma gelegentlich entlocken kann. Die Bruchstücke zu einem lebendigen Bild zusammenzusetzen fiel ihr in diesem Fall nicht schwer, schließlich kennt sie die Akteure gut.)

Je schöner Teresa wurde, in Sophies Augen, desto weniger konnte Sophie komischerweise damit umgehen. Eigentlich, glaubt Teresa, hätte sie doch lieber eine Entlein-Tochter, von der sie sich umso vorteilhafter abheben würde. Wobei man hinzufügen muss, dass dieser eventuelle Wunsch nichts Beherrschendes hat. Sophie findet sich selber viel zu schön, um sich von Teresas Schönheit ernsthaft bedroht zu fühlen.

Sie sagt auch nicht, *wir werden es uns überlegen*, wenn Teresa etwas probiert und für gut befindet, das Sophie nicht bezahlen kann (weil sie nämlich gar nichts in dem Laden bezahlen kann). Sophie sagt höchstens, *ich werde es mir überlegen*, wenn sie etwas probiert und an sich für gut befunden hat, denn Sophie hat nur Augen für sich.

Aber trotzdem.

Das Lustvolle ist, dass man, wenn man mit Sophie unterwegs ist, ihre Inszenierungen in dem Moment glaubt. Man glaubt, dass man es sich überlegen wird, weil man glaubt, dass man es sich leisten kann. Man glaubt, dass einem ein Luxusleben zusteht. Man fühlt sich reich und schön und sorglos, wenn man neben Sophie lässig Armani-Jeans beiseite wirft, in Tod's-Schuhe schlüpft, Vuitton-Handtaschen prüfend an die Hüfte hält, sich Klunker vorlegen lässt oder Luxussuiten in Fünf-Sterne-Hotels besichtigt.

In den Hotels sagt Sophie, es kämen demnächst Verwandte auf Besuch, für die sie eine Bleibe sucht, und dann wird man durch die teuersten Räume geführt, und Sophie fragt, ob das Bad einen Whirlpool hat und ob das Schlafzimmer auch nicht nach Osten geht, und während sie es sagt, kommt man sich völlig passend vor in den Suiten, so ganz selbstverständlich hineingehörend, man sieht sich schon in dem großen Bett mit dem seidenbezogenen Kopfteil liegen oder in der Marmorbadewanne, nur blöd, dass kein Whirlpool da ist, also wirklich.

Manchmal dürfen sie auch Probe fahren mit Autos, Sophie ist sehr überzeugend. Dann fahren sie mit Luxuskarossen zu Luxushotels und lassen sich Luxussuiten zeigen.

Sophie ist das, was man früher einen Konsumidioten genannt hat, sagt Tante Gabi grimmig. Tante Gabi ist keine Konsumidiotin. Aber hat sie was davon, in ihrer langweiligen Ruhrpottstadt, eine demnächst pensionsreife Assistenzprofessorin für Volkswirtschaft, die es nie zu einem Lehrstuhl gebracht hat, nur zu einem uralten pflegebedürftigen Ehemann, der betreut werden muss wie ein Kind?

Tante Gabi ist in die akademischen Fußstapfen ihrer Eltern getreten, sie hat die Familientradition fortgesetzt, Respekt und Verbeugung, aber mit welchem Erfolg? Und warum wollte sie keine Kinder, sondern lieber einen Mann, der auf sie angewiesen ist wie ein Kind? Na schön, als sie geheiratet haben, war er noch kein Pflegefall, und eigentlich war's er, der keine Kinder mochte (angeblich), doch wie man es auch dreht und wendet, Tante Gabi klingt nicht sehr überzeugend, wenn sie die Überlegene mimt. Mag ja sein, dass sie Sophie einen höheren IQ voraus hat, aber trotzdem würde man nicht mit ihr tauschen wollen. Wenn man tauschen müsste, dann schon eher mit Sophie.

Diesmal hat Sophie einen Besichtigungstermin mit einer Immobilienmaklerin ausgemacht. Sie treffen sie in einer Villa im Neunzehnten, nicht weit von Omis und Opis ehemaliger Adresse. Drei Stockwerke, zwei Terrassen, weitläufiger Garten mit altem Baumbestand. Baujahr 1915, die Kassettendecken, das Tafelparkett, der Marmorfußboden in der Halle, die Kachelöfen – alles noch original, erläutert die Maklerin. Die Kachelöfen seien übrigens nach wie vor beheizbar.

So wollte ich immer wohnen, vertraut Sophie Teresa an, als die Maklerin nach nebenan geht, um ungestört zu telefonieren. Sie stehen im Salon der Beletage, vor einem großen Erker, durch seine hohen Fenster fällt goldenes Nachmittagslicht.

Man könnte meinen, Sophie hätte eine harte Kindheit in beengten Verhältnissen hinter sich, wie sie so sehnsuchtsvoll seufzt. Hat sie ja auch, gemessen an dieser Pracht. Bei Omi und Opi hat es nur zu einer gemieteten Etage in einem derartigen Haus gereicht. Immerhin, könnte man sagen. Aber wer *immerhin* sagt, kennt Sophie nicht. Sie gibt sich nicht so leicht zufrieden. Bevor sie die Taube in der Hand akzeptiert, schreit sie nach dem Adler auf dem Dach. Doch, ja, wenn Sophie es möchte, dann sitzen auf Dächern auch Adler.

Ich mag den Historismus nicht so, sagt Teresa und zieht einen Flunsch wie ein verzogener Fratz. Ich hätte lieber eine Hoffmann-Villa.

Resi, nerv mich nicht, erwidert Sophie.

Sophie sagt gern Resi zu Teresa. Anaïs nennt sie sie, wenn sie *von* ihr spricht, zum Beispiel zu Zeitschriftentanten, aber *zu* ihr sagt sie Resi.

Resi als Anrede ist demzufolge heilig. Niemand sonst darf Resi sagen.

Nein, eigentlich ist es eine Frechheit. Darum darf niemand. Sophie kann man nicht daran hindern, die anderen schon. Resi. Was für ein Name.

Die Maklerin ist zurückgekommen. Sophie sagt, sie ist sich nicht sicher, ob das Objekt wirklich ihren Wünschen entspricht, sie findet, die Kassettendecken hätten was Bedrückendes.

Nachher gehen sie Eis essen. Sophies Handy gibt Laut, sie meldet sich. Offenbar ein Mann, sie nennt ihn Schorschilein und spricht zu ihm wie zu einem ergebenen Hund. Während Sophie in ihr Handy plappert, das sie zwischen Kinn und Schulter eingeklemmt hat, und dabei Lipgloss auf ihren plappernden Lippen verteilt, rührt Teresa in ihrem Zitroneneis und wünscht sich, dass Sophie tot ist. Dann könnte sie einfach um sie trauern und basta. Tote Mütter weisen dich nicht zurück. Tote Mütter blamieren dich nicht.

Ich ruf dich wieder an, sagt Sophie nachher, als sie sich trennen. Wieder? Sie ruft nie an. Teresa ruft an. Das ist die Wahrheit.

Ist gut, sagt Teresa.

Die anderen:

Benni hat einen Vater, der im Halbjahrestakt die Freundinnen wechselt. Irgendwie blöd, sagt Benni, wenn du dort bist, und es kommt schon wieder ein fremdes Mädel aus der Dusche und behandelt dich wie einen Gast, obwohl du doch die Daueraufenthaltsgenehmigung hast im Gegensatz zu ihr, was sie aber nicht weiß und nie glauben würde. Jede denkt, dass es mit ihr ewig gehen wird, sagt Benni, deshalb sind sie alle so gönnerhaft nett zu ihm, doch er hat keine Lust, sich mit einer anzufreunden, weil er weiß, dass er sie in ein paar Monaten ohnehin nicht mehr treffen wird. Außerdem, sagt Benni, stinkt es ihm, dass die Weiber immer so verschmust sind, dauernd hängen sie dem Vater um den Hals und knutschen an ihm herum, wegen junger Liebe und so, zum Kotzen. Wenn der Alte endlich zur Ruhe käme und bei einer bliebe, dann könnte man vielleicht damit rechnen, dass in etwa einem Jahr erträgliche Verhältnisse herrschen würden, bis dahin müsste sich das Bedürfnis, dem Alten unentwegt die Zunge ins Ohr oder in den Hals zu bohren, doch auf ein normales Maß reduziert haben – aber leider, das ist nicht ernsthaft zu erwarten, weil der alte Bock keine Lust hat, sesshaft zu werden, beziehungsmäßig. Falls er es doch einmal wird, dann sicher nicht, bevor Benni 35 ist oder noch vergreister. Wär ja auch schön blöd, der Alte, wenn er nicht mitnehmen würde, was sich ihm bietet, und ihm bietet sich viel. Erfolgreicher Wirtschaftsanwalt, großes Haus im Achtzehnten, Porschefahrer, Promibonus, der kann es sich aussuchen.

Seine Mutter weniger, sagt Benni, die ist ja auch schon über vierzig. Neulich hat sie einen Typen aufgetan, übers Internet (was sie Benni nicht verraten hat, aber er hat durch Zufall mitgehört, wie sie es einer Freundin erzählt hat), der entpuppte sich dann als verheiratet und ging zu seiner Frau zurück. Er lebe in Trennung, hat er Bennis Mutter erzählt, aber wie es ausschaut, hatte seine Frau gar nicht gewusst, dass er in Trennung lebte.

Seine Mutter hat es gut weggesteckt, da kann man nix sagen. Wär ja auch möglich gewesen, dass sie sich weinend im Bett verkrochen hätte oder sich jeden Abend fürchterlich besoffen, mindestens einen Monat lang – wie die vorletzte Freundin seines Vaters. Das war vielleicht ein Theater, weil das Bett, in das sie sich verkroch, im Schlafzimmer seines Vaters stand, sodass der Vater mit seiner Neuen ins Hotel ausweichen musste.

Er hat es Benni erzählt, sie haben sehr gelacht, sagt Benni. Teresa ist sich aber nicht sicher, ob er wirklich so genau informiert werden wollte.

Die Mutter jedenfalls wie gesagt taff und clean, nur schlecht drauf, laut Benni, was ihm ziemlich auf den Geist geht. Steckt an, so eine miese Laune, als ob das Leben nicht schon schwer genug wäre, mit einem Haufen Schularbeiten und dem Prüfungsstress. Da hätte man doch gern eine aufmunternde Atmosphäre daheim.

Im Übrigen hat er die Mutter im Verdacht, dass sie schon wieder angefangen hat, romantische Mails zu wechseln mit einem anderen, anscheinend wird sie durch Schaden um nix klüger, wieso muss eine erwachsene Frau so unbelehrbar blöd sein.

Rosi hat einen Vater, der für sein neues Kind aus der neuen Ehe in Karenz ging. Für Rosi und ihre Geschwister hatte er nie Zeit, sagt Rosi, aber für das bleiche Wurm von der bleichen Neuen blieb er ein halbes Jahr daheim und seitdem erzählt er aller Welt, wie sehr das seine Beziehung zum Wurm vertieft und gefestigt hat.

Sara lebt in heiler Vater-Mutter-Kind-Familie, mit dem kleinen Schönheitsfehler, dass Saras Mutter die zweite Frau ihres Vaters ist. Saras Erstgeschwister hassen sie. Saras Mutter klagt darüber, dass die Erstkinder so viel Geld kosten, nie wird sie *nicht* berufstätig sein können wie ihre Vorgängerin, die jahrelang daheim auf der faulen Haut gelegen ist, mit nichts beschäftigt als mit dem Haushalt und drei Kindern. Nach wie vor, sagt Sara – deren Mutter trotz Haushalt und einem Kind Teilzeit arbeitet –, arbeitet die Nummer eins bloß Teilzeit. Ihre Mutter, sagt Sara, wäre zu stolz, von ihrem Vater Geld zu nehmen, wenn sie geschieden wären, lieber würde sie putzen gehen, um sich und Sara durchzubringen. Derzeit nimmt sie allerdings Geld von Saras Vater, schließlich ist sie ja mit ihm verheiratet.

Nickis Vater ist in Kanada, angeblich hat er dort wieder Weib und Kinder, doch Genaueres weiß man nicht, weil er jeden Kontakt abgebrochen hat.

Das macht uns überhaupt nichts aus, sagt Nickis Mutter lachend – laut Nicki – bei jeder sich bietenden Gelegenheit, *die Kinder haben einander, das ist die Hauptsache.*

Mit den Kindern meint sie Nicki und seine älteren Geschwister aus der ersten Ehe seines Vaters, mit denen sich Nicki bestens versteht. Auch zwischen seiner Mutter und der ersten Frau seines Vaters ist angeblich alles paletti.

Trotzdem findet es Nicki idiotisch, dass seine Mutter immerzu lauthals versichert, *die Kinder* betrachteten diese Verhältnisse als geradezu ideal. Wie kann sie das wissen? Was soll der Blödsinn? Nicki ist informiert, dass seine große Schwester dem Vater immer wieder Briefe schreibt (an die letzte Adresse, die sie von ihm hat), auf die sie nie eine Antwort kriegt. Die Briefe kommen allerdings auch nicht zurück, daraus schließt Nickis Schwester, dass der Vater sie sehr wohl erhält.

Einmal, es ist schon wieder zwei oder drei Jahre her, hat der Vater Nicki überraschend ein Paket geschickt (Angelzeug, sinnloserweise, denn Nicki angelt nicht und will auch nicht damit anfangen), ohne Absenderadresse übrigens. In dem beigelegten Brief stand, dass der Vater sich in Kanada das Angeln angewöhnt habe, es mache ihm viel Freude, und er hoffe dasselbe von Nicki.

Nicki wollte das Geschenk vor den Geschwistern geheim halten, aber seine Mutter erzählte es deren Mutter, mit dem Erfolg, dass die Geschwister eine Weile eingeschnappt waren, obwohl sie, wie sich herausstellte, ebenfalls einmal ein Paket bekommen hatten. Unnützes Zeug sei drinnen gewesen, sagen sie, und bis heute rätselt Nicki, ob sie nicht gelogen haben. Vielleicht war was ganz Tolles drin. Vielleicht kriegen sie sogar regelmäßig Geschenke, von denen Nicki nichts weiß, und die Geschichte mit den Briefen ist bloß ein Ablenkungsmanöver.

Nicki sagt, dass er seiner Mutter den Hals umdrehen wird, wenn sie nicht aufhört zu flöten, die Hauptsache sei, dass sich die Kinder so gut leiden könnten.

Lenas Vater hat eine Freundin, die immerzu auf Superstiefmutter und Superkumpel macht, und zwar, sagt Lena, in Konkurrenz zu ihrer tatsächlichen Mum, und das ist bescheuert, weil ihre Mum total okay ist.

Betty gibt ja auch an als die bessere Mutter, denkt Teresa, aber das ist wenigstens insofern gerechtfertigt, als Sophie eine ziemliche Versagerin ist. Jedes halbwegs mütterliche Wesen ist eine tolle Nummer im Vergleich zu Sophie, jedenfalls auf dem Muttersektor.

Lenas Mum hingegen braucht keinen Vergleich zu scheuen, schon gar nicht den mit der Freundin ihres Exmannes, sagt Lena.

Naja, nicht dass Lena gar nichts auszusetzen hätte an ihrer Mum, aber das geht nur sie beide was an und keinesfalls den Trampel von Vaterfreundin. Trotzdem gibt die Freundin nicht auf, ihre Mum übertrumpfen zu wollen. Sie steckt Lena Geld zu (das Lena meist nicht nimmt, obwohl sie's verdammt gut brauchen könnte) und tut auf megaverständnisvoll. *Wenn du mal in Schwierigkeiten bist, an mich kannst du dich immer wenden.*

Was für Schwierigkeiten?, fragt Lena.

Stellt sich doch glatt heraus, die dumme Tussi meint unerwünschte Schwangerschaften. Was ist, ist die Tatsache, dass es die Fristenlösung gibt, an ihr vorübergegangen? Und denkt sie, Lena hätte noch nie was von Verhütung gehört?

Wahrscheinlich träumt sie davon, sagt Lena, dass meine Mum mich total unaufgeklärt erzogen hat oder so, weshalb ich beim ersten sexuellen Kontakt schwanger werde und keinen anderen Ausweg weiß, als mich vertrauensvoll an sie zu wenden. Und sie nimmt mich dann unter ihre Fittiche und schleift mich zur Abtreibung, und dann haben wir zwei ein süßes Geheimnis, sie und ich.

Ärgerlich ist auch, sagt Lena, dass sie ihrer Mum nichts erzählen kann vom Verzicht auf das Geld, das ihr die blöde Kuh zustecken will. Erstens wäre das Schleimerei, die hat sie nicht nötig, und zweitens würde es so aussehen, als zapfe sie ihre Mum an, damit die ihr das Opfer entlohnt, das sie für sie gebracht hat.

Neulich allerdings sei sie ausgerastet, als ihre Mum ihr vorgeworfen hat, sie sei ein Fass ohne Boden, weil sie einen Zuschuss für Samstag Abend erbeten hatte. Ihre Mum hat keine Ahnung, was die Getränke in einer Disco kosten und wieviel sie sich kaufen könnte, wenn sie ihr Taschengeld mit den Extrascheinen von Vaters Tussi aufbessern würde.

Bleibt die Frage, warum die Weiber so gern bei den Kindern ihrer Typen ankommen wollen. Die Männer geben sich nicht halb so viel Mühe. Manche sind ganz nett, wenn sie bei einer Frau aufkreuzen, die Kinder hat, aber sehr oft sind es die Kinder, die gebeten werden, sich zu *benehmen*, damit sie den potenziellen Lover der Frau Mama nicht vergrätzen. Wie Simone, deren Mutter nichts sagt, solange ihr Fleisch fressender Haberer blöde Anmerkungen über menschliche Wiederkäuer macht. Erst wenn Simone ihm Contra gibt, schaltet sich ihre Mutter ein und verlangt einen *anderen Ton* von Simone. Kann sie haben, sagt Simone. Sie wird sich wundern.

Und dann Jenny. Bei Jenny alles so, wie es sich angeblich gehört. Nix Patchwork, nix secondhand. Vater, Mutter, Kinder. Vater und Mutter in erster, immer noch aufrechter Ehe miteinander verheiratet, Jenny kleine Schwester von größerem Bruder, Reihenhaus mit Grillplatz im Garten, ein Hund, zwei Autos in der Garage (die Mutter teilt sich ihres neuerdings mit dem Bruder), Vater Besitzer einer Lackiererei, Mutter hilft im Büro und bäckt jedes Wochenende einen Kuchen.

Leider hat Teresa Jennys Mutter im Verdacht, dass sie die Vorstellung genießt, Teresa sei ihnen ihr *intaktes* Familienleben neidig beziehungsweise sehne sich selber nach einer derartigen Familie.

Ihre süßliche Freundlichkeit hat was Lauerndes. In ihrem Blick liegt Triumph, wenn sie einen ihrer selbst gebackenen Kuchen auf den Tisch stellt (oder vielmehr die Reste, denn Teresa war bisher nur an Wochentagen bei Jenny, und da ist das Weekend-Werk nur noch eine Ruine). Sie triumphiert über fragwürdige Verhältnisse, in denen vermutlich keine Mutter Kuchen bäckt. Brosamen vom Tische des Reichen. Teresa bekommt die Platte mit dem ausgetrockneten Rest hingeschoben wie eine gütige Gabe und soll vermutlich springen vor Freude über diese seltene Delikatesse.

Danke, ich esse nie Kuchen, sagt Teresa.

Jennys Mutter badet sofort in balsamischem Mitleid. Mild sagt sie: Der ist selber gemacht. Daran bist du nicht gewöhnt, gell?

Schon sieht sich Teresa in der unangenehmen Situation, Betty verteidigen zu müssen.

Wieso, fragt sie kühl und unschuldig, meine Mutter bäckt ständig Kuchen, aber ich mag nur gekauften Junk.

Sie lehnt sich zurück. Gut gesagt, vor allem der selbstironische Schluss, der untermauert, dass sie eins der üblichen verwöhnten Mittelschichtkinder ist.

Deine Mutter oder deine Stiefmutter? (Mit boshaft glitzernder Stimme.)

Beide, sagt Teresa kühn.

So. Beweisen Sie mal das Gegenteil, Mrs. Obergut.

Jennys Mutter lächelt besserwisserisch. Sie spart sich Gegenbeweise, sie glaubt einfach kein Wort.

Zu Betty hat sie einmal bei einer Schulveranstaltung kokett kichernd gesagt: Man kommt sich ja schon ganz unzeitgemäß vor, so als altmodische heile Familie. Betty hat süßsauer gelächelt, und obwohl es Teresa nicht kränkt, wenn Betty sich kränkt, hat sie es Jennys Mutter jedenfalls nicht vergönnt, dass die sich ungestraft plustern konnte.

(Betty liebt es, auf Veranstaltungen von Teresas Schule zu gehen. Üblicherweise lässt sie sich dort feiern, weil sie ihre Stiefmutterpflichten gar so ernst nimmt.)

Jennys Mutter: eine Frau in grell gemusterten, zu engen

Klamotten, die zum Thema Entwicklungszusammenarbeit sagt, *die Neger sollen ihren Karren selber aus dem Dreck ziehen.* Wie kommt diese Frau dazu zu glauben, Teresa beneide Jenny um sie?

Teresa beneidet niemanden. Das ist irgendwie gut, dass niemand so richtig beneidenswert ist. Teresa hat es nicht leicht, aber die anderen sind kaum besser dran. Müsste sie sich für irgendein fremdes Elternteil entscheiden, dann am ehesten noch für Lenas Mum. Doch auch die hat ihre Macken, sagt Lena.

Nachdem Teresa heimgekehrt ist von ihrem Treffen mit Sophie, fragt Betty: Wie war's?

Nett, sagt Teresa.

Was habt ihr gemacht?

Wir haben ein Haus besichtigt. So eine riesige Villa im Neunzehnten. Sophie will sie vielleicht kaufen.

Wirklich, will sie? Und wer wird das zahlen?

Na, sie selber.

Ach. Mit welchem Geld?

Weiß ich doch nicht.

Betty wischt Krümel von einem Küchenschrank. Sie schaut schachmatt. Ist ja wahr. Wie soll Teresa das wissen?

Naja, sagt sie dann, spöttisch, wenn sie sich's leisten kann.

Kann sie.

Teresa sagt das so bestimmt, dass sie Betty erneut provoziert.

Wie schön. Und? Wirst du ein Zimmer haben in ihrer Villa? Oder ist für dich kein Platz drin?

Wart's ab, sagt Teresa und schlägt die Küchentür hinter sich zu.

Bettys Stimme dringt trotzdem durch: Knall nicht mit dem Türen, Fräulein! Du wirst es nicht glauben, aber *wir* haben kein Geld für neue!

Teresa weiß, was Betty (und Hannes) wirklich interessiert hätte: ob Sophie die leidige Ronnie-Williams-Geschichte mir ihr bequatscht hat. Hat sie aber nicht. Sophie bequatscht ihr Leben nicht mit Teresa. Reine PR, dass sie behauptet, was für ein Vertrauensverhältnis sie und Teresa hätten. Wobei sie, denkt Teresa, nicht aus Mißtrauen nichts sagt, sondern weil ihr Aussprachen nichts geben. Sophie ist nicht der reflektierende Typ. Sophie braucht Action.

4.

All die nicht eingelösten Klamotten-Gutscheine in Carolinas Schreibtischlade.

Warum kaufst du dir nicht endlich was?, fragt Teresa.

Ich spare, sagt Carolina.

Worauf? Eines Tages werden sie abgelaufen sein und du sitzt auf einem Haufen ungültiger Gutscheine.

Na und?, fragt Carolina patzig zurück. Ich mach mir nicht so viel aus Fetzen. Ich bin eben nicht so konsumsüchtig wie du.

Von wegen. Mit einer solchen Figur wäre Teresa auch nicht fetzengeil. Muss schlimm sein, wenn man in allem aussieht wie eine aufgeplatzte Bratwurst.

Carolina, sagt Betty sanft beim Mittagessen, musst du dir zweimal Nachtisch nehmen? Warum holst du dir nicht lieber einen Nachschlag vom Gemüse?

Carolina verzieht angewidert das Gesicht.

Teresa hat es gut. Teresa ist schlank und rank. Teresa nimmt nicht zu.

Teresa gilt als diejenige in der Familie, die essen kann, was sie will, ohne dick zu werden.

Fällt niemandem auf, dass Teresa nichts essen *will*, was dick macht?

Teresa ist diszipliniert und zielstrebig. Sie hungert nicht, aber sie würde auch nie zu viel essen und schon gar nicht von etwas, das fett machen könnte.

Teresa ist diszipliniert und zielstrebig, aber das nehmen die anderen nicht wahr, die anderen sehen sie als zweite Sophie, und Sophie ist bekanntlich schwach und maßlos.

Also wird Teresas schlanke Figur nicht als das Ergebnis von

Essdisziplin gesehen, sondern als etwas, das ihr unverdient in den Schoss fällt. Teresa isst angeblich, was sie will, und nimmt dennoch nicht zu, weil das Schicksal ungerecht ist.

Carolina wäre ganz hübsch, wenn sie nicht an den falschen Stellen zu rund wäre. Hübscher als Stefanie. Wenn man sich Fotos von Carolina als Vierjährige ansieht, dann sieht man ein ebenmäßiges Kindergesicht unter blonden Haaren (die jetzt zu einem schönen Hellbraun nachgedunkelt sind, intensiver als das fade landläufige Dunkelblond). Stefanie hingegen hat ein Koboldgesicht, so, als hätte jemand ein Puzzle nicht ganz richtig zusammengesetzt. Nase, Augen, Mund, passt alles nicht harmonisch zueinander, wenig entwaffnendes Kindchenschema, und dennoch: Stefanie ist diejenige, der die Herzen zufliegen, wenn sie nur will.

Steffi-Effi, Fanni-Nanni singt Teresa und kitzelt Stefanie am Bauch und prustet ihr unters Kinn, bis sie sich vor Lachen windet (aber nur, wenn Betty nicht in der Nähe ist). Betty sagt, es ist ihr unerklärlich, warum die Kleinen an Teresa hängen, sie schreibt es dem arglosen Naturell der drei zu, aber Teresa weiß, dass es erklärlich ist. Teresa kann eine verdammt lustige große Schwester sein, wenn Betty nicht herschaut.

Fanni-Nanni, Steffi-Effi … Das sind lauter Vornamen. Doch, Effi auch. Es war einmal eine Effi, die hieß Effi Briest, und die war kreuzunglücklich. Seitdem müssen alle Mädchen, die Effi heißen, ganz viel weinen …

Und dann, mitten ins Stefanies erschrecktes Gesicht hinein: Aber du heißt ja gar nicht Effi, du heißt Stefanie, so ein Glück!

Erleichtertes Gelächter, Teresa rollt Stefanie auf dem Boden hin und her, und Stefanie zappelt und kriegt Schluckauf vor Lachen.

Wieso ist Betty eigentlich so vertrauensselig? Sie nimmt doch sonst immer das Schlechteste von Teresa an. Ist ihr nicht klar, wie sehr Teresa die Kleinen terrorisieren könnte, in aller Heimlichkeit, wenn sie so hinterfotzig wäre, wie Betty glaubt?

Aber komisch, diese Möglichkeit scheint Betty auszuklammern, sorglos überlässt sie ihr die Kinder.

Es wäre rührend, wenn es nicht vor allem bequem für Betty wäre.

Die Wahrheit ist, Betty braucht ein Kindermädchen, wenn ihr Los als Mutter einer vielköpfigen Familie nicht in unerträgliches Angekettetsein ausarten soll. Nein, zwei Kindermädchen, denn auch Carolina muss ran.

Bettys Freundinnen haben Au-pairs. Betty hätte ebenfalls gern ein Au-pair. Aber das geht sich finanziell und platzmäßig nicht aus. Fünf Kinder! Das kostet. Und dann hätte das Au-pair ja auch kein eigenes Zimmer, es sei denn, Hannes würde auf seinen Arbeitskeller verzichten, doch selbst dann wäre es fraglich, ob das Au-pair einverstanden wäre, im Keller zu wohnen.

Betty hat sich noch nicht ganz damit abgefunden, dass ausgerechnet sie die *Einzige* sein soll, die ohne Au-Pair über die Runden kommen muss. Die Einzige, sagt Betty, so als wären überall sonst auf der Welt – oder zumindest überall in den Industriestaaten – Au-pairs der Mindeststandard, aber Hannes gibt in diesem Punkt nicht nur nicht nach, er reagiert sogar grantig, was verblüffend ist, weil er Betty sonst kaum Paroli bietet.

Klar, sagte er das letzte Mal, als Betty wieder davon anfing, das wär schon was, ein Au-pair-Mädchen, eine Wirtschafterin … Weißt du was, warum nicht auch noch ein Butler und ein Chauffeur, kein Problem, du musst es nur bezahlen!

Teresa grinste innerlich, während sie äußerlich keine Miene verzog, während Carolina, die dumme Nuss, kurz auflachte, ehe sie überriss, dass Betty den Einwurf nicht lustig fand, worauf sie sich erschrocken die Serviette vor den Mund hielt. Betty bedachte sie mit einem strafenden Blick. Dann sagte sie – in dem Pfadfinderinnen-Ton, den sie anschlägt, wenn sie einem unsichtbaren Mediator ihre bewunderungswürdige, nimmermüde Verhandlungsbereitschaft signalisieren will: Du weißt, dass ich nicht von einer Wirtschafterin und nicht von einem Butler rede, Hannes, lass uns doch sachlich bleiben.

Schon schaute Hannes beschämt und brummelte: Sachlich kann ich dir nur sagen, so gern ich würde – es geht sich nicht aus.

Betty lächelte ihm zu, ein *Na, also, es geht doch, dass wir nicht neben das Töpfchen machen, wenn wir uns nur bemühen*-Lächeln.

Zu ihren Freundinnen sagt Betty, sie wolle kein Au-pair, die Zeit mit den Kindern sei ohnehin so kurz, man müsse sie genießen, und außerdem würde es ihr schwer fallen, ihre Kinder einer fremden Person anzuvertrauen, sie persönlich habe ihre Zweifel am Verantwortungsgefühl dieser Mädchen.

Und siehe da, auf einmal sind die Freundinnen in der unterlegenen Position und müssen sich rechtfertigen, zumal die Au-pair-Mädchen, die sie beschäftigen, in der Mehrzahl gar keine richtigen Au-pairs sind, sondern billige Importkräfte aus dem ehemaligen Ostblock ohne koscheren Arbeitsvertrag.

Davon abgesehen haben Bettys Freundinnen mit den Au-pair genannten Diskont-Kindermädchen nicht nur gut verdienende Männer, sondern, im Unterschied zu Betty, auch einträgliche Berufe.

Sie arbeiten alle. Außer Haus, gegen Geld. Nur Betty nicht.

Betty wollte nie arbeiten gehen, schon als sie noch keine fünf Kinder hatte, war sie nicht gern berufstätig. Sechzehn Semester Betriebswirtschaft ohne Abschluss, ja, sogar ohne nennenswerte Prüfungen, das rechnet sich nicht. Bevor sie sich Carolinas Vater krallte, war sie zwei Jahre Sekretärin in einer Pharmafirma. Das ist ihre ganze Berufserfahrung.

Sie sehe sich als *Familienmanagerin*, sagt Betty heute. Das sei eine viel größere Herausforderung als alles andere und viel wertvoller für die Gesellschaft. Sie wisse, wie es in der Arbeitswelt zugehe, sowas wie ihr ehemaliger Job oder auch der ihres ehemaligen Vorgesetzten, das lasse sich mit links erledigen, während ihre derzeitige Tätigkeit den ganzen Menschen brauche und das rund um die Uhr. Dafür sei die Befriedigung ungleich größer.

Schön für sie. Nur, warum wirft sie Hannes dann vor – und das tut sie immer wieder, wenngleich mit watteweichen Worten und honigsüß –, dass sie sich für die Familie opfert, indem sie den Haushalt betreut (mit Hilfe einer bloß dreimal die Woche kommenden Putzfrau), statt sich in einer Vorstandsetage selbst zu verwirklichen?

Kein Au-pair, deshalb müssen Teresa und Carolina babysitten. Die Kleinen bleiben lieber bei Teresa, obwohl Teresa nie vergisst, Betty in Erinnerung zu rufen, dass es eine Zumutung ist, sie am Hals zu haben. Carolina mault nicht, aber auch ihre Begeisterung hält sich merkbar in Grenzen. Zwischen Carolina und Steffi kracht es oft, Steffi ist widerborstig und aufsässig Carolina gegenüber, und Carolina rächt sich mit unerbittlicher Unnachgiebigkeit, sobald Betty aus dem Haus ist und sie das Sagen hat. Carolina rastet nie aus, was Teresa fast mit Respekt erfüllt, weil sie schon längst ausgerastet wäre an ihrer Stelle, aber sie bleibt stur.

Nein, du räumst jetzt diese Schachtel nicht aus. Weil ich es sage. Das bleibt zu. Erst, wenn du dein Puzzle fertig gemacht hast.

Lass sie doch mit dem Puzzle in Ruhe, wirft Teresa träge ein.

Ja, lass mich in Ruhe!, ruft Stefanie.

Carolina presst die Lippen aufeinander. Dann sagt sie: Puzzles sind eine gute Konzentrationsübung. Die Mama will, dass sie das macht.

Gar nicht wahr!, schreit Stefanie und fegt das Puzzle vom Tisch.

Carolina bleibt ruhig. Beherrscht sagt sie: Du sammelst das wieder ein oder ich nehm dir deine Pippi weg.

Pippi ist Steffis Lieblingspuppe, ohne die sie weder in den Kindergarten noch zu Bett geht.

Nein! Stefanie rafft ihre Pippi an sich und drückt sie an die Brust.

Carolina zuckt die Achseln. Du wirst schon sehen.

Ich sag's der Mammi!

Carolina antwortet nicht, sondern schaut Steffi nur an, mit einem kalten, gleichgültigen, fast gelangweilten Blick.

Steffi stürmt mit ihrer Pippi aus dem Zimmer.

Viel Spaß!, sagt Teresa zu Carolina. Ich muss jetzt.

Sie verlässt das Haus, um zur Klavierstunde zu fahren.

Als sie wieder heimkommt, ist das Puzzle kein Thema mehr. Teresa nimmt an, dass die Teile vor Bettys Rückkehr eingesammelt wurden, von welchem der Mädchen auch immer, denn andernfalls würde Betty ein Strafgericht abhalten und erzieherische Maßnahmen treffen.

Einen Tag später ist Steffis Pippi verschwunden. Steffi brüllt und sucht, und auch alle anderen werden zum Suchen eingeteilt – vergeblich.

Steffi schreit, Carolina habe ihr die Pippi weggenommen.

Schluchzend erzählt sie Betty vom Vorfall mit dem Puzzle und muss beichten, dass sie die Teile nicht wieder eingesammelt hat.

Betty ergreift zunächst Carolinas Partei. Sie könne es verstehen, wenn Carolina Steffi habe bestrafen wollen.

Danach zu Carolina: Hast du ihre Pippi konfisziert? Dann gib sie jetzt wieder her.

Ich hab sie aber nicht, sagt Carolina, höfliches Bedauern im Gesicht. Tut mir wirklich leid.

Gib sie mir, gib sie mir!, heult Steffi.

Carolina schaut Betty in die Augen: Ehrlich, Mama, ich weiß nicht, wo ihre Pippi ist. Aber kannst du ihr bitte sagen, dass sie mir folgen muss, wenn ich auf sie aufpasse?

Ja, sicher, sagt Betty etwas ungeduldig. Natürlich muss sie dir folgen, aber jetzt wäre es gut, wenn wir endlich diese verdammte Puppe finden könnten.

Meine Pippi ist nicht verdammt!, kreischt Steffi.

An diesem Abend kann Steffi lange nicht einschlafen, sie schluchzt und wimmert und landet schließlich bei Hannes und Betty im Doppelbett.

Eins sag ich dir, Carolina, stöhnt Betty am nächsten Morgen, wenn sich herausstellt, dass du diese Puppe verschwinden hast lassen, dann setzt es was.

Carolina schluckt. Aber mit fester Stimme sagt sie: Das ist nicht fair, Mama.

Sie nimmt ihre Schulsachen und geht zur Tür.

Betty ruft zu ihr hin: Ich habe gesagt *wenn*, ich habe nicht gesagt, *dass* du es getan hast!

Carolina verlässt das Haus.

Teresa geht kurz darauf ebenfalls. Carolina und sie haben nur teilweise den gleichen Schulweg, sie fahren mit verschiedenen Bus- bzw. Straßenbahnlinien, Teresa länger als Carolina, weil ihre Schule weiter weg ist. Trotzdem lässt sie sich morgens immer mehr Zeit. Heute sieht sie Carolina vor sich marschieren, wenn sie wollte, könnte sie sie einholen und nach der Wahrheit fragen, aber das würde nichts bringen. Carolina und sie führen keine vertraulichen Gespräche.

Steffis Pippi wird drei Tage später in einem Haufen Schmutzwäsche gefunden, zum Glück hat Betty sie nicht mitsamt der Kinderkleidung in die Waschmaschine gestopft.

Teresa hat sich schon gefragt, wie sich Carolina aus der Affäre ziehen wird. Wenn die Pippi verschwunden geblieben wäre, hätte das kein gutes Licht auf sie geworfen, schließlich löst sich eine Puppe nicht in Luft auf.

Das kann schon mal vorkommen, sagt Betty, dass Spielzeug in der Schmutzwäsche landet, überhaupt in einem so großen Haushalt mit so viel Schmutzwäsche.

Hat sie vergessen, dass sie das ganze Haus auf den Kopf gestellt haben bei der Pippi-Suche, auch die Waschküche? Offenbar. Oder sie will sich nicht erinnern.

Meine Pippi!, ruft Stefanie und küsst das Puppengesicht.

Als sie aufschaut, begegnet sie Carolinas entschlossenem Blick. Teresa beobachtet es. Steffi würde gut daran tun, die Warnung zu begreifen. Aber ob sie alt genug dazu ist?

Hüte dich vor den Konfliktscheuen, sie sind hinterhältig.

Die Zwillinge. *Leopold* und *Ferdinand*. Dynastisch. Was glauben Hannes und Betty? Dass sie zu Habsburgern werden, wenn sie ihren Kindern entsprechende Namen geben?

Zum Glück heißt Teresa Teresa und nicht Maria Theresia.

Teresa mag Leopold. Leopold ist bedächtig und gutmütig, ein kleiner Teddybär, der ihr schnaufend einen schweren Kopf auf die Schulter legt, wenn er müde ist. Ferdinand, dünn, zappelig und verraunzt, mit blasser, zu Ausschlägen neigender Haut, ist anstrengend. Alle mögen Leopold, alle müssen sich zusammenreißen, um Ferdinand nicht merken zu lassen, dass sie Leopold lieber haben. Jedenfalls ist das Teresas These. Das wiederum hat fast zur Folge, dass ihr Ferdinand mehr am Herzen liegt, aber nur fast. Denn kaum nimmt sie ihn auf dem Arm, um ihn ein bißchen zu knuddeln, plärrt er auch schon los, mit seiner fisteligen Stimme, und bringt sich um ihre Zuneigung.

Weißt du was?, sagt Teresa scheinbar besorgt zu Betty. Ich hab gelesen, dass Diabetikerinnen statistisch gesehen häufiger Zwillinge kriegen als andere Frauen. Hast du schon mal deinen Blutzucker kontrollieren lassen?

Ja, erwidert Betty. Ich muss dich enttäuschen, ich bin ganz gesund.

Teresa bemüht sich um eine gekränkte Miene. Wieso sagst du sowas? Ich mein es doch nur gut.

Na, freilich, antwortet Betty.

Erst vorige Woche hat Teresa bei Betty eine überdurchschnittlich hohe Osteoporosegefährdung diagnostiziert. Betty winkte ungerührt ab. Du und deine Schreckensmeldungen. Lies weniger Zeitungen und kümmer dich lieber um deine Schulsachen.

Sie tut immer so abgebrüht, aber vielleicht bleibt in ihrem Hinterkopf ja doch ein kleiner Stachel zurück, eine leise Unruhe, eine Spur von Angst vor einer genetisch disponierten Leidenskarriere?

Jetzt sagt sie plötzlich: Du gehst nicht, ehe du dein Zimmer aufgeräumt hast.

Teresa zieht eine Braue hoch. Ich habe ein eigenes Zimmer? Wo?

Euer Zimmer.

Du meinst, ich soll ganz allein ein Zimmer aufräumen, in dem ich zu zweit wohne?

Ja. Wenn es sein muss.

Aber warum?

Weil Carolina nicht da ist. Darum.

Carolina ist in ihrer Gitarrestunde. Betty hätte lieber, dass sie Klavier lernt. Vermutlich ist Klavier in Bettys Augen das passendere Instrument für künftige Gattinnen künftiger Vorstandsvorsitzender. (Nehmen wir mal an, Carolina trifft später einmal auf einen jungen Diplomaten mit glänzenden Karriereaussichten, und dann muss sie dem gestehen, dass sie bloß Gitarre spielt. Solche schockierenden Szenarien hat Betty Teresas Meinung nach vor dem inneren Auge, wenn sie sagt: Ich weiß nicht, Carolina, solltest du es nicht doch einmal mit dem Klavier versuchen? Bettys verzopfter Snobismus ist einer der Gründe, warum Teresa das Klavier nicht aufgibt. Soll sich Betty doch giften, dass Teresa genau die Höhere-Tochter-Musikausbildung in Anspruch nimmt, die sie für Carolina vorgesehen hätte.)

Teresa schickt sich an, die Treppe zu ihrem und Carolinas Zimmer hinaufzusteigen.

Betty sagt höhnisch: Du kannst ja alles, was von Carolina herumliegt, auf einen Haufen tun. Es genügt, wenn du dein Zeug wegräumst.

Damit hat sie leider Recht. Um das Zimmer einigermaßen in Ordnung zu bringen, genügt es, wenn Teresa ihr Zeug wegräumt, denn Carolina, die Schleimstreberin, lässt nichts herumliegen.

Eins zu null für Betty.

5.

Papi, mein Papi!, schreit Stefanie. Hannes ist heimgekommen. Steffi rennt ihm entgegen, er hebt sie hoch, und sie wirft die Arme um seinen Hals. Mein Papilein!

Stefanie ist ein Biest. Geh weg, das ist mein Papi, nicht deiner!, sagt sie zu Carolina.

Carolina schaut verletzt.

Hannes lacht und schüttelt den Kopf. Es ist unbewiesen, dass er den Kopf über Steffis verrückte Einfälle schüttelt, wenn er den Kopf schüttelt. Vielleicht stimmt er Steffi ja auch zu. Vielleicht heißt sein Kopfschütteln: Nein, Carolinas Vater bin ich wirklich nicht! Teresa glaubt zwar nicht, dass es diese Bedeutung hat – im Gegensatz zu Carolina, deren gekränktes Gesicht den Schluss nahelegt, dass sie es so interpretiert –, aber sie fände es irgendwie befriedigend, wenn Hannes wenigstens tief innen doch nicht Carolinas Vater sein wollte. Nein, befriedigend ist zu viel. Aber witzig.

Das ist mein Papi!, sagt Stefanie auch zu Teresa. Der gehört dir nicht.

Irrtum, sagt Teresa. Meiner ist er auch.

Gar nicht wahr! Er ist meiner und der vom Leo und der vom Ferdi, aber deiner ist er nicht. Du bist bloß *angenommen*.

Von wem sie das Wort wohl hat?

Nein, leider, sagt Teresa spöttisch, mich hat er auch gezeugt.

Stefanie schiebt schmollend die Unterlippe vor. Gezeugs, gezeugs! Du bist selber ein Zeugs!

Teresa lacht und dreht sich achselzuckend weg.

Carolina schaut noch immer weidwund.

Hört sie nie wieder damit auf? Mimose. Wen will sie rühren? Hat sie noch nicht geschnallt, dass das nix bringt?

Hannes war im Büro, an einem Samstag. Er ist in seiner Firma so wichtig, dass er häufig auch am Wochenende ins Büro muss. Weil er im Büro war, ist er darum herumgekommen, Leopold und Ferdinand Gassi zu führen. Betty möchte, dass Hannes eine gute Vater-Söhne-Beziehung zu den Zwillingen aufbaut, deshalb schickt sie ihn gern mit den beiden spazieren. Zu Hause sinkt der Lärmpegel in einem erstaunlichen Ausmaß, wenn Ferdinands dünnes Greinen wegfällt, das sich ansonsten beharrlich ins Ohr fräst. Teresa könnte darauf wetten, dass Hannes' Unverzichtbarkeit an seinem Arbeitsplatz mit Bettys Neigung zusammenhängt, ihm die Zwillinge aufs Auge zu drücken, im Speziellen den greinenden Ferdinand, dem man es nie recht machen kann.

Hannes also zurück aus dem Büro, er hat sich schon am frühen Nachmittag wieder *frei gemacht*, denn zwei Freundinnen Bettys wollen zum Kaffee kommen, mit ihrer Brut, und Betty will ihn dabeihaben. Inge und Walter sind schon da.

Von Teresa wird erwartet, dass sie sich um sämtliche Kinder kümmert, damit *die Erwachsenen in Ruhe reden können.*

Carolina ist rechtzeitig abgezogen, zu einer Schulkollegin, mit der sie Mathe übt, denn sie hat am Dienstag Schularbeit.

Was ist mir?, fragte Teresa. Ich muss auch lernen. Ich hab Spanisch-Test.

Pech, wenn du dir alles bis zum letzten Augenblick aufhebst, sagte Betty ungerührt. Teil dir deine Arbeit besser ein.

Der Unterschied besteht darin, dass Teresa gut ist in Spanisch, während Carolina mit Mathe *kämpft.* Mit Mathe zu kämpfen bedeutet bei Carolina nicht etwa, dass sie am Durchfallen ist, sondern dass es sie Mühe kostet, ein Gut zu erwirtschaften. Carolinas Ehrgeiz ist wetterfest und stählern, unermüdlich schafft sie Vorzugszeugnisse heran, wie es von ihr erwartet wird.

Teresa fragt sich manchmal, was Betty tun würde, wenn sie zu den drei Kleinen eine Ältere mit Lernschwierigkeiten hätte. Sie nimmt es viel zu selbstverständlich, dass Carolina und Teresa die Schule ohne Hilfe und problemlos schaffen. So selbstverständlich ist das nicht. Okay, würde Teresa schlecht lernen, wäre das kein großes Ding. Du hast deine Chance gehabt und basta. Wenn du nicht lernen willst, musst du eben arbeiten. So oder ähnlich würde Betty vermutlich mit Teresa verfahren. Aber bei Carolina sähe die Sache schon anders aus. Von ihr würde Betty nicht wollen, dass sie die Schule abbricht und in eine Lehre geht oder womöglich überhaupt nur jobbt.

Im Ernst, was würde Betty tun, wenn sie mit Carolina üben und sie zum Strebern anhalten müsste, und die drei Kleinen wären zu versorgen, und Teresa wäre den ganzen Tag weg an einem Arbeitsplatz?

Betty ahnt wahrscheinlich gar nicht, welches Glück sie hat. Carolina ist ein Schatz, sagt sie oft zu anderen Leuten, lachend, sie weiß einfach, ich *muss* mich auf sie verlassen können.

Sie tut, als wäre es ihr Verdienst, dass sie sich auf Carolina verlassen kann, weil sie ihr rechtzeitig beigebracht hat, dass das notwendig ist.

Naja. Was nicht ist, kann ja noch werden. Schaut nicht aus, als würde Stefanie sich zu einer gefügigen Streberin auswachsen. Und ob der greinende Ferdinand (oder der behäbige Leopold) in der Schule durch besondere Geistesgaben glänzen werden, ist durchaus fraglich. Es gibt also noch drei Chancen, dass die selbstgefällige Betty auch einmal mit dem Kopf unter Wasser gerät.

Bettys Freundinnen werden je zwei Kinder mitbringen. Macht insgesamt sieben, auf die Teresa aufpassen soll.

Was ist, wenn ich den Überblick verliere? fragt Teresa. Oder wenn sich eins wehtut?

Berechtigte Frage. (Sie ist sich nicht sicher, wie ernst sie sie meint. Eigentlich traut sie sich durchaus zu, mit der Horde fertig zu werden.

Andererseits passiert ja oft gerade dann was, wenn man nicht damit rechnet. Jedenfalls soll Betty nicht einfach davon ausgehen, dass das alles selbstverständlich ist.)

Wenn sich eins von den Kindern wehtut, reißen wir dir den Kopf ab, erwidert Betty unbeeindruckt. Also pass gefälligst auf.

Betty Freundinnen: die schöne Nora und die adelige Agnes. Nora ist Anwältin, sie hat einen gut aussehenden Zweitmann, der ebenfalls Anwalt ist, und drei dekorative Kinder, wovon sie die beiden Jüngeren – eine Elfjährige aus ihrer Erst- und einen Fünfjährigen aus der Zweitehe – mitbringt.

Agnes ist unansehnlich und ungeschminkt, sie hat es nicht nötig, sich aufzupeppen, ihr Glanz geht von ihrer Herkunft aus. Sie hat Medizin studiert und einen Standesgenossen geheiratet. Ihre Söhne sind drei und sechs.

Nora ist arrogant und tüchtig, Agnes praktisch und gelassen. Beide sind mit Betty zur Schule gegangen. Inge betont gern den hochkarätigen Kreis, in dem sich Betty als Schulmädchen bewegt hat. Teresa wüsste gern, ob Inge oder Betty manchmal neidisch sind auf Bettys Freundinnen aus den reichen, angesehenen Familien, mit den *wirklich* erfolgreichen Männern und der eigenen kleinen, aber feinen Karriere, oder ob sie Betty tatsächlich so gleichrangig daneben sehen, wie sie immer tun.

Die Freundinnen kommen, mit ihren Kindern, aber ohne ihre Männer. Sie haben die Einladung als eine zu einem *Wei-*

bertratsch verstanden und nicht gewusst, dass Hannes sich extra *frei gemacht* hat. Ach, zu dumm. Noras Mann ist auf dem Golfplatz, sagt Nora. Was Agnes' Mann gerade tut, wird nicht verraten. Agnes war übrigens noch nie mit ihrem Mann da. Vielleicht verkehrt er nicht mit Menschen ohne kilometerlangen Stammbaum.

Wenn Hannes die Absenz der Ehemänner als Affront empfindet, lässt er es sich nicht anmerken. Er ist ganz Freundlichkeit und kumpelhafte Freude, wie Walter, den viele Jahre an Inges Seite darauf trainiert haben, geduldig lächelnd im Hintergrund zu funktionieren.

Inge ist in ihrem Element. Sie ist ja so gut mit Bettys Freundinnen. Sie stürzt sich auf sie wie ausgehungert nach Konversation und erkundigt sich nach ihren Eltern und Großeltern und Geschwistern und dem Familien-*Schlössl* (Agnes) beziehungsweise den amerikanischen Verwandten (Nora). Sie weiß alles über sie und erinnert sich an alles. Sie schwelgt in Erinnerungen. Man könnte meinen, nicht Betty sei mit ihnen zur Schule gegangen, sondern Inge.

Nicht dass Teresa wild wäre auf ein derartiges Interesse an ihren Sozialkontakten. Sie würde sich schön bedanken für eine Mutter, die sich ihr Privatleben aneignet, weil sie selber keines hat. Aber trotzdem: Hat schon einmal irgendjemand von Teresa wissen wollen, wer denn nun eigentlich ihre Freundinnen oder Freunde sind und wie es denen so geht?

Klar, Betty achtet darauf, dass sie und Carolina nicht in *schlechte Gesellschaft* geraten (zumindest denkt sie, dass sie die Kontrolle darüber hat), aber das war's dann auch schon. Betty kennt ein paar Namen und ein paar Gesichter und ein paar der dazugehörigen Elternteile, oberflächlich, aber von Inges flügelschlagendem Eifer ist sie weit entfernt.

Und Sophie hat sowieso keine Ahnung, mit wem Teresa herumhängt.

Gut so. Danke für keine Einmischung.

Du könntest mit den Kindern in den Garten gehen, schlägt Betty vor. Der Garten: Zweihundertfünfundsiebzig Quadratmeter *Eigengrund*. Ein Handtuch hinter dem Haus, aber immerhin. In der Anlage gibt es Gärten, die umfassen nur hundertfünfzig Quadratmeter. Im Vergleich zu den anderen rundherum ist Betty Großgrundbesitzerin. Eigentlich verwunderlich, dass sie nicht von ihrem *Park* spricht.

Vielleicht tut sie das ja auch, Leuten gegenüber, die es nicht nachprüfen können. Vor Nora und Agnes würde sie sich nur lächerlich machen. Agnes bezeichnet ihren Familiensitz kokett als Schlössl, obwohl er ein richtiges Schloss ist, umgeben von Wäldern und Wiesen, die ihre Vorfahren gnadenlos an sich gerafft haben, und Nora spricht lässig von *unserem Sommerhäuserl*, wenn sie ihr Haus am Wörthersee (mit eigenem Seezugang) meint, das gut doppelt so groß ist wie Hannes' und Bettys Sommerundwinterhaus.

Ich möchte lieber herinnen bleiben, sagt Daphne, Noras Elfjährige, und schmiegt sich an ihre Mutter.

Nein, Schätzchen, du hilfst Teresa mit den Kleinen, behauptet Nora und schiebt sie, ihr den Rücken tätschelnd, von sich.

Daphne macht ein säuerliches Gesicht und folgt Teresa, die versucht, die lärmenden, kreischenden Kleineren zur Terrassentür hinauszubugsieren.

Sechs Kinder zwischen anderthalb und sechs auf zweihundertfünfundsiebzig Quadrametern Garten, von denen gut die Hälfte mit tunlichst nicht niederzutrampelndem Rasen und Buschwerk bedeckt sind.

Es gibt auch eine Sandkiste, eine Wippe und eine Schaukel, aber diese Ausstattung macht, weil unfallträchtig, den Job nicht leichter. Steffi, Noras Fünf- und Agnes' Sechsjähriger streiten um die Schaukel, fest entschlossen, notfalls unter Einsatz von Fäusten, Fingernägeln und Fußtritten zu siegen, Ferdinand versucht sich von der Wippe zu stürzen, und Leopold sitzt in der Sandkiste und frißt glücklich lächelnd Sand.

Erst als Agnes wie das personifizierte Donnerwetter über alle hinweggetobt ist und mit geübter Befehlsstimme Anweisungen gebrüllt hat (sie verliert dabei erstaunlicherweise nichts von ihrer fast phlegmatischen Ausstrahlung – vielleicht doch eine genetisch bedingte Fähigkeit, anzuschaffen, ohne sich aufzuregen?), bleibt ein einigermaßen friedlicher Haufen zurück, eingeschüchtert genug, um zumindest die nächste halbe Stunde weniger Ärger zu machen.

Drinnen wird Agnes lachend für ihre militärischen Führungsqualitäten gerühmt. Betty entschuldigt sich für Teresas Unfähigkeit. Tut mir leid, ich hatte keine Ahnung, dass sie davon überfordert ist. Betonung auf davon. Soll heißen: von so einer Kleinigkeit. Inge sagt: Du verwöhnst sie viel zu sehr, sie ist es eben nicht gewöhnt, dass sie mithelfen soll.

Teresa steht draußen, auf einem unsichtbaren Feldherrenhügel, und bemüht sich, sowohl die wippende Abteilung (Steffi und Noras Fünfjährigen) als auch die Sandkiste (die Zwillinge und Agnes' Dreijährigen) scharf im Auge zu behalten. Daphne lehnt an der Schaukel, auf der Agnes' Sechsjähriger unter gellendem Geschrei auf- und nieder schwingt, und trägt eine Miene blasierten Widerwillens zur Schau.

Stimmt es, fragt sie, dass du deine Mutter gar nicht kennst?

Wieso sollte ich sie nicht kennen?

Weil du sie nie siehst.

Warum sollte ich sie nicht sehen?

Daphne zuckt die Achseln. Ich hab geglaubt.

Warum glaubst du so was?

Wieder Achselzucken. Ich hab's halt gehört.

Was?

Daphne verdreht genervt die Augen. Ich hab gehört, dass sich deine Mutter nie blicken lässt.

Wer sagt so was?

Weiß ich nicht mehr.

Hör mal, sagt Teresa. Wieso stellst du so blöde Fragen? Deine Eltern sind doch auch geschieden. Was ist da groß dabei?

Daphne wirft ihre Haare zurück. Naja, sagt sie. Aber ich wohne bei meiner Mutter. *Meine* Mutter hätte mich nie hergegeben.

Das ist der Unterschied. Üblicherweise lebt man bei seiner Mutter, wenn die Eltern geschieden sind. So schaut der Normalfall aus. Die Kinder bleiben bei den Müttern. Und die Mütter bleiben bei den Kindern. Da ist dann gar nichts dabei.

Teresa ist die Ausnahme. Ihre Mutter wollte nicht bei ihr bleiben. Ihre Mutter wollte nicht, dass sie ihr bleibt.

Teresa schaut Daphne fest in die Augen. Meine Mutter wollte mich auch nicht hergeben, sagt sie. Mein Vater hat mich ihr weggenommen. Mich wollten beide, meine Mutter und mein Vater. *Dein* Vater hat dich hergegeben.

Daphne starrt verblüfft und sucht nach einer Antwort. Noch ehe sie eine gefunden hat, befiehlt Teresa: Bleib da, ich komm gleich.

Sie trampelt ins Wohnzimmer, wo das Gelächter verstummt und alle Gesichter sich ihr zuwenden. Ich muss aufs Klo, sagt Teresa zu Betty. Dann marschiert sie stumm an der verstummten Gesellschaft vorbei. Nora steht auf. Ich geh nach draußen, sagt sie. Nein!, ruft Inge. Du bleibst sitzen, ich gehe!

Teresa zieht die Wohnzimmertür hinter sich zu. Sollen sie sich doch darum streiten.

Als Teresa wieder hereinkommt (sie war längere Zeit auf dem Klo, aber gerade so lange, dass Betty nicht sagen kann, so lange kann kein Mensch aufs Klo müssen), ist der Kindergarten ins Wohnzimmer verlegt worden. Inge schaut mit Noras Jüngstem und Agnes' Jüngerem ein Bilderbuch an, Hannes und Walter beschäftigen Steffi, Agnes' Älteren und die Zwillinge mit Bauklötzen und Spielzeugautos, und Daphne sitzt vor Kakao und Kuchen.

Möchtest du nicht doch noch ein Brownie?, fragt Betty sie gerade.

Daphne schüttelt den Kopf.

Kann ich auch Kuchen haben?, fragt Teresa.

Nein, sagt Betty, scheinbar scherzend, für dich gibt's Wasser und Brot, wie immer.

Nora und Agnes lachen. Inges Gesichtsausdruck legt den Schluss nahe, dass es ihr recht wäre, wenn Betty die Wahrheit gesagt hätte.

Teresa bleibt vor dem Tisch stehen und schaut auf die Kuchenplatte.

Herrgott, sagt Betty, nimm dir einen Teller und ein Stück Kuchen – muss ich dich bedienen?

Muss sie nicht. Aber es wäre hilfreich, wenn es einen freien Teller gäbe und einen Platz, auf den Teresa sich setzen kann.

Betty zieht die Brauen hoch und schüttelt unwirsch den Kopf. Teresa geht in die Küche, kommt mit einem Teller zurück, nimmt sich ein Brownie und setzt sich neben Hannes auf den Teppich.

Inge blickt vom Bilderbuch auf und späht auf die Kuchenplatte. Oje, jetzt sind keine Brownies mehr da, ruft sie. Wo Carolina sie doch so gerne isst!

Für Carolina hab ich welche aufgehoben, beruhigt Betty sie. Keine Sorge, ich erwarte doch nicht, dass unser Fräulein Selbstsucht einmal an andere denkt!

Teresa beißt ein Stück Brownie ab und stützt ihr Kinn auf Hannes' Schulter, so, als wolle sie ihm unbedingt beim Klötzchenturmbauen zusehen. Dabei hofft sie, dass Daphne herschaut. Ja, Daphne, so ist das bei uns. Mein Vater und ich, wir sind unzertrennliche Kumpels. Und wo ist dein Papi, der dich so bereitwillig deiner Mutter überlassen hat?

Na, Tochter, sagt Hannes überrascht und blickt an seinem Hals hinunter auf ihren Kopf, unschlüssig, wie er diese ungewohnte Annäherung auslegen soll.

Teresa lächelt ihn an, den Mund voll Browniemasse, die nicht leicht hinunterzukriegen sein wird.

Wenn du dich genug gestärkt hast, könntest du vielleicht gütigerweise die Kinder wieder übernehmen, sagt Betty mit scharfer Stimme.

Teresa schluckt das letzte Stück Brownie, steht auf, stellt den Kuchenteller ab und sagt in den Raum hinein: Also – kommt ihr mit?

Keine Reaktion.

Agnes klatscht resolut in die Hände: Hallo, alles herhören! Alle Kinder gehen mit Therese in den Garten! Und zwar dalli! (Agnes kann sich nicht merken, dass Teresa Teresa und nicht Therese heißt.)

Agnes' Kinder erheben sich folgsam und trotten zur Tür. Noras Sohn zieht ein finsteres Gesicht und läuft zu seiner Mutter. Daphne schaut abwartend auf Nora. Nora schüttelt lachend den Kopf. Also, Agnes, bitte, dein Feldwebelton, wirklich …

Sie unternimmt nichts, um ihren Sohn von sich wegzuschubsen.

Agnes zuckt die Achseln. Reine Überlebensstrategie, sagt sie. Und übrigens: Frau General, wenn ich bitten darf, nicht Feldwebel.

Inge und Betty lachen klingelnd.

Teresa zieht die Zwillinge vom Boden hoch und trägt sie in den Garten. Zu ihrer Verblüffung sträuben sie sich nicht, Ferdinand vergißt sogar zu weinen. Im Hinausgehen hört sie, wie Inge bedauernd sagt: Zu schade, dass Carolina nicht hier ist. Die hat so eine glückliche Hand mit Kindern.

Nachher. Das vergess ich dir nicht, Fräulein!, sagt Betty. Mich derartig hängen zu lassen! Das wird dir noch Leid tun.

Teresa bleibt der Mund offen stehen.

Stundenlang auf die Toilette zu gehen, wenn ausgemacht ist, dass du dich um die Kinder kümmerst! Und, übrigens – sie äfft Teresa nach – *Ich muss aufs Klo*! Seit wann sagen wir Klo?

Ach Gott, Betty und ihre *gute Erziehung*! Jetzt schämt sie sich vor Nora und Agnes, weil Teresa das unfeine Wort Klo verwendet hat. Teresa könnte wetten, dass Nora und Agnes ebenfalls Klo sagen, wenn sie Klo meinen, so zimperlich wie Betty ist keine. Muss ja auch keine so zimperlich darauf bedacht sein, nur ja nicht den niedrigeren Ständen zugezählt zu werden. Das alte Mittelschichtdilemma, sagt Tante Gabi immer, dazu gehören wollen, dabei sein wollen, soziale Anerkennung ernten wollen, und alles mit beschränkten Mitteln, eine ständige Gratwanderung zwischen gerade noch mithalten können und abrutschen.

Betty glaubt, eine zimperliche Sprache gehört zu den Kennzeichen der Oberschicht. Wenn sie sich nur nicht täuscht.

Betty, sagt Hannes begütigend. So schlimm war es doch gar nicht.

Nein? Für dich nicht? Für mich schon. Ich wollte, dass meine Freundinnen einen gemütlichen Nachmittag haben. Aber sowas ist ja nicht möglich! Erst muss Agnes hinausgehen und für Ruhe und Ordnung sorgen, und dann haben wir die Kinder am Hals, weil dein Fräulein Tochter einfach aufs Klo verschwindet!

Aufs Klo? Wieso darf Betty Klo sagen, Teresa aber nicht? Und wieso haben sie alle so viele Kinder, wenn sie es gemütlich haben wollen? Und wieso sagt Betty, *die Kinder am Hals*, Betty, die glückliche Superberufsmutter mit ihren Supermutterfreundinnen?

Komm, komm, sagt Hannes abermals beschwichtigend, deine Mutter freut sich doch, wenn sie den Kindern vorlesen kann.

Oje. Ganz falsch. Betty explodiert. Ihre Mutter. Einmal in Ruhe Kaffee trinken. Ist doch nicht das Kindermädchen. So weit kommt es noch, dass ihre Mutter. Weil Teresa keine Lust hat.

Und zu Teresa: Das Taschengeld für nächsten Monat kannst du dir anderswo verdienen.

Teresa antwortet mit kalter Wut: Taschengeld heißt Taschengeld, weil es Taschengeld ist und nicht Lohn fürs Babysitten. Den Lohn fürs Babysitten kannst du mir ruhig streichen, das wird mir nicht auffallen, denn du zahlst nie was.

Schon hat sie auch Hannes gegen sich. So sei das wieder nicht, Taschengeld müsse man sich ebenfalls verdienen, irgendwie, zum Beispiel durch Kooperation.

Kooperation ist nichts Einseitiges, schreit Teresa.

Richtig, schreit Betty zurück. Und zählt ihre unschätzbaren Verdienste auf: kochen, putzen, waschen, bügeln. Was so nicht ganz stimmt, denn geputzt wird immerhin dreimal die Woche von der Bedienerin, die auch das meiste bügelt. Was Teresa anlangt, so trägt sie entweder zerknittert, bügelfrei oder selbst gebügelt, letzteres zugegebenermaßen nicht häufig.

Der Streit endet ergebnislos, weil Carolina heimgebracht wird, vom Vater ihrer Freundin, den Hannes auf ein Glas Wein in sein Arbeitszimmer bittet, während Betty sich daran macht, Steffi und die Zwillinge ins Bett zu stecken.

Du räumst inzwischen wenigstens das Wohnzimmer auf, sagt sie zu Teresa.

Carolina schlendert herbei, ein eigens für sie gerettetes Brownie in der Hand. Wie war's?, fragt sie Teresa.

Rauschendes Fest, antwortet Teresa. Los, hilf mit.

Carolina schüttelt den Kopf. Wieso? Ist doch nicht meine Unordnung.

Meine auch nicht, sagt Teresa, während sie grimmig umherliegende Bausteine in Spielzeugkisten schleudert.

Carolina beißt in ihr Brownie. Sie hat gesagt, *du* sollst aufräumen! (Undeutlich, wegen voller Backen.)

Teresa sagt nichts mehr. Noch ein Krach ist heute nicht drin. Sie wirft die Bilderbücher auf die Bausteine. Betty wollte viele Kinder, jetzt hat sie sie, schön für sie, aber wieso muss Teresa es ausbaden? Überhaupt stellt sich die Frage, was das mit der Kooperation soll, ganz allgemein. Eltern setzen Kinder in die Welt, und dann müssen die Kinder kooperieren, weil die Eltern allein mit der Kinderbetreuung nicht fertig werden?

Im Übrigen weiß Teresa, warum Betty gar so sauer ist. Nora hat ausführlich über ihre Charity-Aktivitäten berichtet. Erst kürzlich ist Nora für die Broschüre eines Charity-Boards fotografiert worden, dem sie angehört. Sämtliche Damen des Komitees wurden zu einem Fototermin bestellt, erzählte Nora, es war schrecklich, weil die Sache so lang gedauert hat, man wurde von einer Visagistin geschminkt und dann hat eine Stylistin sie verschiedene Tops probieren lassen, mehr als der halbe Tag war um, als die Fotos endlich geschossen waren, und das ihr, die doch einen Beruf hat, im Gegensatz zu manch anderen Komiteemitgliedern.

Dass du dir das antust, ich bewundere dich!, hat Inge geseufzt.

Und Nora sagte bescheiden: Naja, wenn's der guten Sache dient.

Teresa fragt sich, ob es einer guten Sache dient, wenn Society-Schnepfen sich um Spendengeld schminken, stylen und fotografieren lassen, um mit diesen teuer erkauften Fotos zu neuerlichem Spenden zu animieren, aber ja, angeblich ist es genau so. Die Leute geben lieber, wenn Hochglanzwohltäterinnen die Sammelbüchse schwingen, sagt Nora.

Jedenfalls hat Teresa den dringenden Verdacht, dass Betty schrecklich gern ebenfalls eine Hochglanzwohltäterin wäre. Zu vehement hat sie beteuert, dass sie nicht zur Verfügung stehe: *Also, ich würde ja wahnsinnig werden bei sowas*!

Doch leider: Betty ist weder eine bekannte Anwältin noch mit einem Promi-Anwalt verheiratet. Niemand will, dass sie es im Dienst einer guten Sache riskiert, wahnsinnig zu werden. So ein Pech.

6.

Teresa wüsste, wie an Drogen kommen. Diesem Wissen kannst du ja praktisch gar nicht entgehen, heutzutage. No escape, Info-Verfolgung. Aber obwohl sie alles über Drogen weiß, nein, weil sie alles über Drogen weiß, nein, weil sie einfach keine Lust hat, sich ihr Leben zu versauen, nimmt sie keine. Nada. Nicht mal kiffen, in Teresas bedrohter Lage wäre Kontrollverlust zu riskant.

Aber Betty ist misstrauisch. Statt zu würdigen, dass Teresa keine Drogen nimmt, ist sie geplustertes, flatterndes Misstrauen. Zugegeben, sie kann nicht würdigen, was sie nicht weiß, aber sie würde es auch nicht würdigen, wenn sie sicher wüsste, dass, beziehungsweise dass Teresa *nicht*.

Betty ist geplusterte Sorge, nicht aus Angst um Teresa, sondern aus Furcht vor Ärger. Eine Drogenabhängige in der Familie, was das bedeuten würde.

Manchmal belohnt Teresa Bettys Spionageaufwand, indem sie was herumliegen lässt, zum Beispiel Backpulver in einem neutralen weißen Kuvert.

Was ist das?

Backpulver.

Spar dir deine Witze. Was ist das?

Backpulver.

Willst du mich für blöd verkaufen?

Probier es aus. Falls du dich traust. Dann wirst du schon merken, was es ist.

Teresa! Zum letzten Mal: Was ist hier drin?

Backpulver.

Teresa! Mit mir kannst du doch reden.

Worüber?

Schau – warum sollte denn Backpulver in diesem Kuvert sein?

Weil ich es lustig finde.

Als dann endlich der Groschen gefallen ist, Wut und Tränen. Betty fühlt sich verarscht. Zu Recht.

Das ist nur, weil du mir nicht vertraust, sagt Teresa mit seidenweicher, sanfter Psychotherapeutinnenstimme.

Bei Hannes fruchtet die Psychomasche nichts. Er findet die Sache auch nicht lustig. Verantwortungslos. Gemeinheit. Was hast du dir dabei gedacht?

Ich hab es halt lustig gefunden, sagt Teresa, ganz trotziges Kind. Der rüde Humor der Halbwüchsigen, klaro?

Wenn sie Teresa ständig unterschätzen, geschieht ihnen recht. Sie sehen Teresa sowieso als eine, die sowas lustig findet. Also tut sie ihnen den Gefallen.

Hannes verhängt Ausgeh- und Kinoverbot oder was ähnlich Lächerliches. Ist ihm noch nicht aufgefallen, dass Teresa sowieso kaum in Discos rumhängt?

Das nächste Mal Zigaretten. Teresa raucht nicht. Warum hat sie Zigaretten herumliegen? Ich rauche nicht. Aber wozu hast du Zigaretten –? Die sind nicht von mir. Von wem sonst? Weiß ich doch nicht.

Teresa, wenn du rauchst, gib es einfach zu. Das ist doch keine Affäre. Ja, wir sind zwar dagegen, du weißt, wie ungesund –

Weiß ich, deswegen rauch ich ja nicht.

Warum glauben sie ihr nicht einfach, dass sie nicht raucht? Warum wittern sie ständig Verbotenes? Warum kann sie nicht einfach Zigaretten in ihrem Zimmer herumliegen haben, ohne dass sie wer weiß was vermuten?

Und dann Sex. Teresa ist Jungfrau und gedenkt es noch eine Weile zu bleiben, aber Betty soll es nicht wissen.

Betty glaubt, Teresa ist Sophies würdige Nachfolgerin. Sophie hat es angeblich schon mit fünfzehn getrieben wie ein Karnickel, was niemand mit diesen Worten ausdrückt, aber die Botschaft der einschlägigen Andeutungen läuft darauf hinaus. Die Andeutungen kommen im Wesentlichen von Betty und Inge, die so tun, als wüssten sie alles, aber von wem? Von der Familie, lassen sie durchblicken (nicht Teresa gegenüber, mit der sie ja nicht vertraulich tratschen, sondern in Gesprächen untereinander, die Teresa oft bruchstückweise mithören muss, wegen dünner Wände und offener Türen). Von welchen Familienmitgliedern? Hannes? Der kann es eigentlich nicht wissen, denn er hat Sophie noch nicht gekannt, als sie fünfzehn war. Omi und Opi? Absurd. Tante Gabi? Tante Gabi trifft sich nie mit Betty und Inge, sie kennt sie kaum.

Egal. Sophie war *frühreif* (nach der Definition der Generation vierzig plus) und hemmungslos, das ist die gängige Version, und Betty erwartet von Teresa selbstverständlich, dass sie längst in Sophies Fußstapfen getreten ist. Warum ankämpfen gegen Bettys Vorurteile? Soll sie kriegen, was sie verlangt.

Wäre ja auch nichts dabei, wenn sie Sex hätte in ihrem Alter, sie wäre weiß Gott nicht die Einzige, aber sie hat keine Lust, sich zu paaren, nur um zu demonstrieren, dass sie nicht zu der Fraktion gehört, die Jungfräulichkeit für einen Wert hält.

Serdar gehört übrigens dazu, auch wenn er es bestreitet, aber Teresa ist überzeugt, dass sein Kopf das anders beurteilt als sein Bauch.

Serdar präzisiert, er halte Jungfräulichkeit nicht für einen Wert an sich, aber er glaube schon, dass Mädchen zurückhaltender sein sollten als Burschen. Teresa hat ihn im Verdacht, dass er unterscheidet zwischen hiesigen Mädchen und türkischen Mädchen. Türkische Mädchen hält er für *anständiger*, auch wenn er dieses Wort nicht verwendet. Wäre Teresa Türkin, würde er sich nicht so wundern über ihr selbst auferlegtes Keuschheitsgebot.

Teresa will erst Sex, wenn einer auftaucht, bei dem ihr wirklich die Knie zittern. Omi hat ihr einmal ein Volkslied beigebracht, in dem heißt es: *Wenn es schneiet rote Rosen und es regnet kühlen Wein* … So irgendwie, stellt Teresa sich vor, müsste es sein.

Was, wenn ihr so einer nie begegnet?

Gibt es das, dass Menschen ein Leben lang vergeblich auf die große Liebe warten?

Ja ja, große Liebe, romantisches Geschwafel, aber trotzdem.

Betty gibt sich liberal. Wahrscheinlich hätte sie selber gerne möglichst früh Sex gehabt, vermutet Teresa, doch leider war sie nicht attraktiv genug, um gleich einen zu finden, der ihr diesen Wunsch erfüllte. Man weiß nicht, wann Betty entjungfert wurde, das heißt, Teresa weiß es nicht, aber sie bezweifelt, dass Hannes die Wahrheit weiß, denn Betty tut vor Hannes immer so, als hätte sie sich vor potentiellen Lovern nicht retten können, und das kann unmöglich stimmen, also wird sowieso alles Fantasie sein, was sie über ihr Liebesvorleben erzählt.

Jedenfalls spielt Betty einerseits die Aufgeschlossene, andererseits ist da eben Sophies mutmaßliches Erbe, das Teresa in Bettys Augen immerzu um den Hals hängen hat wie einen Mühlstein, und deshalb ist Teresa ständig ein potentielles Risiko.

Soll heißen, Betty billigt Teresa zwar ein Sexualleben zu, wenn es unbedingt sein muss, verachtet sie aber für ihre vermutete *Triebhaftigkeit*.

Teresa übernachtet bei Serdar, der versteht, dass er sie nicht berühren darf, aber er versteht nicht, warum sie ihren guten Ruf ruiniert.

Guter Ruf?, fragt Teresa höhnisch. Was meinst du damit?

Serdar sagt, naja, wenn sie nicht mit ihm schläft, dann zahlt es sich doch nicht aus, die anderen glauben zu lassen, sie schlafe mit ihm.

Die anderen sind mir wurscht, antwortet Teresa.

Tatsächlich übernachtet sie bei Serdar nur aus dem Grund, damit *Betty* glaubt, sie schlafe mit ihm.

Und prompt ist Betty in Panik, dass Teresa schwanger werden könnte. Sie schleppt Teresa zu ihrer Gynäkologin, wegen Verhütung.

Schon mal was von HIV gehört?, fragt Teresa cool. Glaubst du, ich habe den Todestrieb? In meiner Generation gehören Kondome dazu, weißt du.

Betty erwidert, das setze sie voraus. Trotzdem müsse man zusätzliche Vorkehrungen treffen, Kondome seien schließlich nicht sicher.

Dass Kondome unsicher sind, ist Betty also gleichgültig in puncto HIV-Risiko, nicht aber in puncto Empfängnis. Wenn es nur um HIV ginge, wären ihr Kondome sicher genug. Interessant.

Teresa lässt sich hinschleppen zu Bettys Gyn, aber nicht untersuchen. Nein, kommt nicht in Frage, tut Leid.

Du kannst die Pille nicht verschrieben kriegen ohne Untersuchung, sagt Betty leicht verzweifelt, verzweifelt, weil sie vor Publikum geduldig bleiben muss.

Teresa beharrt stur auf ihrer Weigerung. (Betty betont immer, wie freundschaftlich sie mit ihrer Gyn ist, am Ende erzählt die ihr dann, ärztliche Schweigepflicht hin oder her, dass Teresa noch virgo intacta.)

Die Gyn verständnisvoll, vielleicht wirklich, vielleicht gespielt. Vertrauen könne man nicht erzwingen, außerdem Abgrenzung von Betty sicherlich nötig, daher: Wie wär's mit einem anderen Arzt?

Ärztin, sagt Teresa.

Betty verdreht die Augen.

Nein, nein, sagt ihre Gyn freundlich, das ist ein wichtiger Punkt, Arzt oder Ärztin, die meisten der jüngeren Frauen würden eine Ärztin vorziehen, nur ältere seien noch immer der Meinung, Männer wären kompetenter, aber leider, viel zu wenige Kassenverträge für Gynäkologinnen, ein echtes Problem.

Betty schnaubt, bestimmt nicht aus Empörung über die Krankenkassen, die sich über die Bedürfnisse der Patientinnen hinwegsetzen, sondern weil ihr Langmut auf eine harte Probe gestellt wird, wenn sie sich jetzt auch noch so was anhören muss.

Die Gyn empfiehlt eine Kollegin, doch als sie die Ordination verlassen haben, sagt Teresa: Na schön, ich gehe, wenn es sein muss, aber ich gehe ganz woanders hin, ich werd' mich in meiner Klasse erkundigen, zu wem.

Betty stöhnt.

Schließlich landet Teresa bei einer Gyn, die ihr Sue genannt hat. Teresa erzählt ihr, dass sie zwar noch Jungfrau sei, aber nun einen fixen Freund habe, weshalb ihre Mutter für die Pille plädiere, nun, da ihr ein Sexualleben bevorstehe.

Sie wissen schon, dass die Pille nicht vor Aids schützt?,

fragt die Ärztin. Sie klingt angewidert, Teresa ist in ihren Augen offensichtlich eine dumme Tussi mehr, die ihr nicht vorhandenes Verständnis strapaziert. Kein Vergleich mit Bettys Gyn, dieser freundlichen Person. Das hat Teresa jetzt davon, aber ohne Prioritäten geht es nicht, und Teresas oberstes Gebot lautet, halte einen Sicherheitsabstand zu allen, die Betty nahe stehen, auch wenn es sich bedauerlicherweise um liebenswürdige Personen handelt, deren Zuneigung Betty gar nicht verdient.

Teresa bejaht, lässt ihren virtuellen Freund gesund sowie monogam sein, weswegen man längerfristig auf Kondome verzichten wolle, und fügt hinzu, dass ihre Mutter fürs Erste auf allen nur erdenklichen Vorsichtsmaßnahmen bestehe. Doppelt gemoppelt heißt die Parole, sagt sie, grinsend.

Die Ärztin seufzt, ob über Teresas saloppe Wortwahl oder aus umfassender Missbilligung, ist nicht erkennbar. Jedenfalls untersucht sie sie und verschreibt ihr schließlich eine, wie sie sagt, *leichte* Pille, nachdem Teresa ein Hormonpflaster entschieden abgelehnt hat. (Teresa hat kommen sehen, dass ihr das Pflaster angeboten werden wird, und sich nach gründlichem Überlegen dagegen entschieden, weil es schwerer *nicht* anzuwenden ist als die Pille.)

Mit dem Rezept geht Teresa zu Betty. Zahlst du …?

Nein, du, sagt Betty, von deinem Taschengeld.

Dann nehme ich sie nicht, sagt Teresa, mir ist das zu teuer.

Am Ende ächzt Betty, in die Enge getrieben: Bevor ich mich mit dir noch länger herumstreite, und ehe du am Ende schwanger wirst … Gut, ich zahle. Mein Gott, du bist noch nicht einmal sechzehn. Ist das notwendig. Du bist wie … *sie.*

Genau. Und dafür wirst du zahlen, blöde Kuh.

Seitdem zahlt Betty also Teresa Monat für Monat die Pille, und Teresa schmeißt jeden Tag eine weg. Exakt nach Anweisung nimmt sie täglich eine Pille heraus, um sie anschließend im Klo zu entsorgen.

So ist der Ordnung Genüge getan und Betty kann beruhigt schlafen.

Wird Teresa jemals Kinder wollen? Keine Ahnung.

Auf keinen Fall will sie eine Mutter wie Sophie werden, aber wer garantiert ihr, dass sie es schafft, anders zu sein?

Eine wie Betty würde sie auch nicht werden wollen.

Sie will kein Kind, wie Sophie eins war (sie kann sich gut vorstellen, was für ein Kind Sophie gewesen ist.) Und keins wie Hannes. Das noch weniger.

Okay, da wären auch noch die Gene vom künftigen Vater. Und dann ist das Genetische ja nicht das allein Entscheidende. Und zudem vererben sich Erbanlagen auch nicht linear, Teresas künftige Kinder könnten durchaus irgendwelchen passablen Urahnen nachschlagen.

Trotzdem.

Im übrigen ertappt sich Teresa immer wieder dabei, dass sie Sex für ein Vorrecht der Jungen und Schönen – vor allem der Schönen! – hält. Wie können Unattraktive attraktiv für jemand anderes sein?

Sie sieht im Park ein junges Elternpaar mit Kleinkind und fragt sich, wie dieses Kind zustande gekommen ist. Die Eltern: beide käsig und wabbelig, sie übergewichtig mit schütterem Haar, er voll dunklem Pelz auf bleichen Armen und mit Akne im Gesicht – Teresa kann sich einfach nicht vorstellen, dass zwei derart hässliche Menschen voll unbezähmbarer Lust zueinander hingezogen werden.

Einmal, beim Abendessen – Hannes hat sich gerade darüber aufgeregt, dass ihm ein junger Mann *mit dem Aussehen ei-*

nes Menschenaffen den Parkplatz verstellt habe, und Betty hat kichernd erklärt, das sei der neue Freund der Nachbarstochter –, rutscht Teresa der Satz heraus: *Dass abstoßende Menschen sich paaren, ist mir sowieso ein Rätsel.*

Sie erwartet, dass sie gleich einen Vortrag über innere Werte zu hören kriegen wird oder sonstwas Belehrendes (vielleicht ist Betty ja auch sauer, denn wenn sich nur die Attraktiven paaren könnten oder dürften, wäre sie ein Grenzfall), aber zu ihrem Erstaunen sagt Betty lachend: Jetzt sei nicht so kleinlich, es können nicht alle so schön sein wie wir.

Um ein Haar hätte sich Teresa verschluckt.

Was Serdar anlangt, so benützt ihn Betty, um ihre Vorurteilslosigkeit zu illustrieren. Seine Nationalität dient ihr als Aushängeschild dafür, dass sie eine politisch korrekte Familie sind. Multikulti. Liberal. Aufgeschlossen. *Natürlich* haben unsere Kinder auch türkische Freunde. Unsere? Welche? Soviel Teresa weiß, ist sie die einzige, die einen türkischen Freund hat, es sei denn, Carolina hat irgendwo einen versteckt.

Den Diplomatensohn Serdar zu akzeptieren ist einfach. Seine Manieren sind tadellos und unterscheiden sich in nichts von den tadellosen Manieren einheimischer Oberschichtsöhne. Er kommt aus einem gebildeten Elternhaus, seine Mutter hat in Frankreich studiert. Was an Serdar eventuell multikulti ist, wird von Betty nicht wahrgenommen. Serdar erweist ihr den Gefallen, ein gut erzogener junger Mann aus gutem Haus zu sein, der praktischerweise (praktisch für Bettys Absichten) einen türkischen Pass hat. So what.

Betty soll nicht blöd herumreden von wegen aufgeschlossen und tolerant, Serdars Nationalität strapaziert ihre Duldsamkeit nicht. Teresa könnte Typen anschleppen, die würden Bettys angebliche Aufgeschlossenheit ganz schnell platzen lassen wie eine Seifenblase, aber zu Bettys Glück steht Teresa nicht auf pubertäre Provokateure. Auch in diesem Punkt kommt Betty unverschämt gut davon: Weder Teresa noch Carolina neigen zu einem Freundeskreis, der ihren Seelenfrieden gefährdet.

Betty hat keine Ahnung. Sie schimpft Teresa rassistisch, weil Teresa zu einem Schwarzen im U-Bahnhof *Hau ab, du Drecksack*! sagt. Der Schwarze hat Teresa mittels obszöner Geste zum Geschlechtsverkehr aufgefordert, was Betty entweder nicht gesehen hat oder für eine Reaktion hält, zu der ihn Teresa schon irgendwie gereizt haben wird. Jedenfalls keift sie mit Teresa.

Mir egal, welche Hautfarbe er hat, Drecksack ist Drecksack, erwidert Teresa, aber das will Betty nicht gelten lassen.

Abends dann noch Auseinandersetzung mit Hannes, weil Betty sich bei ihm beschwert. Hannes schwafelt was von interkulturellem Mißverständnis. Diese Leute sind verwirrt, sagt er, freizügige hiesige Frauen sind ihnen unbekannt, sie können nicht unterscheiden zwischen halbnackten, die sich anbieten, und halbnackten, die sich nicht anbieten, für die ist eure Art, sich anzuziehen auf jeden Fall ein Angebot.

He, sagt Teresa, ich war nicht halbnackt, ich war bloß nicht in einen Teppich gewickelt. Ist das für dich jetzt auch schon halbnackt?

Ich mache dir keinen Vorwurf, sagt Hannes geduldig, ich versuche dir nur zu erklären, was dahintersteckt.

Er hat leicht reden. Er muss sich nicht fragen lassen, ob er ficki-ficki will und wie viel er kostet.

Na, wunderbar, sagt Teresa, und wie bringe ich so einen dazu, dass er mich in Ruhe lässt? Oder ist das arrogant und hartherzig, wenn ich ihm den Gefallen nicht tue?

Du tust ja gerade so, als ob du jeden Tag angepöbelt würdest, wirft Betty ein.

Ist ja auch so, erwidert Teresa.

Dann, sagt Betty, solltest du dich einmal fragen, ob das vielleicht was mit dir und deinem Verhalten zu tun hat.

Na bitte. Jetzt ist es heraus. Teresa ist schuld. Irgendwas an Teresa – vielleicht ihre aufreizenden Augenbrauen, vielleicht eine lasterhafte Ausstrahlung – bringt zurückhaltende, ja schüchterne Männer jeder Hautfarbe dazu, auf der Stelle zu sexistischen Arschlöchern zu mutieren.

Das ist nicht so lächerlich, wie du glaubst, sagt Betty scharf und verweist auf die Bedeutung *nonverbaler Signale*.

Betty, bitte!, sagt Hannes leicht gequält.

Betty geht aus dem Zimmer und wirft die Tür hinter sich zu.

Hannes seufzt. Noch Fragen? Er schaut Teresa an.

Nein, sagt Teresa, alles klar. Falls ich vergewaltigt werde, habe ich es sicher verdient.

Sie rauscht ebenfalls hinaus.

Du musst immer alles übertreiben!, brüllt Hannes ihr nach.

Er kann sie kreuzweise. Vielleicht wird ja Betty einmal vergewaltigt. Man soll den Glauben an die Gerechtigkeit nie aufgeben.

7.

Hannes wird 45, und Betty will ein Geburtstagsfest für ihn veranstalten. Das Problem ist, dass sie Hannes' Mutter nicht dabei haben will. Das sagt sie natürlich nicht so offen, sie stellt es stattdessen so dar, als plane sie kein Familienfest, sondern nur eins mit gleichaltrigen Freunden.

Hannes sieht ein, dass seine Mutter dabei stören würde, so lange bis herauskommt, dass Inge und Walter sehr wohl eingeladen eingeladen sind.

Hannes findet seine Mutter selber nerv- und stimmungstötend, er fährt sie oft an, im Gegensatz zu Inge und Walter, zu denen er immer zuvorkommend ist, aber das geht ihm jetzt doch zu weit.

Wieso ausgerechnet meine Mutter nicht?, fragt er empört.

Dabei weiß er es. Seine Mutter ist nicht standesgemäß. Oma kommt aus dem untersten Kleinbürgertum (eigentlich ist sie schon proll, aber das spricht man nicht aus) und man muss sich für sie genieren. Sie redet Dialekt oder mit Betty und den Kindern ein gezwungenes Hochdeutsch, zieht sich grässlich an, bestaunt Bettys häusliche Gepflogenheiten, mal besserwisserisch, mal bewundernd (beides ist peinlich), erzählt Sachen, aus denen eindeutig hervorgeht, dass ihr unterschichtlerisches Auftreten nicht bloß, wie Hannes manchmal andeutet, politisch motivierte Bescheidenheit ist, und betont ständig, wie schwer sie es gehabt hat.

Betty gegenüber unternimmt Hannes natürlich schon lange keinen Versuch mehr, seine Mutter als bürgerliche Linke zu verkaufen, die aus ideologischen Gründen Basisverbundenheit demonstriert. Betty weiß Bescheid. Omas Vorfahren waren Arbeiter, sie selber ist viele Jahre in einer Glühlampenfabrik am Fließband gestanden und dann bei der Post untergekommen, was ein Aufstieg für sie war. Oma schwärmt von Camping-Urlauben, hält *O sole mio* für ein musikalisches Highlight, trägt zu festlichen Anlässen ein breites, gelbgoldenes Gliederarmband und hütet Hummel-Porzellanfiguren als kostbaren Schatz.

Hannes weiß normalerweise, was er Betty schuldig ist, nämlich Respekt vor dem ihr angeborenen höheren Sozialstatus. (Wie war das eigentlich mit Sophie? Hat sie ihr Herkunftsmilieu auch gegen seins ausgespielt? Teresa glaubt nicht. Sophie speist ihr Selbstbewusstsein nicht aus Vergleichen mit Underdogs, sie sucht die Konkurrenz mit den Glitzernden, Reichen und Schönen.)

Normalerweise ist es keine Frage, dass Inge und Walter eine andere hierarchische Stellung einnehmen als Oma, darüber muss nicht geredet werden, darüber herrscht selbstverständliches Einvernehmen.

Aber diesmal begehrt Hannes auf. Immerhin geht es um seinen Fünfundvierziger, und ausgerechnet wenn der gefeiert wird, soll seine Mutter ausgeschlossen sein?

Wer redet denn von ausgeschlossen, sagt Betty, ich hab mir nur gedacht, wir machen ein Fest für die jüngere Generation, mit deiner Mutter können wir doch extra feiern.

Und warum müssen *deine* Eltern dabei sein?

Müssen, wer redet denn von müssen, sagt Betty, ich war halt der Meinung, weil meine Eltern so gut können mit allen unseren Freunden, ich finde, sie sind irgendwie jung geblieben, aber bitte, wenn du nicht willst, es ist dein Geburtstag, obwohl sie sich kränken werden, sie haben sich schon darauf gefreut.

Was sie meint, ist, dass man sich für Inge und Walter nicht genieren muss.

Obwohl Inge zum Beispiel sagt: *Die Juden sind das Letzte*, wenn sie ausdrücken will, dass sie die aktuelle Politik des Staates Israel missbilligt, muss man sich für sie nicht genieren. (Inge ist nicht auf Seiten der Palästinenser, Gott bewahre, sie ist bloß gegen *die Juden*, das genügt ihr.)

Oma würde so was nie sagen, trotzdem ist sie viel peinlicher als Inge, die wiederum nie ordinär glänzendes neues Gold tragen würde, sondern *Familienerbstücke* an den Fingern stecken hat. Teresa kann sich zwar erinnern, wie ein angebliches Erbstück, eine Biedermeierbrosche, von Walter vor zwei Jahren als Geburtstagsgeschenk für Inge in einem Antiquitätengeschäft erstanden wurde (Inge hat es Betty in Teresas Gegenwart glücklich erzählt), aber das ist außer ihr scheint's niemandem im Gedächtnis geblieben. Offiziell gilt Inges Schmuck als ererbt, was darauf hindeuten soll, dass Inges Familie schon vor Generationen davor bewahrt war, sich nur mit dem Nötigsten durchfretten zu müssen.

Oma ist zwar keine alte Linke, aber sie ist zumindest nicht antisemitisch. Die ach so liberale Betty wirft Teresa Rassismus vor, weil sie sich von einem Schwarzen nicht blöd anbaggern lassen will, aber wenn ihre eigene Mutter Sätze sagt wie *Das ist doch lauter Gesindel, das weggeht, weil es im eigenen Land nicht erwünscht ist, und zwar zu Recht*, dann hört sie weg. Und Hannes traut sich nichts zu sagen, weil er den Dreck des Proletarierkindes am Stecken hat.

Was also?

Machen wir halt zwei Feste, sagt Betty, eins für unsere Freunde und eins für die Verwandtschaft.

Hannes blickt versöhnt.

Obwohl, sagt Betty überlegend, wir könnten auch dreimal feiern. Mit deiner Mutter, mit meinen Eltern und dann –

Was ist los, fragt Hannes, jetzt darf meine Mutter nicht einmal mehr dabei sein, wenn deine Eltern kommen?

So habe ich es nicht gemeint, verteidigt sich Betty, aber –

Weißt du was?, sagt Hannes, verzichten wir auf das ganze Getöse. Ich hab sowieso keine Lust. Es reicht mir, dass ich 45 werde, ich muss das nicht auch noch feiern.

Er geht hinaus und schließt die Tür hinter sich, lauter als normal.

Hannes soll froh sein. Hannes soll froh sein, wenn seine Mutter nicht mit Bettys Eltern zusammenkommt. Das kann ihm doch unmöglich Freude machen, dabei zu sein, wenn seine Mutter von Inge und Walter mit Herablassung traktiert wird. Inge und Walter legen Oma gegenüber eine nachsichtige Freundlichkeit an den Tag, die sich gewaschen hat. Manchmal schlagen sie sogar einen fröhlichen Polterton an, der ist so falsch und künstlich, dass sich einem die Schleimhäute kräuseln.

Da muss Hannes doch leiden. Wie sehr ihm seine Mutter auch den Nerv zieht, sie ist seine Mutter, er wurde von ihr aufgepäppelt, wer sie gering schätzt, zeigt auch ihm seine Geringschätzung. Hannes hat es weiter gebracht als sie, aber nicht ohne ihr Zutun, er schuldet ihr so was wie Loyalität, doch immer, wenn Inge und Walter sich mit gekünstelter Munterkeit auf das vermeintliche Niveau seiner Mutter herablassen und damit unerbittlich auf das Gefälle zwischen ihnen und ihr hinweisen, wird seine Loyalität auf eine harte Probe gestellt. Hat er sich dazu abgestrudelt, aufstiegswillig, ja aufstiegswütig, damit er jetzt wieder neben seiner Mutter landet, auf Seehöhe Null sozusagen, in einer gesellschaftlichen Landschaft, in der es wichtig ist, dass man sich über die anderen erhebt?

Und kann denn seine Mutter, Herrgott, nicht ein bisschen kooperativer sein? Muss sie nach dem Esssen ächzend ihren Rockbund öffnen und über ihre Blähungen jammern?

Hannes soll sich nichts antun, sagt sie resolut, wenn Hannes sie einzubremsen versucht bei der Demonstration ihrer grobschlächtigen Manieren, Inge und Walter seien nicht so, denen müsse sie nichts vormachen, die würden sie schon nehmen, wie sie sei. Stimmt's? Und dann lächelt sie Inge und Walter verschwörerisch zu, und die zwinkern scheinheilig zurück, aber gleich darauf schauen sie ihrerseits mit bündnisbereitem Mitleid auf Hannes, wir wissen, was du durchmachst, sagt ihr Blick. Und später behaupten sie, Hannes habe es wirklich schwer gehabt mit seiner Mutter, es sei ein Wunder, dass er es so weit gebracht habe, bei *der* Herkunft.

Wie soll sich Hannes da so ohne weiteres loyal zeigen seiner Mutter gegenüber, die nicht kapiert, dass er sie schützen will vor Inges und Walters Geringschätzung, und die dumm genug ist, das geheuchelte Einverständnis der zwei für bare Münze zu nehmen? Geradezu wohlig lässt sie sich hineinfallen in eine behagliche Übereinstimmung, die außer ihr niemand empfindet. Ein Leben lang wurde Oma jegliche Neigung zum Sichwohlfühlen ausgetrieben, und ausgerechnet vor Inge und Walter lässt sie sich arglos gehen und zeigt sich weich und schutzlos, das muss Hannes doch zur Verzweiflung treiben.

Teresa hat es leichter, sie schuldet Oma nichts, Oma mag sie nicht und hat nie was für sie getan, sie sind bloß verwandt, aber die Stimme des Blutes hört Teresa aus Prinzip nicht.

Teresa ihrerseits hat eine schreckliche Wut auf Hannes, eine kalte, zornige Verachtung, weil er so ein elender Verlierer ist, erst lässt er sich von Sophie unterbuttern und jetzt von Betty, wobei man das allerdings nicht in einen Topf werfen kann, auf Sophie hereinzufallen ist leicht, die trickst alle aus, wenn sie will, aber vor Betty den Schwanz einzuziehen ist eine Schande. Teresa könnte es ja eigentlich egal sein, ob Hannes ein Weichei ist, aber trotzdem ärgert sie sich, er ist alles, was ihr geblieben ist, es wäre fein, wenn sie sich nicht immer wieder von ihm distanzieren müsste.

Später wird Betty sagen: Ich habe eine wunderbare Idee, Hannes. Mit deiner Mutter feierst du bei einem Abendessen zu zweit! Da hat sie dich einmal ganz für sich. Oder, noch besser, nimm deine Mutter und Teresa und führe sie zum Essen aus. So seid ihr unter euch, das wird euch gut tun. Findest du nicht? Das bist du den beiden schuldig, dass sie einmal mit dir allein sein können.

Und Hannes wird verwirrt, vielleicht auch zermürbt, zustimmen.

Noch später wird Hannes' Fünfundvierziger dann begangen werden wie folgt: einmal mit einem festlichen Abendessen mit Bettys Eltern. Danach mit einer großen Geburtstagsparty für alle Freunde, zu der Bettys Eltern dazustoßen, weil sie ja schließlich auch Hannes' Freunde sind, wer kann ihnen das verübeln?

(Immer sind es Bettys Truppen, die aufmarschieren. Ihre Eltern, ihr so genannter Freundeskreis, seit Jahren ist Hannes umzingelt, nein, überwältigt, er will es nur nicht wahrhaben.)

Was Bettys Schachzug betrifft, das Feiern mit Oma auszulagern und an Hannes und Teresa zu delegieren, so wird es an Omas Einspruch scheitern. Oma protestiert unverhohlen gegen die Zumutung, nur mit ihrem Sohn (und seiner Tochter, aber das geht irgendwie unter) feiern zu sollen, wenn schon, dann will sie alle ihre Enkelkinder dabei haben. Und natürlich Betty.

Teresa ist Hannes' Tochter, darum kommt man nicht ganz herum, aber Omas geliebte Enkelkinder bestehen aus Steffi und den Zwillingen. Und Carolina. Oma will nicht einsehen, dass Steffi und die Zwillinge Bettys Eltern gehören, sie reklamiert sie energisch für sich, und schließlich wird Betty seufzend nachgeben.

Oma wird nun doch nach Hause eingeladen, wo sie ihren Sohn im Kreise seiner Lieben feiern darf. Indem Betty nachgibt, setzt sie sich durch, denn auf die Art kommt schließlich alles so, wie sie es wollte: Oma wird einzeln abgefertigt, und ihre Eltern sind bei der großen Party dabei. Manchmal muss Betty keinen Umweg scheuen, um sich durchzusetzen.

Weil es eine ungetrübte Feststimmung nicht geben kann, schickt Carolinas Vater plötzlich einen Brief, in dem er die Einstellung seiner Unterhaltszahlungen androht. Es sei denn, er bekäme Carolina öfter zu Gesicht. Das gehe nämlich nicht an, dass man ihn zum bloßen Zahlvater degradiere. Er denke nicht daran, immer nur zu zahlen ohne Gegenleistung.

Was stellt er sich vor? Dass Carolina ihm was vortanzt, damit er was kriegt für sein Geld? Seit Jahren will er Carolina nicht sehen, und auf einmal fällt ihm auf, dass ihm ihr Anblick abgeht?

Muss ich ihn besuchen?, fragt Carolina. Es klingt lustlos, vielleicht sogar verzagt.

Das möchte er, erwidert Betty, dass du nein sagst, und er kann aufhören zu zahlen. Das ist es doch, worauf er hinauswill.

Vielleicht will er mich ja wirklich sehen?, fragt Carolina. Es klingt zaghaft, vielleicht sogar ein wenig hoffnungsvoll.

Vielleicht, sagt Betty. Es hört sich skeptisch an.

Dann lässt sie Carolinas Vater, Max heißt er, ausrichten, er könne Carolina jederzeit treffen. Allerdings macht sie einen Fehler. Sie fügt hinzu, Sonntag in einer Woche sei es ungünstig, da habe Carolina schon was vor.

Carolina ist bei Pia eingeladen, einer Schulkollegin, nach deren Einladungen angeblich die ganze Klasse giert. Pia ist neu an der Schule, aber schon ein Mitglied der Promi-Liga, ihr Vater ist ein hohes Tier in einem internationalen Konzern, deshalb hat sie die letzten zwei Jahre in Taiwan gelebt. Aus irgendeinem Grund fiel Pias Auge kürzlich wohlwollend auf Carolina, und sie lud sie ein, das Wochenende mit ihr und ihrer Familie zu verbringen, im Landhaus ihrer Eltern. Dort soll es, laut Berichten derer, die schon darin zu Gast sein durften, imponierend herrschaftlich zugehen, nicht nur verfüge man über einen eigenen Reitstall, sondern auch über einen chinesischen (!) Butler. Betty murmelte zwar was von neureich, war aber offensichtlich zufrieden, dass Carolina von der Führungselite akzeptiert wird. Nur Hannes machte einen plumpen Scherz, er sagte: Pass auf, dass du nicht vom Pferd fällst, was taktlos war, weil Carolina gar nicht reiten kann. Angeblich verzichtet sie auf Reitunterricht aus Rücksichtnahme auf die angespannte finanzielle Lage von Hannes und Betty, aber Teresa weiß, dass sie sich in Wirklichkeit vor Pferden fürchtet. Wäre sie tatsächlich scharf auf Reitstunden, würden Inge und Walter ihr wohl welche zahlen. Trotzdem: Hannes sollte keine Witze darüber machen, gerade er nicht, der schuld ist an der angespannten finanziellen Lage, weil er nicht besser verdient.

Max kontert, genau mit dem Sonntag in einer Woche habe er aber gerechnet.

Daraufhin sagt Carolina Pia ab. Ohne Debatten.

Das ist der Unterschied zwischen ihr und Teresa. Teresa würde vermutlich einen Aufstand versuchen, aber Carolina ist wieder einmal einsichtig und kooperativ.

Duckmäuserin.

Max lässt bestellen, er erwarte Carolina um halb zehn bei sich zu Hause zum *Brunch*.

Betty erkundigt sich, wie er das meine: *Er erwarte sie* – hole er sie denn nicht von daheim ab?

Tut er nicht. Carolina soll einfach kommen, schließlich gibt es öffentliche Verkehrsmittel, die fahren auch sonntags.

Schon. Nur wohnt Max in Mauer. Vom Achtzehnten bis nach Mauer fährt man öffentlich mindestens anderthalb Stunden, und dann geht man von der Bushaltestelle bis zu Max' Haus noch einmal eine gute Viertelstunde zu Fuß, bergauf übrigens.

Na und?

Max sagt, wenn Betty das nicht passt, könne sie Carolina ja mit dem Auto bringen, er habe nicht gewusst, wie verwöhnt sie sei, *seine* Kinder (damit meint er seine Kinder aus der jetzigen Ehe) seien jedenfalls durchaus imstande, Fahrten in öffentlichen Verkehrsmitteln zu überstehen.

Betty schäumt. Sie will Nora anrufen. Das muss doch zu regeln sein, dass Max verpflichtet wird, Carolina von zu Hause abzuholen! Dann zwingt sie sich zur Ruhe. Fürs Erste ist es wahrscheinlich besser, sich zu fügen. Hannes fügt sich also darein, Carolina am nächsten Sonntag zu Max zu chauffieren.

Sie sind schon unterwegs, als Max' Frau anruft: Leider, Max erkrankt, kein Brunch, kein Treffen.

Carolina ist auf dem Weg zu Ihnen, sagt Betty fassungslos, wieso rufen Sie jetzt erst an, ist Max in den letzten fünf Minuten krank geworden?

Oh, sie habe sonntags nicht zu früh *stören* wollen, erwidert Max' Frau. Was soll man zu so viel Höflichkeit noch sagen?

Und? Meldet sich Max, sobald er wieder gesund ist, um das Date mit seiner Tochter nachzuholen?

Oh nein. Danach herrscht Funkstille wie eh und je.

Irgendwann wird Max sicher wieder bemerken, dass er Carolina nie sieht. Aber wann?

Seine Zahlungen kommen jedenfalls weiterhin, er stellt die Überweisungen lediglich vom Monatsanfang auf das Monatsende um, irgendwie muss er sich ja schadlos halten dafür, dass sein Versuch, Betty – oder Carolina – in den Widerstand zu treiben, schief gegangen ist. Nora meint, dagegen könne man Einspruch erheben, aber Betty und Hannes halten es für besser, nichts zu unternehmen.

Teresa ist zuerst voll Zorn auf Max und, ja, Mitgefühl für Carolina, bis hin zur Bereitschaft, mit ihr zusammen Racheakte gegen Max zu planen, doch dann macht Carolina alles kaputt, indem sie, scheinbar ungerührt, achselzuckend zu Teresa sagte: *Mir geht's halt mit ihm wie dir mit deiner Mutter.*

Als ob sich das vergleichen ließe.

Und danach auch noch Betty und Hannes: Mach dir nichts draus, Carolina, schau dir Teresa an, die hat es auch nicht leicht.

Was soll das? Dass sich Carolina mit unzulässigen Vergleichen trösten will, wäre ja in gewisser Weise gerade noch verständlich, wenn auch nicht akzeptabel, aber Betty und Hannes sollen gefälligst nicht blöd daherreden. Wenn sie Carolina unbedingt aufmuntern wollen, bitte, aber doch nicht, indem sie Teresa mit ihr auf eine Stufe stellen.

Was habt ihr, ich seh Sophie regelmäßig, sagt Teresa kühl.

Unregelmäßig, verbessert Hannes.

Und Betty fügt hinzu: Du hast Recht, mit Sophie kann man Max nicht vergleichen, die zahlt ja nicht einmal für dich.

8.

Tante Gabi ruft an. Das tut sie von Zeit zu Zeit, und es freut Teresa einerseits, denn die Zahl der Familienmitglieder, die sich aus freien Stücken nach ihrem Wohlergehen erkundigen, ist klein. Tante Gabi müsste nicht anrufen. Niemand hat sie darum gebeten, am allerwenigsten Sophie. Teresa liegt Sophie nicht am Herzen, daher käme Sophie nie auf die Idee, Teresa jemand anderem ans Herz zu legen, wenn sie sich schon selber nicht um sie kümmert.

Sophie und Gabi können einander nicht leiden, also tut es Gabi auch nicht aus Zuneigung zu Sophie, ohne von ihr gebeten worden zu sein, einfach, weil Teresa das Kind der geliebten Schwester ist. Sondern Tante Gabi ruft an, weil sie sich Teresa offenbar verwandtschaftlich verbunden fühlt, und es klingt nicht nach saurer Pflicht, wenn sie anruft. So weit, so erfreulich. Andererseits geht von Tante Gabi keine Wärme aus. Man könnte sich ihr nie anvertrauen. Sie interessiert sich nicht für Menschen, sondern nur für Fakten. Sie meint es sicher nicht böse, aber sie klingt immer streng und immer streng sachlich. Dass Tante Gabi Verständnis aufbrächte für romantische Sehnsüchte oder kleine Schwächen, für Scherze, Blödelei und Interesse an oberflächlichem Tand, zum Beispiel an nutzlosem, aber das Leben versüßendem Konsum, ist nicht vorstellbar.

Tante Gabi ist nicht nur selber ungeschminkt, sie findet Schminken auch blöd, wenn andere es tun, und sie sagt das ungefragt. Warum malst du dich an?, fragt Tante Gabi, nicht böse, nicht vorwurfsvoll, aber so, dass man sich sofort schämt für das bisschen Farbe; man kommt sich vor wie ein Präparat unter dem Mikroskop, wenn Tante Gabi fragt, mit dieser kühlen Distanz der Wissenschaftlerin zur Dummheit manipulierbarer Menschen, die törichten Gefühlen und Wünschen ausgeliefert sind.

Teresa war einmal zwei Wochen bei Tante Gabi zu Besuch, und sie war kein einziges Mal shoppen, weil Tante Gabi gar nicht auf die Idee gekommen ist, dass es Teresa Spaß machen könnte, durch Läden zu streifen, und weil Teresa sich nie getraut hätte, zuzugeben, dass sie scharf darauf war, irgendeine textile Trophäe heimzubringen von dieser Reise.

Ich würde dich ja gerne einladen für die Osterferien, sagt Tante Gabi am Telefon, aber deinem Onkel geht es gesundheitlich nicht gut.

Ist Gabis Mann Teresas *Onkel*?

Unter einem Onkel stellt sie sich ehrlich gesagt was anderes vor.

Ja, ja, es gibt auch die Sorte Onkel, die Nichten nachstellen, so einer ist *Onkel Rudolf* nicht, insofern hat sie noch Glück.

Aber er ist auch kein *Vater light*, keiner, zu dem man sich flüchten könnte, keiner, von dem man sich angenommen weiß – in seiner Gesellschaft hat sie den Verdacht, dass er ständig aufs Neue Mühe hat sich zu erinnern, wer sie ist und warum er sie kennen soll.

(Ist Hannes wenigstens ein Vater light? Manchmal. Viel zu selten. Aber hin und wieder doch. Nur dass das in seinem Fall nicht ausreicht. Hannes hätte die verdammte Verpflichtung, ein gewichtiger, richtiger Vollvater zu sein.)

Dein Onkel. Ein bleicher, freudloser Mann in einem düsteren Haushalt, der einem die Lebenslust aus den Knochen saugt.

Wieso aus den Knochen? Vielleicht, weil Teresa in seiner Nähe nicht nur oberflächlich jegliche gute Laune vergeht, sondern weil sie bis tief nach innen verzagt, wenn sie länger in seinem Dunstkreis ist.

Scheußliches Wort, Dunstkreis, in diesem Zusammenhang, es kommen einem sofort die Ausdünstungen von Krankheit und Verfall in den Sinn, und das ist nicht unangebracht, wenn man an Onkel Rudolf denkt, obwohl er nicht tatsächlich unangenehm riecht. Onkel Rudolf riecht nicht, und doch riecht man Krankheit und Verfall, wenn sein Name fällt.

Möglicherweise wäre Tante Gabi allein ganz gut auszuhalten, auch sie nicht gerade eine Stimmungskanone, aber doch eine handfeste Person, in deren Gegenwart man nicht sofort von trostlosen Gedanken an die Endlichkeit des Lebens erfasst wird.

Das ist ja nicht normal, dass ein junger Mensch wie Teresa an sowas wie die Endlichkeit des Lebens denkt, aber kaum wird sie an Onkel Rudolf erinnert, fällt ihr ein, dass der Mensch ein Ablaufdatum hat, daran sieht man, dass Onkel Rudolf wirklich kein Gewinn für sie ist.

Ist schon okay, sagt Teresa am Telefon zu Tante Gabi.

Oje, falsche Antwort.

Hastig fügt sie hinzu: Ich meine – baldige Besserung für, äh, deinen Mann.

Auch falsch, diesmal im Sinn von geheuchelt. Was soll sich da noch bessern?

Könnte Sophie nicht mit dir wegfahren?, fragt Gabi.

Könnte? *Könnte* schon. Aber auch wiederum nicht, weil Sophie eben Sophie ist.

Schlechter Scherz, sagt Teresa mürrisch.

Tante Gabi seufzt. Ich weiß.

Was weiß sie? Dass Sophie ein Luder ist? Warum fragt sie dann so blöd? Damit Teresa Sophie verrät, indem sie darauf verweist, dass sie ein Luder ist?

Halb so schlimm, sagt Teresa.

Ja, natürlich, sagt Tante Gabi. Vielleicht willst du Ostern ohnehin lieber mit deinen Geschwistern verbringen. Ihr habt es sicher nett.

Klar, lügt Teresa.

Was ist, fragt Betty, als Teresa auflegt, fährst du in den Osterferien zu ihr?

Tante Gabi hat den Festnetzanschluss angerufen und Betty hat abgehoben, deshalb weiß sie, dass Teresa mit ihr telefoniert hat.

Geht nicht, erwidert Teresa, mein Onkel ist krank.

Mein Onkel. Betty fände es bestimmt sonderbar, wenn sie *Gabis Mann* sagte, auch wenn er in Teresas Augen nur das ist, Gabis Mann, nicht ihr Onkel, ein Mann, der Gabi, merkwürdig genug, nahe steht, ihr aber nicht.

Sie sagt auch nicht *Onkel Rudolf* ist krank, nicht mal vor Betty kann sie so tun, als wäre Gabis Mann was anderes für sie als *irgendein* Onkel.

Betty verzieht den Mund. Wie praktisch.

Teresa weiß, was sie damit meint, aber sie fragt trotzdem: Wie meinst du das? Dabei geht sie innerlich in Kampfstellung, was sein muss, muss sein.

Betty zuckt die Achseln. Nur so.

Was ist praktisch daran, dass mein Onkel krank ist?

Denk nach, dann weißt du es.

Teresa braucht nicht nachzudenken. Bettys Überlegungen sind klar. Ihre Strategie ist es auch. Betty möchte sie dazu bringen zu fragen: Willst du behaupten, dass sie mich nicht einladen will?

Und dann könnte sie antworten: Das hast *du* gesagt.

Aber den Gefallen tut Teresa ihr nicht. Sie wird nicht von

sich aus zugeben, dass es so aussieht, als käme Rudolfs Kranksein Tante Gabi gelegen, weil sie ihr erspart, Teresa einzuladen, und schon gar nicht wird sie Bettys Verdacht aussprechen, dass Rudolfs Kranksein vielleicht überhaupt bloß eine Ausrede ist.

Sie weiß, dass Tante Gabi die Wahrheit sagt, es geht jetzt nur darum, Bettys hämische Unterstellungen zu bekämpfen. Doch dazu muss Betty aus ihrer Deckung kommen.

Teresa schweigt.

Mal sehen, wie lange Betty das aushält.

Und, richtig! Betty gibt als Erste auf. Das ist doch nichts Neues, dass ihr Mann krank ist, sagt sie wie beiläufig.

Eh nicht, antwortet Teresa, aber inzwischen geht es ihm noch schlechter als sonst.

Betty zuckt die Achseln. Naja. Manche ziehen fünf Kinder groß, andere pflegen einen einzigen Mann und sind überfordert.

Sie ist nicht überfordert, sagt Teresa und bemüht sich, keine Wut durchklingen zu lassen. Aber er ist so krank, dass er keinen Besuch verträgt.

Kommt vielleicht auf den Besuch an, wirft Betty spöttisch hin.

Was ist, fragt Teresa, soll ich unbedingt wegfahren in den Osterferien? Mach ich gern. Mit Vergnügen. Es muss ja nicht zu Gabi sein.

Wir würden alle mit Vergnügen wegfahren, erwidert Betty mit einem hinterhältigen Lächeln. Das Problem ist nur, wir können es uns nicht leisten.

Okay, Teresa ist für Betty vielleicht eine Belastung, eine saure Pflicht, die sie auf sich genommen hat, eine Bürde, die sie lieber vermieden hätte und oft am liebsten ablegen würde.

Man kann von Betty nicht verlangen, dass sie Teresa gerne in ihrem Haushalt, in ihrer Familie sieht.

Betty hat sich nicht gewünscht, dass Teresa bei ihr lebt und sie sie versorgen, sich um ihr Essen und ihre Wäsche kümmern, darauf achten muss, dass sie nicht entgleist (wie zum Beispiel Sophie entgleist ist). Betty hat sich nicht darum gerissen, dass Teresa durch ihr Haus latscht, an ihrem Tisch sitzt, Platz in ihrem Wohnzimmer beansprucht. Das muss man schon sagen. Vielleicht ist Teresas Anblick – ihr angewidertes Gesicht, ihr gequältes Geschau, ihre Bewegungen, was auch immer an ihr – eine Zumutung für Betty, vielleicht empfindet sie Teresa tagaus, tagein als Einbruch von etwas Fremdem in ihre Intimsphäre, vielleicht erinnert sie Teresas Gegenwart ständig daran, dass sie nicht zur Gänze bekommen hat, was sie wollte, nämlich Hannes für sich allein, einen quasi jungfräulichen, von der Liebe und dem Leben unberührten Hannes, der mit ihr zusammen etwas beginnen hätte sollen, was er noch nie vorher versucht hat, weil ihm keine zuvor so viel bedeutete, dass er sein Leben an ihres hätte binden mögen.

Aber leider, Hannes hat vorher schon eine getroffen, die ihm wichtig war, so wichtig, dass er sich mit ihr fortpflanzen wollte, also einen Menschen erschaffen, der seine Verschmelzung mit ihr verkörpert – so sieht es möglicherweise Betty. Teresa weist Betty unter Umständen unentwegt darauf hin, dass ihr Hannes nur zugefallen ist, weil er an Sophie scheiterte.

Vielleicht ist Betty aber auch nur sauer auf das Plus an Hausarbeit und Betreuungspflichten, das Teresa verursacht.

Wie auch immer. Dass Teresa für Betty kein Gewinn ist, ist einsehbar.

Es ist sogar einsehbar, dass sie auch für Hannes kein Gewinn ist, dass sich auch Hannes nicht darum gerissen hat, sie mitschleppen zu müssen durch sein neues Leben mit Betty.

Aber verdammt noch einmal, kann Teresa was dafür? Hat Teresa darum gebettelt, gezeugt, geboren, von Sophie geschieden, von Hannes mitgenommen und Betty aufs Auge gedrückt zu werden?

Ist es für sie lustig, mit Betty und ihrer Kinderschar zusammenzuleben?

Na also.

Früher, sagte Nora einmal lachend, als sie zu Besuch war, war alles einfacher. Die Kinder kamen, ob man wollte oder nicht, und die Eltern und die Kinder mussten sich irgendwie miteinander abfinden. Aber heutzutage, mit all den Wunschkindern … Man fühlt sich verpflichtet, ihnen alles recht zu machen, und sie fragen, wozu habt ihr uns in die Welt gesetzt, wenn ihr uns nichts bieten könnt, schließlich hättet ihr uns ja nicht kriegen müssen.

Hannes widersprach ihr heftig. Eltern seien nun einmal nicht allmächtig, Wunschkinder hin oder her, Kinder müssten damit leben lernen, dass allem Bemühen Grenzen gesetzt seien. Es gibt zum Beispiel sowas wie Schicksalsschläge, sagte er, du hast eben nicht alles unter Kontrolle. Wenn wir Kinder nur unter der Bedingung in die Welt setzen dürften, dass wir uns verpflichten, ihr Leben und unser Leben unter Kontrolle zu haben, dann müssen wir uns zum Aussterben entschließen.

Vielleicht wäre das ja am anständigsten, sagte Nora, wiederum lachend, und musste sich von Betty anhören, dass sie pervers sei.

Teresa stimmt Hannes zu, weit gehend; sicher, Eltern sind nicht allmächtig. Trotzdem wüsste sie gern, ob sie für ihn in die Kategorie Schicksalsschläge gehört.

Sie ist nicht Bettys Wunschkind, klar, aber wie verhält es sich mit Hannes? War sie jemals ein Wunschkind – oder zumindest ein erwünschtes Kind – für ihn, und hat sich das aufgehört, als sie zur Altlast wurde, nachdem sich Sophie als Schicksalsschlag herausgestellt hat, oder hat er sie sich eh gar nie gewünscht?

Ist sie das Produkt einer romantischen Laune, oder war Sophie bloß zu blöd, um zu verhüten? Ist sie ein Unfall, ein Missgeschick, das Hannes gezwungen hat, bei Sophie zu bleiben (oder es wenigstens zu versuchen), obwohl er innerlich schon auf dem Absprung zu den Bettys war?

Könnte ihr wurscht sein, aber irgendwie hat sie manchmal das Gefühl, ihre Identität hängt davon ab, welchen Umständen sie ihre Existenz verdankt.

Vielleicht wäre das anders, wenn sie keine Altlast wäre, sondern ein Wunschkind oder ein ungeplantes Kind, das zu einem erwünschten Kind geworden ist. Fest steht nur, dass sie zu einem unerwünschten Kind geworden ist, und das verpflichtet sie, diesem Image auch gerecht zu werden.

Ostern: Zu Ostern gibt es Süßigkeiten, sonst nix. Schokoeier, Marzipaneier, Krokanteier, aber keine anderen Geschenke.

Pia kriegt Boots aus Eidechsenleder *vom Osterhasen*, berichtet Carolina. *Vom Osterhasen* sagt sie spöttisch, aber trotzdem ist klar, dass sich der Spott nicht auf die Boots erstreckt, der Kern ihrer Mitteilung ist ehrfürchtiges Staunen. Und Neid.

Betty verdreht die Augen. *Pia!*, erwidert sie bloß, in einem Ton, der signalisiert, dass Pia in einer anderen (keineswegs bewunderungswürdigen) Welt lebt.

Carolina schweigt. Aber irgendwas an ihrem Schweigen zeigt Betty, dass das Thema nicht vom Tisch ist.

Was?, fragt Betty scharf.

Nichts, sagt Carolina.

Ostern ist nicht Weihnachten, erklärt Betty. Normale Menschen kriegen zu Ostern Ostereier und basta.

Das stimmt nicht, Mama, widerspricht Carolina. In meiner Klasse kriegen alle zu Ostern auch noch was anderes als Ostereier.

Lächerlich!

In meiner Klasse auch, sagt Teresa mürrisch.

Betty verschränkt die Arme vor der Brust. Was wird das? Sucht ihr Streit?

Nein, nein, versichert Carolina. Natürlich nicht.

Was dann?

Nichts, sagt Teresa. Du hast behauptet, normale Menschen kriegen keine Geschenke, und wir haben dir gesagt, wie es ist. Das ist alles.

Genau, das ist alles, wiederholt Betty. Und damit ist der Fall erledigt. Ostergeschenke!

Sie blickt zum Himmel empor, als gebe es dort ein vernunftbegabtes Wesen, das sie versteht.

Ostergeschenke! Schulschlussgeschenke! Neujahrsgeschenke! Fällt euch noch was ein?

Geburtstagsgeschenke, sagt Carolina.

Gibt's schon. Was Neues, los!

Donnerstagsgeschenke, sagt Teresa.

Carolina kichert.

Gute Idee, befindet Betty. Ab jetzt macht ihr mir jeden Donnerstag ein Geschenk.

Lachend und zufrieden mit sich geht sie ab.

Trotzdem, sagt Carolina träumerisch, als sie draußen ist.

Du wünscht dir im Ernst Boots aus Eidechsenleder?, fragt Teresa. Du hast sie doch nicht alle.

Rein theoretisch könnte sie Sophie fragen. Das wäre was, wenn Carolina und die Kleinen nur Ostereier kriegten, und sie käme mit einem ultrageilen Geschenk von Sophie an.

Aber leider hat Sophie kein Geld. Beziehungsweise gibt sie Geld, wenn sie welches hat, nur für sich aus, nie für andere. Und das Blöde ist, sie schämt sich nicht dafür. Man kann Sophie einfach nicht dazu bringen, dass sie ihren Egoismus als Sünde empfindet. Sophie ist ganz unverblümt, unverfroren und auf geradezu unschuldige Weise selbstsüchtig.

Hannes ist aus einem anderen Holz. Hannes liebt Teresa vielleicht nicht, aber sie kann ihm immer wieder mal ein schlechtes Gewissen machen.

Sophie hat kein Gewissen, weder ein gutes noch ein schlechtes.

Betty wirbelt nochmals zur Tür herein. Und überhaupt: *Eidechsenleder*!, sagt sie zu Carolina. Das könntest du doch niemals tragen, Miss Greenpeace, oder?

9.

Oma und Carolina sehen fern. Carolina schleimt sich bei Oma ein, indem sie ihr beim Fernsehen Gesellschaft leistet. Vielleicht tut sie es ja auch ganz gern, Carolina hat manchmal selber was Omahaftes an sich. Wahrscheinlich kommt es ihrem Naturell entgegen, mit Oma auf dem Sofa zu sitzen und buntvermischte News aus aller Welt zu beäugen. Carolina sieht Suha Arafat auf dem Bildschirm und sagt tatsächlich: Eine schöne Frau!

Das ist jetzt aber nicht ihr Ernst. Das gibt sie nur von sich, damit Oma bestätigend nickt und Carolina unter *Herzblatt* katalogisiert, einmal mehr.

Auch wenn nicht anzunehmen ist, dass Carolina sich *role models* sucht, mit denen ein einigermaßen vernünftiger Mensch was anfangen könnte, ist eine dicke Witwe in mittleren Jahren ganz sicher keine Person, die ihr allen Ernstes gefällt. Kann sie sich nicht damit begnügen, Britney Spears oder Victoria Beckham anzuhimmeln, was dämlich genug ist, muss sie sich auch noch lächerlich machen, indem sie vorgibt, Favoritinnen der Oma-Generation anbetungswürdig zu finden?

Hast du *schöne Frau* gesagt?, fragt Teresa. Hast du einen Sehsturz oder was? Die Frau ist nicht schön, die ist fett.

Lass sie in Ruhe!, fährt Oma Teresa an. Es müssen nicht alle Menschen so dürre Stecken sein wie du! Glaubst du, dass *das* schön ist?

Ach ja, natürlich. In Carolinas Gegenwart darf das Wort fett nicht fallen, jedenfalls nicht, wenn es um menschliche Gestalten geht. Man darf die Fetten höchstens mollig oder vollschlank oder rundlich nennen, damit sich Carolina nicht gekränkt fühlt.

Übrigens hat sie ohnehin abgenommen in letzter Zeit. Betty hat es auch schon bemerkt. Ich hab dir ja immer prophezeit, dass dein Babyspeck eines Tages verschwindet!, sagte sie kürzlich zufrieden zu Carolina, und Carolina lächelte verkniffen. Warum verkniffen statt froh, ist unklar. Vielleicht empfindet sie das Wort Babyspeck ja sogar als Taktlosigkeit, wenn von *verschwundenem* Babyspeck die Rede ist.

Oma fällt natürlich gar nichts auf, wie ein Elefant im Porzellanladen trampelt sie durch die Gegend. Lass sie in Ruhe!, befiehlt sie Teresa, obwohl Teresa gar nichts gegen Carolina, sondern nur was gegen Suha Arafat gesagt hat, und zeigt damit, dass sie diejenige ist, die bei *fett* sofort an Carolina denkt.

Oma, sagt Teresa gespielt freundlich, du solltest mich nicht wegen meiner Figur diskriminieren. Weißt du, was du damit anrichten kannst? Am Ende werde ich fresssüchtig oder kleptomanisch oder so was.

Ach, du, sagt Oma verächtlich, dir passiert schon nichts. Gerade dass sie nicht hinzufügt: Unkraut verdirbt nicht.

Da bist du doch sicher froh?, bohrt Teresa mit der gleichen falschen Herzlichkeit nach. Das freut dich doch bestimmt, dass mir nichts passiert, oder? Ich meine, schließlich bin ich mit dir verwandt. Oder denkst du, ich bin nur mit Sophie verwandt? Das wäre nämlich ein Irrtum, weißt du. Vielleicht hab ich ja ganz viele Gene von dir, und du merkst es nicht.

(Schreckliche Vorstellung. Sie zieht sie keinen Augenblick lang wirklich in Betracht. Wie Oma ist auch sie überzeugt, dass sie mit Oma nichts gemein hat, weder genetisch noch sonstwie. Aber um Oma eins auszuwischen, taugt die Beschwörung etwaiger verwandtschaftlicher Ähnlichkeiten allemal.)

Früher hat sich Oma bei Betty oder Hannes über Teresa beschwert, wenn sie sich von Teresa – zu Recht – verarscht fühlte. Kam aber nie was Rechtes dabei heraus. Teresa hat früh gelernt, ihren Hohn so zu verpacken, dass er, wenn Oma wiedergab, was Teresa angeblich Beleidigendes gesagt hatte, nicht mehr zu entdecken war. Ich weiß nicht, was du hast, Mutti, sagten Betty oder Hannes jedes Mal hilflos – an sich ja durchaus bereit, Teresa jede Frechheit zuzutrauen, aber nicht imstande, das, was Oma zitierte, als Frechheit zu identifizieren –, und weil ihnen Oma sowieso auf die Nerven geht, hörten sie sich dabei zunehmend gereizt an, und Oma kapierte, dass sie, wenn sie mit jedem Schmarrn zu Betty oder Hannes rennt, den beiden nur lästig fällt, und zwar mehr als Teresa, in dem Moment jedenfalls. Teresa ist eine Dauerbelästigung, an die man sich irgendwie gewöhnt hat wie an einen chronischen Kopfschmerz oder ein eingeschränkt bewegliches Kreuz, während Oma, wenn sie gelaufen kommt und über Teresa zetert, ohne dass man Teresa anschließend wirklich was vorwerfen kann, zu einer akuten Zahnwehattacke wird, die den Kopfschmerz temporär überlagert.

Deshalb geht Oma nur noch selten auf Teresas Argumente ein. Auch diesmal: keine Chance auf eine Auseinandersetzung. Oma macht eine wegwerfende Handbewegung, tippt sich anschließend an die Stirn (wobei sie Carolina verschwörerisch zuzwinkert) und wendet sich wieder dem Fernseher zu.

Über den Bildschirm stolziert gerade Präsident Bush, der seine Frau Laura an der Hand hält. Es sieht aus, als gehe Laura Bush an einer Leine bei Fuß. Teresa, die Händchenhalten schon an und für sich lächerlich findet, hält es für besonders albern, wenn sich ausgewachsene Säcke von Staatsmännern aufführen wie verliebte Teenager. Wobei immer nur Staats*männer* ihre Frauen mit sich führen wie Maskottchen und sie herzeigen als Beweis für Lauterkeit und biederen Familiensinn. Zumindest fällt Teresa auf Anhieb keine Politikerin ein, die einen Gatten sichtbar gängelt.

Kleinkariert. Der patriarchale Gestus des Staatsmannes (notiert Teresa im Geist für einen ihrer nächsten Deutschaufsätze – *patriarchaler Gestus* klingt gut und wird die dumme Nuss von neuer Deutschlehrerin ein bisschen in die Schranken weisen), der patriarchale Gestus des Staatsmannes, der an seiner Frau demonstriert, dass er das Zeug zum liebevoll führenden Landesvater hat, ist ein Zugeständnis an die Kleinkarierten und ihre kleinkarierte Definition von ehrbaren Manieren.

Man kann ja viel einzuwenden haben gegen gekrönte Häupter (und Teresa hat viel einzuwenden), aber eins muss man ihnen lassen: Man sieht sie selten ihre Ehegesponse mit sich schleifen wie Hündchen. Die wissen noch, was Würde ist. Glaubt Teresa zumindest. Aber vielleicht irrt sie sich ja – schließlich gehören die gekrönten Häupter nicht gerade zu den von ihr ständig beobachteten Gruppen –, und die Gebräuche des Kleinbürgertums haben inzwischen auch die Königshäuser überschwemmt.

Na, sagt Oma, wär das nichts für dich?

Was?, fragt Carolina.

Ich glaub, das wär was für dich, sagt Oma. Ich glaub, du wirst auch einmal einen berühmten Mann haben.

Geh, Oma!, wehrt Carolina verlegen ab.

Aber Oma bleibt dabei. Doch, sagt sie. Du bist ein braves Mädchen. Wenn es ein Mann zu was bringen will, heiratet er ein braves Mädchen.

Carolina sitzt starr. Vielleicht beherrscht sie sich, um nicht loszukreischen. Vielleicht ist sie aber auch geschmeichelt, weil Oma in ihr eine künftige Präsidentengattin sieht, wer weiß.

Und wenn du wirklich Glück hast, macht dich dein berühmter Mann bald zur Witwe, sagt Teresa. Witwe ist viel besser als Gattin, finde ich. Du bist dann selber berühmt und musst nicht wie ein Hund neben ihm herdackeln. Alle bedauern dich und buckeln vor dir und verehren dich dafür, dass du nix anderes getan hast, als beim Heiraten aufs richtige Pferd zu setzen.

Aus dir spricht nur der Neid, sagt Oma böse.

Neid auf wen oder was?, fragt Teresa.

Weil dich bestimmt keiner heiraten will!, behauptet Oma. Da wär ja einer schön blöd, wenn er dich heiraten würde. Mit deinem Mundwerk.

Hurra, sagt Teresa, demnach hab ich die besten Aussichten. Die Welt ist angeblich voll von blöden Männern. Bloß dass es darauf ankommt, ob *ich* einen davon heiraten will.

Ja, ja, schon gut, sagt Oma. Der Fuchs und die Weintrauben.

Oma?, fragt Teresa. Fällt dir auf, dass hier weit und breit keine Bräutigämer herumsitzen? Wovon redest du eigentlich?

Lass uns doch in Ruhe!, verlangt Oma, und stösst Carolina beifallheischend an. Du störst uns nur. Wir wollen hier sitzen und miteinander fernschauen, sonst nichts. Stimmt's, Carolina?

Carolina ruckelt unbehaglich auf dem Sofa. Im allgemeinen hat sie nichts dagegen, bevorzugt zu werden, aber Omas liebste Spielgefährtin sein zu sollen, ist ein bisschen peinlich. Mit Oma will man nicht in einem Boot sitzen, schon gar nicht zu zweit. Exklusivität mit Oma ist keine im eleganten Sinn, sondern heißt ausgeschlossen zu sein aus dem Kreis der Erfolgreichen und Schönen.

Ein armes Schwein, Oma. Zu ihrem Glück merkt sie nicht, dass Auszeichnungen durch sie von den Ausgezeichneten als Makel empfunden werden.

Selbstverständlich wird Teresa ihr Erwachsenenleben nicht in stolzer Einsamkeit verbringen. Obwohl, manchmal kokettiert sie schon damit, später rätselhaft und unnahbar zu sein und sich zwar auf dramatische Affären einzulassen, aber nicht auf sowas Banales wie Ehe und gemeinsam in den Supermarkt und zu zweit vorm Fernseher. Jedenfalls kommen Loser für sie nicht in Frage. Gleichgültig, welchen Platz sie den Männern in ihrem Leben zuweisen wird, einen vorübergehenden oder einen dauerhaften, es wird sich um Männer handeln, die was Besonderes sein werden.

Allerdings, und das ist der Unterschied zu Omas Fantasien, Carolina betreffend, wird sie nie *nur* eine Gattin sein, selbst wenn sie einmal eine Gattin sein sollte. Sie selber wird berühmt und anerkannt sein. Und weil zu einer berühmten und anerkannten Frau nur ein berühmter und anerkannter Mann passt, wird der Mann an ihrer Seite ebenfalls berühmt und anerkannt sein. So ist das.

Oma hat keine Ahnung.

Armes Schwein, Oma. Wenn Inge und Walter mit Steffi in die Konditorei gehen, dann ist das eine tolle Hilfe für Betty. Wenn Oma drei Körbe Wäsche bügelt, dann ist das nicht weiter erwähnenswert.

Meine Eltern tun enorm viel für mich!, sagt Betty gern. Dass Oma was für sie tut, sagt sie nie.

Was Inge und Walter tun: Sie fahren mit Betty zu Ikea. Dort gehen sie mit ihr herum und suchen Sachen aus. Die werden nachher geliefert, denn leider bringen sie nichts Sperriges in ihrem Auto unter, und außerdem hat es Walter mit den Bandscheiben.

Inge liest Steffi abends vor, wenn sie da ist, oder hilft Betty, das Essen für die Kleinen zu anzurichten.

Walter spielt mit Carolina Schach.

Inge und Walter kommen zu Besuch und trinken Kaffee.

Sie rufen fast täglich an.

Und sie spenden angeblich Geld, Betty tut immer, als wären es enorme Summen, aber niemand weiß genau, wieviel sie wirklich springen lassen. Als ein neuer Heizkessel angeschafft werden musste, hat Walter bloß ein Überbrückungsdarlehen gewährt, das Hannes in Raten zurückzahlte. Betty konnte sich gar nicht einkriegen vor Begeisterung über die Großzügigkeit ihrer Eltern, sie sang so lange Lobeshymnnen, bis es Hannes zu viel wurde und er – vorsichtig, in scherzhaftem Ton – einwandte, es höre sich an, als hätten ihre Eltern ihnen das Haus gekauft, und dabei handle es sich doch nur um einen Kredit für einen Heizkessel.

Bettys Lippen wurden schmal, als sie sagte, dass ihre Eltern keinerlei Verpflichtung hätten, ihnen irgendwas zu kaufen oder auch nur zu borgen.

Was stimmt. Inge und Walter hätten genauso gut mit den Achseln zucken können. *Ihr habt kein Geld für einen neuen Heizkessel? Euer Problem.*

So gesehen haben sie mehr getan, als sie hätten tun müssen. Aber dass Betty findet, man sollte deswegen auf Knien rutschen vor ihnen, während Omas Gaben allenfalls als Belästigung betrachtet werden, ist, gelinde gesagt, etwas ungerecht.

Hannes macht sich selten die Mühe, diese Ungerechtigkeit anzusprechen. Im allgemeinen schweigt er, teils aus Feigheit, teils aus Zustimmung (jedenfalls ist das Teresas Vermutung).

Oma kommt mit einer Torte an, und Betty stöhnt (in der Küche, nicht besonders laut, aber auch nicht extra leise, sodass es Oma im Wohnzimmer wahrscheinlich hört): Mein Gott, diese fette Creme, mir wird ja schon vom Hinschauen schlecht. Und Hannes sagt nichts dazu.

Er sagt auch nichts, als Betty Steffi kein Stück von der Torte gibt, mit der Begründung, sie wolle ihr nicht schon im Kleinkindalter einen hohen Cholesterinspiegel anzüchten – dieselbe Betty, die ein paar Tage davor ganz zwitschernde Fröhlichkeit war, als Inge mit Steffi aus der Konditorei zurückkam: Was habt ihr denn gegessen? Sooo viel Schlagobers? Na, sowas!

Was Oma noch tut: Sie wischt die Küche auf. Sie putzt Fenster. Sie scheuert die Badewanne. Betty erwischt sie dabei, wie sie viel zu viel Scheuermilch nimmt und sich das Fensterputzen leicht macht, indem sie *Glasklar* auf die Scheiben sprüht. Wie kommt überhaupt *Glasklar* in Bettys Haus, in dem ökologisches Bewusstsein angesagt ist? Oma hat eine Flasche davon mitgebracht. Einfach heimlich mitgebracht, obwohl sie weiß, wie Betty über biologisch schwer abbaubare Putzmittel denkt. Die Bedienerin hat darum den Auftrag, die Fenster auf die gute alte Art mit viel Wasser und Zeitungspapier zu putzen.

Deswegen putzt sie sie auch nie, sagt Oma mit einer Anwandlung von ungehörigem Trotz. Mit viel Wasser allein geht gar nix weg.

Wie auch immer, Oma soll sich bitte nicht einmischen, und dass sie ohne zu fragen, ja schlimmer noch, obwohl sie weiß, wie die Antwort auf eine diesbezügliche Frage gelautet hätte, *Glasklar* in Bettys Haushalt einschmuggelt, ist, gelinde gesagt, ein grober Vertrauensbruch.

So ist das mit Oma. Was sie tut, ist vor allem: sich unbeliebt machen.

Betty wirft beiläufig hin, dass die Bezüge der Sofakissen schäbig geworden sind, schon kommt Oma mit neuen Bezügen an, aber leider nicht aus sonnengelber Seide, wie die alten, sondern mit Rüschenrand und rustikalem Rosenmuster vor einer Rückseite aus grünem Cordsamt.

Mein Gott, Mutti, sagt Betty mühsam beherrscht – dass sie Mutti sagt, wundert Teresa immer wieder, schließlich ist niemand heutzutage gezwungen, eine Schwiegermutter Mutti zu nennen –, mein Gott, Mutti, wenn du uns schon überraschen musst: Warum hast du nicht wieder gelbe Seidenbezüge genommen?

Weil die hier viel schöner sind, erwidert Oma.

Betty verdreht fassungslos die Augen, und Hannes schaut weg, als gehe ihn das alles nichts an.

Inge und Walter haben nicht ihr Leben lang hart gearbeitet, deshalb ist jede freundliche Geste von ihnen ein Verzicht auf die Bequemlichkeit, die ihnen von Schicksals wegen zusteht, und muss dementsprechend honoriert werden.

Oma kennt nichts anderes, als zu arbeiten, deswegen fällt Arbeit von ihr nicht ins Gewicht, und dass sie dafür kritisiert wird, daran müsste sie ebenfalls gewöhnt sein. Eine wie Oma leistet keine Arbeit, an der nichts auszusetzen wäre, während das, was eine wie Inge tut, in jedem Fall untadelig ist.

Hannes hat einen Jugendfreund, Ernst, der ist gleichfalls was Besseres geworden als seine Eltern und hat hinaufgeheiratet wie Hannes, nämlich eine Bankerstochter, aber er geniert sich nicht für seine Alten, im Gegenteil, liebevoll nimmt er seine dicke, dauergewellte Mama um die Schultern und reißt Witze mit seinem Vater, einem dröhnenden Scherzbold, der sagt, dass man ihm was zahlen müsste, damit er ins Burgtheater geht. *Ernstl* heißt Ernst bei seinen Eltern, auch dazu steht er, während es Hannes Oma abgewöhnt hat, ihn Hansi zu nennen. Teresa fragt sich manchmal, ob Hannes Ernstl heimlich beneidet, wenn er zuschauen muss, wie der imstande ist, ganz entspannt seine Alten zu präsentieren und wie die Bankerstochter aus dem Genfer Internat die dicke Mama ebenfalls umarmt und auf die Späße vom derben Schwiegervater eingeht, während Betty schon hysterisch zusammenzuckt, wenn Oma einmal irrtümlich ein *Hansi* entfährt.

Ach, Hannes.

Oma hat diesmal wieder Kissenbezüge mitgebracht, weil Betty die rosengemusterten nicht gefallen haben. Dann näh ich euch eben gelbe, sagte sie, und Betty erwiderte, Nähen sei überflüssig, sowas könne man doch fertig kaufen, aber Oma beharrte: Die sind schnell genäht, da ist gar nichts dabei.

Ja. Und jetzt. Es ist zum Wahnsinnigwerden, aber Oma kann nicht einmal schlichte sonnengelbe Seide kaufen. Was sie erstanden und zu Überzügen verarbeitet hat, ist grell zitronenfarbenes Polyester, damastartig hellbeige gestreift.

Tut mir Leid, Mutti, sagt Betty entschlossen, aber die passen einfach nicht.

Was denn, fragt Oma, die magst du auch nicht, was soll das heißen, willst du sie wegwerfen?

Wär ja nicht so viel verschwendet, antwortet Betty.

Und sofort ist Oma tief gekränkt. Ich mach mir die ganze Arbeit, und jetzt willst du sie nicht?

Oma ist gut. Erst behauptet sie: Die sind schnell genäht. Und dann lamentiert sie: Meine Arbeitszeit zählt wohl gar nichts? So viel Mühe und alles für die Katz!

Auf jeden Fall muss man Betty dankbar sein, dass sie die damastene Pest nicht aufs Sofa legt.

Pia war da, vor ein paar Tagen. Eine Art Gnadenakt, anscheinend. Freundlichkeit wie Schokolade verteilend. Der klassische Fall einer Prinzessin, die sich mit einem unansehnlichen Pummelchen anfreundet, um neben ihm noch eindrucksvoller zu punkten.

Man möchte nicht glauben, dass sie mit Carolina in dieselbe Klasse geht. Carolina so kindlich, flachbrüstig, mit einem runden, glatten, ungeschminkten Babygesicht, und Pia, weiblich proportioniert, perfektes Styling, teurer Haarschnitt, gekonntes Make up.

Tatsächlich ist sie auch gut anderthalb Jahre älter als Carolina, fast zwei Jahre, genau genommen, das internationale Leben hat ihre Schulkarriere beeinträchtigt.

Teresa tippt zudem auf Dummheit und Faulheit, aber das behält sie für sich, Carolina würde sich sowieso nichts von ihr sagen lassen. Daher spart sie sich auch alle Ratschläge und Warnungen, obwohl sie ihr, wenn Carolina auf sie hören würde, sagen müsste, dass es dumm und selbstbeschädigend ist, sich von Prinzessinnen als Zofe einteilen zu lassen.

Teresa lief nie Gefahr, in die Groupierolle gedrängt zu werden, sie ist weder pummelig noch gutmütig. Sie benützte allerdings auch noch nie jemand anders, um sich billig Bewunderung zu verschaffen und ihren Glanz aufzuhellen, indem sie sich ein Schattenwesen als Kontrast hielt.

Hätte sich möglicherweise sowieso kein Schattenwesen gefunden. Teresa ist viel zu spröde, um Fans um sich zu scharen.

Egal. Pia könnte ihr jedenfalls gestohlen bleiben an Carolinas Stelle, und dass Carolina sich für sie begeistert, spricht wieder einmal gegen sie.

Was habt ihr gemacht?, fragte Teresa, als Carolina einen Nachmittag bei Pia verbracht hatte und rotwangig heimkam.

Carolina zählte Pias Besitztümer auf, schwärmte von den Räumlichkeiten, die ihr im Elternhaus zur Verfügung stünden (sie habe drei Zimmer und ein Bad für sich), beschrieb das übrige Haus sowie den parkartigen Garten und schilderte ihre Begegnung mit Pias schicker Mutter.

Aber was habt ihr *gemacht*?, erkundigte sich Teresa noch einmal.

Carolina schaute fragend.

Sie hat dir gezeigt, wie toll sie's hat, und das war alles?, setzte Teresa hinzu.

Carolina errötete leicht.

Es stellte sich heraus, sie hatten den größten Teil des Nachmittags damit verbracht, Pias CDs, DVDs und Schulsachen zu ordnen, die offenbar in wüsten Haufen umhergelegen waren.

Dazu hat sie dich eingeladen?, fragte Teresa.

Carolina setzte ein trotziges Gesicht auf. *Dazu* hat sie mich *nicht* eingeladen, ich hab ihr geholfen, weil ihre Mutter gesagt hat, dass sie das tun soll.

Teresa zog die Brauen hoch und schwieg.

Carolina schob das Kinn vor. Klar, du schaust komisch, weil du nie jemandem hilfst.

Genau, sagte Teresa. Ich mache niemandem die Putze.

Nein, sagte Betty, die vorüberging, im Gegenteil, du machst einen Saustall. Aber wenn ich höre, dass du auch noch stolz darauf bist, werde ich andere Seiten aufziehen.

10.

Es war, als hätt der Himmel
die Erde still geküsst
dass sie im Blütenschimmer
von ihm nun träumen müsst.

Teresa liest romantische Gedichte, aber das darf niemand wissen.

Ihre Stellung in der Schule ist unangefochten, doch so ein starkes Alpha-Tier, dass sie sich alles erlauben kann, ist sie wieder nicht.

Ob ihr Ruf es unbeschadet überstehen würde, wenn herauskäme, dass sie romantische Gedichte liest, ist zweifelhaft, geschweige denn, dass vorstellbar wäre, sie könnte das Lesen romantischer Gedichte zur Mode machen.

Jedenfalls hat der Himmel die Erde geküsst, und nun wandelt Teresa auf Wolken (möglicherweise ja Regenwolken), was urpeinlich ist, weil man sich in einen Prof nicht verliebt und weil Uli so gar nicht dem Typ entspricht, in den sich Teresa verlieben wollte. Sie hat immer gedacht, dass für sie nur ein Denker in Frage käme, was Uli definitiv nicht ist. Uli ist groß, blond und sportlich. Gegen groß und blond wäre nichts einzuwenden, aber ein Sportler – dessen Sportbegeisterung so weit geht, dass er Sport sogar studiert hat und jetzt unterrichtet –, das ist einigermaßen heavy.

Uli ist von sonnigem Wesen, einer, der nichts problematisiert, sondern sagt, he, take it easy; freundlich und lässig geht er durch die Gegend, während die Mädels links und rechts hinsinken, als ob er sie gemäht hätte, wie ein Schnitter geht er durch ihre Reihen, aber nicht wie der Schnitter Tod, sondern wie ein Schnitter Leben, denn was sich zwischen ihm und den hingemähten Mädels abspielt, ist höchst lebendig.

Zu Teresas Ehrenrettung ist anzumerken, dass sie ihn nicht als Prof kennengelernt hat, sondern bei einem Clubbing, auf dem sie mit Lena war. Erst danach ist er an der Schule aufgetaucht, als Einspringer für die Englisch, die auf Babypause ging.

Uli ist 25, das ist alt im Vergleich zu Teresa, aber sehr jung für einen Lehrer, er ist sogar jünger als die Deutsch-Tussi. Sport und Englisch, das sind seine Fächer, in Sport unterrichtet er allerdings nur die Burschen.

Teresa wollte nie einen älteren Freund. Vaterfiguren sind was für Handelsschülerinnen, die sich nach Autorität und einem Big Spender sehnen, weil sie es aus Eigenem nie zu einem gehobenen Lebensstandard bringen werden.

Dass sie auf Uli abfährt, hat nichts mit seinem Alter zu tun, oder jedenfalls nur insofern, als sie den Altersunterschied kaum empfindet. Er gehört zur Sorte großer Junge und wird sicher bis ins höhere Alter einer bleiben.

Auf dem Clubbing, wo sie ihn getroffen hat, hat sie zwar mit ihm herumgeknutscht, aber mehr, weil er eine Trophäe war, und weniger, weil sie eine Art von Blitz gestreift hat.

Oberflächlicher Gockel, hat sie sich gedacht, und wenn sie ehrlich ist, dann gibt es wenig Grund, an diesem Urteil was zu ändern.

Trotzdem.

Warum nur?

Warum denkt sie dauernd an ihn und kriegt die berühmten weichen Knie, wenn er sie in der Klasse anschaut, wobei er übrigens eher an ihr vorbeischaut, schließlich sind sie in der Schule Lehrer und Schülerin.

Nicht dass sie außerhalb der Schule ein Liebespaar wären.

Bei ihrem ersten Zusammentreffen haben sie Telefonnummern und E-Mail-Adressen getauscht, auf sein Betreiben, aber sie hatte wenig Lust, sich bei ihm zu melden.

Geh, bitte! Du gehst ins Museum? Freiwillig?, hatte er lachend gefragt, als sie die Chagall-Ausstellung erwähnte, und damit war er fürs Erste unten durch gewesen. Trottel. Außerdem war sie sicher, dass er von sich aus anrufen würde.

Tat er aber nicht. Was sie irgendwie ärgerte.

Dann neuerlich Clubbing. (Für Betty und Hannes als Geburtstagsparty bei Lena deklariert, der Einfachheit halber, Betty und Hannes sind komisch, bei ihnen weiß man nie. Hannes verhängte zwar zur Strafe Discoverbote, als sie noch kaum in Discos ging, was den Schluss zulässt, dass er Discos für altersadäquat hält, trotzdem ist denkbar, dass er Clubbings bedenklich findet, warum auch immer.) Und Uli wieder dort. Blond, vergnügt, sportlichbraun. Warum hast du dich nicht gerührt?, fragte er.

Warum hast *du* dich nicht gerührt?, fragte Teresa zurück.

Uli grinste. Normalerweise rufen *mich* die Mädels an.

Wenn sie eine Pizza bestellen wollen?

Uli lachte und zog sie an sich. Ganz schön frech, sagte er.

Was heißt frech? Bist du eine *Respektsperson* oder was?

Trotzdem knutschte sie wieder mit ihm, in dieser Disziplin war er wirklich Spitze.

Sie rief ihn nicht an, aber nach ein paar Tagen ertappte sie sich dabei, dass sie ihn sehen wollte. Sie fand sich zwar blöd deswegen und konnte sich nicht erklären, warum er ihr abging, doch sie war nahe daran, seine Nummer zu wählen.

Zum Glück meldete er sich, ehe sie es tat. Ja, *zum Glück*, denn das Leben ist ein Machtkampf, in dem sich jede Schwäche rächt. Besser also, er war schwach geworden.

Sie verabredeten sich für Samstag. Ursprünglich war sie

zum Babysitten eingeteilt worden, aber dann hatte Nora das geplante Abendessen abgesagt (ihr Jüngster hatte ihren Mann mit Halsweh und Fieber angesteckt), weshalb Betty und Hannes daheim blieben und Teresa frei bekam.

Sie gingen ins Kino und danach Cocktails trinken und schließlich fuhren sie in Ulis Wohnung (Neubau, klein, aber mit großer Dachterrasse, einfallslos möbliert, voll teurem technischem Schnickschnack), und obgleich es keine roten Rosen schneiete und keinen kühlen Wein regnete, und wiewohl Teresa Lampenfieber hatte vor dem Schritt auf unbekanntes Terrain, wusste sie, dass der magische Moment gekommen war.

Mit kühlem Kopf registrierte sie die platte Stillosigkeit der Wohnung, aber erstaunlicherweise hatte ihr kühler Kopf keinen Einfluss auf ihren heißen Körper.

Alles schien bestens zu laufen, doch auf einmal: Cut.

He, warum hast du mir nichts gesagt?, fragte Uli mit verhaltener Stimme.

Was?

Du hättest mir was sagen sollen. Ich hab doch keine Ahnung gehabt … Wer vermutet denn auch sowas.

Er ging behutsam auf Distanz, stützte sich auf die Ellbogen und schaute mit einem schiefen Lächeln auf sie runter.

Was ist los?

Uli rollte weg von ihr und griff nach einem Laken, das er ungeschickt über sie und sich warf.

Tut Leid, aber ich mach so was nicht, weißt du.

Sie starrte ihn entgeistert an. Er griff wieder nach ihr, zog sie an sich, strich ihr die Haare aus dem Gesicht und küsste sie, zärtlich, ohne Leidenschaft, tröstend.

Nicht sauer sein, Baby, aber ich bin kein Mann fürs erste Mal.

Und warum nicht? Glaubte er am Ende den Schmus, dass keine Frau jemals ganz von ihrem *ersten Mann* loskommt? Hatte er Angst, dass sie ihn verfolgen würde bis ans Ende ihrer Tage?

Er grinste verlegen. Was weiß ich? Vielleicht ist was Wahres dran.

Und dann, hastig: Versteh mich recht, natürlich *fürchte* ich mich nicht vor dir, aber … also, ich will einfach keine Verantwortung übernehmen. Das ist nix Persönliches, weißt du. So bin ich eben.

Gratulation, Gratulation! Da hatte sie ja wieder einmal einen richtigen Glücksgriff getan.

Sie stieg aus dem Bett und zog sich an.

Das gab's doch nicht. Das konnte doch nicht wahr sein. Kam er aus einem anderen Jahrhundert, oder war das einfach zeitlose Feigheit? Und kann man jemandem Vorwürfe machen, weil er sich weigert, einem die so genannte Unschuld zu rauben?

Sie kam sich benutzt und weggeworfen vor, ein Empfinden, das Mädchen früherer Zeiten *nach* dem Sex befallen hatte, weil sie nicht imstande gewesen waren, sich zu verweigern – in ihrem grotesken Fall resultierte es daraus, dass sie *keinen* Sex gehabt hatte, weil er sich verweigerte.

Ich bring dich nach Haus, sagte er.

Nicht nötig. Ich nehm mir ein Taxi.

Sei nicht kindisch.

Wieso nicht? Genau das war sie doch in seinen Augen. Verdammt dazu, ein Kind zu bleiben.

Na, na, na, sagt er. Jetzt sei nicht so dramatisch. Das war nicht deine letzte Gelegenheit. Außer mir gibt's noch ein paar andere Jungs auf der Welt.

Oh ja, na klar, Mann ist Mann, am besten ging sie von einem zum anderen und bot sich an, so lange, bis sie einen fand, der bereit war, sie vom Makel ihrer Jungfräulichkeit zu befreien, und vielleicht würde danach ja sogar *er* für sie zu haben sein.

Wenn du das so siehst, sagte er. Ja, ich steh auf erwachsene Frauen, und ich glaube nicht, dass das was Böses ist.

Wenn du auf erwachsene Frauen stehst, warum bist du dann überhaupt mit mir weggegangen?

Ich hab doch nicht wissen können, dass du noch Jungfrau bist. Die meisten vögeln längst herum in deinem Alter.

Sie fauchte wütend: Setzt du herumvögeln mit *erwachsen* gleich? Dreizehnjährige, die herumvögeln, sind das für dich *erwachsene Frauen*?

Uli hob die Arme, als müsse er sich vor Schlägen schützen. He, take ist easy, sagte er. *Du* hast gejammert von wegen *Kind bleiben müssen* und so.

Er brachte sie nach Hause. Als sie aussteigen wollte, legte er den Arm um ihre Schultern und küsste sie, zärtlich, ausführlich, kunstfertig.

Ich mag dich, Babe, sagte er. Wirklich.

Babe! Bei jedem anderen hätten sich ihr die Haare gesträubt.

Im Haus kam ihr eine Idee. Sie nahm ihre Pillenpackung, drückte wahllos ein paar Pillen heraus und warf sie ins Klo. Dann steckte sie die Packung zurück in den Medizinschrank, aber so, dass sie Betty hoffentlich auffiel. Wenn Betty sah, dass die Pillen nicht in der vorgeschriebenen Reihenfolge entnommen worden waren, flippte sie bestimmt aus. Das wäre eine kleine Entschädigung für den verpatzten Abend.

11.

Hannes ist ein braver Esser. Hannes isst alles, denn er schmeckt keine Unterschiede. Hannes schlingt, ohne Genuss, egal was. Der Genuss bleibt ihm versagt, weil er keine Unterschiede schmeckt. Er glaubt zwar, dass er genießt, aber wenn man ihm zuschaut (und zuhört, wie er lobt), weiß man, dass er vom Genießen keine Ahnung hat.

Hannes ist ein dankbarer Esser, er lobt bald was, Omas fades Krankenhausgemüse genauso wie Bettys Ökofraß oder ihre mal mehr, mal weniger geglückten Versuche in zeitgemäßer Gourmetküche.

Betty ist eine Frust- und Trostfresserin. Schnelles Essen bei Tisch, weil sie nicht dazukommt, langsam zu essen. Manche verweigern ja das Essen, wenn ihnen die Ruhe dazu fehlt, Betty nicht. Lieber schnell als gar nicht. Lieber zu viel als zu wenig. Betty braucht ganz offensichtlich das Glück des Kauens, Schmeckens, Schluckens, auch wenn es ein hastiges ist. Betty braucht die seelische Stärkung. Schokolade zwischendurch. Kurze selige Augenblicke: eine Schokotrüffel in den Mund, Augen zu, innehalten, an nichts anderes denken als an die köstliche Süße, sich ganz hingeben an die Wonne des Wohlgeschmacks, bis er dahingeschmolzen ist, rasch genug.

Bettys Hüften werden immer breiter, wenn man nach der Breite ihrer Hüften und dem Umfang ihres Hinterns geht, ist ihr Frust groß und ihr Trostbedarf hoch.

Inge, die verbissen um ihren Verbleib in Größe 42 kämpft, notfalls unter eiserner Zurückhaltung beim Abendessen und mit Hilfe von Reis- oder Teetagen, sieht das mit Besorgnis, sie will keine aus der Form gegangene Tochter, das Einhalten von Formen ist ihr wichtig. Familienintern warnt sie Betty daher vor Nachlässigkeit in puncto *Linie* und rät ihr zum guten alten Kalorienzählen, nach außen nimmt sie sie aber in Schutz, indem sie auf ihre Schwangerschaften verweist wie auf ein Verdienst, das sie über diejenigen erhebt, die sich ums Gebären drücken oder nur eine einzige läppische Schwangerschaft hinter sich haben. (Nur eine läppische Schwangerschaft wie Inge übrigens, die es bei einem Einzelkind beließ, aber das steht jetzt nicht zur Debatte.) Was will man, du hast vier Kinder, dafür hast du eine tolle Figur, sagt Inge zu Betty, wenn Bettys Freundinnen zuhören, und was bleibt denen dann anderes übrig, als bestätigend und scheinbar bewundernd zu nicken.

Inge stellt es dar, als habe Betty der Gesellschaft ein Opfer gebracht, indem sie ihre Figur gefährdet hat, um vier Kinder zum Fortbestand der Welt beizusteuern, und niemand sagt, dass das Opfer unsinnig ist, weil die Weltbevölkerung explodiert und Arbeitslose keine Renten zahlen, soll heißen, nicht die Geburtenrate sichert das soziale System, sondern der Produktivitätsgewinn, wenn er entsprechend aufgeteilt wird.

Teresa hat einmal versucht, das Inge und Walter zu erklären, aber Inge hat nur eingeschnappt geschaut und Walter machte hartnäckig den Produktivitätsgewinn von der Bevölkerungszahl abhängig, so als sei das Wort Automatisierung noch nie an seine Ohren gedrungen.

Egal.

Inge hätte vielleicht ein Talent zum Genießen, aber sie lässt es brachliegen, um wenigstens noch in Größe 42 zu passen. Ab und zu blitzt das Talent hervor, wenn Inge begeistert von etwas abbeißt, aber gleich darauf hat sie sich wieder unter Kontrolle, und der Genuss ist gestrichen. Nach den Wechseljahren ändert sich die Figur, da kann man machen, was man will, sagt Inge, da nimmt man nicht mehr ab, sondern nur noch zu und zwar von nichts.

Teresa könnte ihr widersprechen und auf Omi verweisen, die immer zierlich war und es bis heute ist, aber Teresa hütet sich, deswegen Inges Ärger auf sich zu ziehen. Wenn Inge glauben will, dass ihr schwerer Körper kein persönliches Pech ist, sondern eine Unabwendbarkeit, die sie tröstlicherweise mit einer ganzen Generation teilt, dann soll sie doch.

Da Inge wenig Freude an Mahlzeiten hat, ist sie eine Freundin der schnellen, einfachen Küche. Sie macht Tiefkühlspinat mit Erdäpfeln und Spiegelei, Nudeln mit Paradeissauce, Bratwürstel und Salat. Inge will sich nicht in Versuchung führen. Übers Kochen nachzudenken und dafür einzukaufen, zu schälen und zu schnipseln, anzubraten, aufzugießen, zu riechen und abzuschmecken macht Appetit. Inge möchte mit dem Kochen fertig sein, ehe der Appetit da ist.

Zwar gibt es auch Menschen, die kochen aus Lust am Kochen oder um anderen zu Lust beim Essen zu verhelfen, aber so selbstlos ist Inge nicht.

Sie definiere sich nicht übers Kochen, sagt Inge manchmal. Das ist ihr gutes Recht, aber über welche Leistungen will sie sich sonst definieren?

Omas Küchenprodukte sind von widersprüchlicher Qualität. Ihr eingebranntes Gemüse ist langweilig, ihre Suppen sind wässrig und sie verwendet fettes, billiges Fleisch. Sie hat eben immer sparen müssen, sagt Oma, vorwurfsvoll. Das meiste, was sie auf den Tisch bringt, schmeckt nach Vorwurf, freudlos, wie Omas Leben. (Ihr Leben war gar nicht freudlos, behauptet Oma. Hannes habe ihr viel Freude gemacht, so brav und gescheit war er, ein guter Schüler. Der Stolz auf ihren Hannes habe sie für vieles entschädigt. Das sagt sie so, aber trotzdem trägt sie ständig den Gesichtsausdruck der zu kurz Gekommenen zur Schau.)

Bei Torten hingegen tobt Oma sich aus. Die sind schwer und üppig, mindestens sechs Dotter sind drin und Nüsse und viel Zucker, und sie sind mit dicker, geiler Schlagoberscreme gefüllt und über und über mit Creme verziert.

Niemand mag Omas Torten. Sie sind Kleine-Leute-Luxus, schwer verdaulich und ungesund. Oma selber isst höchstens ein Stück davon, wichtiger als der Verzehr ist ihr die Herstellung, bei der sie es – endlich einmal – an nichts fehlen lassen kann.

In ihren Torten sei alles drin, was gut und teuer ist, sagt Oma protzig. Auch sie, heißt das, kann aus dem vollen schöpfen und zwar dann, wenn es darauf ankommt. Omas Ansicht nach kommt es auf Torten an.

Dass niemand sie isst und sie im Kühlschrank vergammeln, bis sie entsorgt werden, scheint ihr irgendwie zu entgehen.

Auch die Kleinen haben schon ausgeprägte Essgewohnheiten. Steffi isst mit Vergnügen, aber rasch, sie sitzt nicht gerne lang. Leopold hat eine Neigung zum Schaufeln. Bedächtig stopft er sich Nahrung in den Mund, schmatzend und schnaufend lässt er sich füttern – wenn man nicht wieder damit aufhören würde, würde er möglicherweise weiteressen und weiteressen, ausdauernd wie das Spielzeugauto im Werbefernsehen, das noch im Kreis fährt – weil es die haltbarere Batterie intus hat –, wenn das Vergleichsfahrzeug längst stillsteht. Lepold wäre ein unermüdlicher Im-Kreis-Esser, wenn man ihn ließe.

Ferdinand hingegen muss zur Nahrungsaufnahme gebeten und überredet werden, er isst langsam, wenig und nur mit Überwindung, heikel und mäkelig navigiert er sich durch das Speisenangebot, am liebsten an allem vorbei. Armer Ferdinand. Das Essen ist ihm saure Pflicht.

Und Carolina. Vor kurzem noch Liebhaberin von mindestens zweimal Nachtisch. Und jetzt so diszipliniert und maßvoll. Oder warum sonst wäre sie auf einmal fast schlank? Bravo, Carolina! Weiter so.

Teresa weiß, dass sie etwas sagen müsste, aber zu wem? Man wird ihr keine ehrenhaften Motive unterstellen. Bist wohl neidig, weil sie jetzt auch eine gute Figur kriegt? Willst sie unbedingt anschwärzen? Oder: Nicht schon wieder medizinische Katastrophenmeldungen! (Hätte sie vielleicht auch verdient, nach all den Mitteilungen über diabetische Zwillingsmütter und so.)

Trotzdem. Fällt niemandem was auf außer ihr?

Das bildet sie sich doch nicht ein, dass sich Carolina die Seele aus dem Leib kotzt nach so gut wie jedem Essen. Und dass die Portionen, die sie zu sich nimmt, kaum noch als richtiges Essen zu bezeichnen sind.

Was Carolina macht, macht sie gründlich. Andere stopfen sich wenigstens voll vorm Kotzen, aber Carolina verbindet Speiben mit extremer Nahrungsminimierung, als gewohnheitsmäßige Musterschülerin legt sie auch im Fach Magersucht einen ungewöhnlichen Ehrgeiz an den Tag, nachdem sie es einmal gewählt hat.

Teresa fasst sich doch ein Herz und nimmt Hannes beiseite. Hannes beiseite zu nehmen ist nicht leicht, Betty wacht über ihn. Wenn er da ist, hat seine Aufmerksamkeit ihr zu gehören. Rückzüge in sein Arbeitszimmer sind von Betty gestattete Pausen, sie bedeuten, dass sie ihn arbeiten lässt (oder das tun, was er in seinem Arbeitszimmer tut, vielleicht schaut er ja auch Pornohefte an oder döst vor sich hin), aber sie bedeuten nicht, dass man einfach zu ihm gehen und sich seiner eventuellen Zuhörbereitschaft bemächtigen darf. Vor allem wenn man Teresa ist, darf man das nicht.

Hannes' Zuwendung wird von Betty verwaltet, sie teilt sie zwischen sich und den Kindern auf (der größte Brocken ist für sie reserviert), und sie achtet streng darauf, dass Teresa keine Extraportion erwischt. Wenn Hannes und Teresa einmal die Köpfe zusammenstecken, was selten genug vorkommt, dann herrscht bei Betty Alarmstufe eins, ihr erscheint jedes Einverständnis zwischen Hannes und Teresa als eine gegen sie gerichtete Verschwörung.

Aber was soll's, Teresa beschließt, auf das Donnerwetter zu pfeifen, das sie von Betty erwartet, und nimmt Hannes beiseite, abends, nach dem Nachtmahl, das Carolina wieder ins obere Klo entsorgt hat, bei rauschender Spülung, obwohl es in ihrem Fall ohnehin nur aus ein bisschen Blattspinat und einem harten Ei bestand.

Betty will sich blitzenden Auges dazwischendrängen, aber Teresa sagt kühl, ich brauch was vom Papa, bitte, es ist vertraulich, und Hannes folgt ihr zögernd in seinen Arbeitskeller, nachdem er Entschuldigung heischende Blicke auf Betty geworfen hat. Sein Gesichtsausdruck zeigt, dass er zweifelt, ob ihm Absolution gewährt werden wird. Toller Vater. Fürchtet nur Sanktionen für sich, nicht für Teresa. Worin die für ihn wohl bestehen? Sexuelle Verweigerung? Was Besseres könnte ihm gar nicht passieren, als dass sich Betty ihm sexuell verweigert, jedenfalls nach Teresas Meinung, aber es ist zu vermuten, dass Hannes das anders sieht. Egal, jetzt nicht abschweifen, gedanklich.

Bist du sicher?, fragt Hannes. Ich meine, hast du Beweise? Ich meine, kann es nicht sein, dass du dir das bloß so irgendwie … zusammenreimst?

Ja freilich. Zusammenreimst. Teresa, die Dichterin. Wenn Teresa dichten will, dann bestimmt nichts über Carolina, das wäre ja pervers. Carolina ist kein Gegenstand der Dichtkunst, das sieht doch ein Blinder, wozu sollte die einen wohl inspirieren. Carolina ist platte Realität.

Hör auf, sagt Hannes, du weißt, was ich meine. Hast du sie schon gefragt?

Wen? Carolina? Was gibt's da zu fragen? Was, glaubst du, wird sie antworten? Denkst du, es ist typisch für Bulimikerinnen, dass sie, wenn man sie fragt, fröhlich sagen, richtig, ich kotze heimlich, ich bin nämlich essgestört und warte schon die ganze Zeit, dass ich es endlich zugeben kann?

Hör auf, sagt Hannes wieder (Hannes, der Verdränger, der Augenzumacher und Sich-die-Ohren-Zuhalter), ich bin kein Psychologe, ich weiß auch nicht, was man in solchen Fällen macht, wir müssen es Betty sagen.

Betty, wie zu erwarten war, flammende Empörung. Wie kommst du dazu, sowas zu behaupten, immer diese Panikmache, ich habe es satt, und dann sagt sie, was Teresa gleichfalls vorausgesehen hat: Du kannst es wohl nicht ertragen, dass noch eine hier demnächst in Größe 34 passt, oder?

Hannes schaut erleichtert, das ist ihm wohl die liebste Erklärung.

Sonderbarerweise beschließt Betty nicht, Carolina hinzuzuziehen. Das wäre normalerweise ihre erste Reaktion, wenn Teresa eine ungerechtfertige Beschuldigung vorbrächte: Sag es ihr ins Gesicht!

Statt dessen schwafelt sie wieder was vom Babybspeck, den Carolina gerade loswird.

Teresa erkennt, auch Betty: Augen zu und Ohren verstopft. Betty will, dass es so ist, wie sie behauptet: Carolina, das runde Baby, mausert sich endlich, und ganz von selbst, zu einem schlanken Teenie. Basta. Betty hat – entgegen ihren üblichen Gewohnheiten – nicht die Absicht, Carolina zu befragen, aber nicht, weil sie, wie Teresa, glaubt, dass das therapeutisch nichts bringt, sondern weil sie glauben möchte, dass es keinen Therapiebedarf gibt. Betty will an nichts rühren, was sie nicht wahrhaben will, jedoch wahrnehmen müsste, wenn sie daran rührte.

Am nächsten Mittag klatscht Betty Teresa einen großen Haufen Grießauflauf auf den Teller und sagt spöttisch: Da! Ich möchte, dass du ordentlich isst, du bist nämlich viel zu dünn.

Teresa steht auf, geht aus dem Raum, verlässt das Haus und fährt zu Lena, bei der sie bis zum Abend bleibt.

Als sie heimkommt, rechnet sie mit einer Strafpredigt von Hannes und der Verkündung von *Konsequenzen*, aber anscheinend hat Betty nichts zu Hannes gesagt.

Inge kommt und will Carolina zu einer Einkaufstour abholen, weil Carolina doch jetzt so schlank ist, dass sie sicher neue Kleidung braucht, aber Carolina lehnt dankend ab. Noch nicht. Ein anderes Mal. Später.

Oma, ebenfalls gerade da, lobt Carolina für ihre Bescheidenheit und rät Teresa, sich ein Beispiel an ihr zu nehmen.

Aber abnehmen darfst du nicht mehr, sagt sie danach zu Carolina, das ist nicht schön, wenn du gar so dürr wirst. Glaub mir, die Burschen haben gern was Festeres.

Betty und Inge fahren Oma angewidert über den Mund.

Was ist mit deinen Gutscheinen, sagt Teresa, als sie mit Carolina allein ist, die könntest du doch jetzt einlösen.

Geht's dich was an? fragt Carolina kalt. Sind meine Gutscheine.

Carolina kann so schroff sein, wie sie will, das schüchtert Teresa nicht ein. Das Kräfteverhältnis zwischen ihnen hat eine gefestigte Tradition, daran ändert sich so schnell nichts.

Wie dünn willst du denn noch werden? erkundigt sich Teresa.

Ich bin nicht *dünn*.

Du glaubst, du bist fett, stimmt's?

Nein, glaub ich nicht. Lass mich in Ruh.

Hör mir zu: Du bist dünn. Dünn genug. Wirklich.

Carolina wirft den Kopf zurück und versucht, Teresa von oben herab zu mustern. Hast du Angst, dass du bald nicht mehr die einzige Dünne im Haus bist? fragt sie.

Sie ist Bettys Tochter, kein Zweifel.

Dann tritt Hannes auch noch voll in einen Fettnapf.

Die neuen Nachbarn schauen vorbei, sie sitzen mit Hannes und Betty im Wohnzimmer, und Teresa, die Mineralwasser aus der Küche holen soll, hört, wie sie über sie reden. So apart, so grazil, wirklich auffallend hübsch.

Von mir hat sie das nicht, sagt Hannes lachend. Zu ihrem Glück hat sie eine schöne Mutter.

Teresa betritt das Wohnzimmer, die Mineralwasserflasche in Händen, gerade rechtzeitig, um zu sehen, wie Bettys Gesichtszüge entgleisen.

Was ist Hannes da eingefallen? Hat ihn das Zusammensein mit den neuen Nachbarn so sehr entspannt, dass er, jegliche Vorsicht vergessend, einfach die Wahrheit sagt, ohne Rücksicht auf Betty, die jedes anerkennende Wort über Sophie als persönliche Beleidigung empfindet?

Der Übergag ist, dass die neuen Nachbarn, die ja noch

nicht wissen, dass mit Teresas schöner Mutter nicht Betty gemeint ist, total verblüfft zwischen Betty und Teresa hin und her starren.

Sei nicht komisch, sagt Hannes hinterher zu Betty, dasselbe würde ich über jedes unserer Kinder gesagt haben. Ich bin nun einmal nicht schön. Die Schönheit haben meine Kinder von ihren Müttern.

Betty, schmallippig, bleibt eisig. Mütter, Plural, ist schon wieder eine Taktlosigkeit.

Ziemlich verfahrener Karren.

Aber dann wird all das mit einem Schlag zweitrangig, denn Sophie hat sich verlobt.

12.

Verlobt! Wer verlobt sich denn heutzutage noch?

Die Jungen, sagt Inge. Verlobung ist wieder in.

Ja, von mir aus, die Achtzehnjährigen! Aber erwachsene, ausgewachsene Menschen, wer verlobt sich denn von denen?

Sophie. Sophie wird einen Bannerträger der guten Gesellschaft heiraten, einen attraktiven Konservativen, gut zwanzig Jahre älter als sie, Eigentümer eines so genannten Handelsimperiums, silberhaarig, Herrenmensch, Damenhändeküsser (natürlich nur angedeuteter Kuss, natürlich nur in geschlossenen Räumen, nie unter freiem Himmel, wie es das Benimmbuch vorschreibt), Frauenhände-für sich-arbeiten-Lasser, Jäger und Sammler. Mit so einem wird sich zunächst verlobt und erst danach geheiratet. So gehört es sich.

Sophies künftiger Ehemann will die Tochter seiner künftigen Frau kennenlernen, er ist ein Familienmensch, aus seiner ersten Ehe hat er selber Kinder, alle drei erwachsen, er ist schon zweifacher Großvater, auch wenn man es bei seinem Anblick – groß, breitschultrig, elegant, imponierend, männlich – nicht glauben möchte, und nun brennt er darauf, Teresa ebenfalls aufzunehmen in den erlauchten Kreis seiner Angehörigen. Oder so ähnlich.

Sie gehen miteinander essen, Edwin rückt Teresa den Stuhl zurecht. Tisch am Fenster, tolle Aussicht über die Dächer der Innenstadt, Leinenservietten, Gläser wie Orgelpfeifen bei jedem Gedeck.

Teresa hantiert ungeschickt mit der Austerngabel. Geh, Resi, jetzt stell dich doch nicht so blöd!, sagt Sophie ungeduldig. Was glaubt sie? Dass es bei Hannes und Betty täglich Austern gibt? Oder hat sie Teresa ihrer Erinnerung nach mit einer Austerngabel in der Hand zur Welt gebracht? (Eklige Vorstellung.) Wie kommt sie dazu, eine Routine im Umgang mit Austerngabeln von Teresa einzufordern? Sophie hat nichts zur Entwicklung von Teresas Tischmanieren beigetragen, sie soll sich gefälligst zurückhalten bei ihrer Beurteilung, und lieber schämen für das, was sie verabsäumt hat.

Ich stell mich nicht blöd, ich bin blöd, sagt Teresa kühl. Jedenfalls ist das der Eindruck, den du herausarbeiten willst, oder?

Resi, was ist los mit dir, so kenn ich dich ja gar nicht, sagt Sophie erstaunt.

Ich heiße Teresa, erwidert Teresa streng. Oder Anaïs. Aber keinesfalls Resi.

Wie du glaubst, sagt Sophie friedfertig.

Edwin lacht. Ich sehe schon, wir müssen sehr oft Austern essen gehen. Du machst das ziemlich gut, aber sicher ist sicher.

Er hebt sein Weinglas und prostet Teresa zu. Teresa prostet zurück, Edwin hat ihr ebenfalls Wein einschenken lassen.

Betrink dich nicht, Resi!, warnt Sophie. Sie korrigiert sich gleich, als ihr Teresa einen demonstrativ bösen Blick zuwirft: Teresa, meine ich. Trink bloß nicht zu viel, sonst kriegen sie bei dir daheim einen Herzanfall.

Bei dir daheim. Alles klar. Teresa ist nicht dort daheim, wo Sophie daheim ist. Edwin, der Familienmensch, wird Sophie demnächst heimführen zu sich, aber Teresa gehört woanders hin.

Teresa nimmt einen großen Schluck Wein.

Als sie nachher weiterziehen in diese tolle Bar, ist sie ziemlich beschickert. Sophie macht ein skeptisches Gesicht (soweit Teresa das beurteilen kann mit ihrem benebelten Blick), aber Edwin lacht. Er lässt Champagner kommen. Auf euch, sagt er.

Dann tanzt er erst mit Sophie und danach mit Teresa.

Teresa denkt, dass sie vielleicht doch in die Tanzschule gehen sollte. Verstaubter Plunder, hat sie bisher gesagt, aber nun, da sie diesen großen, feschen, silberhaarigen Stiefvater kriegt, in dessen Kreisen es offenbar dazugehört, dass man weiß, wie Tango- und Walzerschritte gehen, könnte man die Sache neu überdenken.

Teresa stolpert über Edwins Füße, was ihr etwas unangenehm ist, aber Edwin lacht, sein verständnisvolles, väterliches Lachen, das sie schon so oft strapaziert hat heute Abend, und hält sie ein bisschen fester.

Die Musik spielt irgendwas Langsames, unglaublich Altmodisches, unter anderen Umständen würde Teresa sich vorkommen wie im falschen Film, aber heute und hier, mit dem netten Edwin, der, man muss es leider sagen, so viel weltläufiger ist als der gute alte Hannes, findet sie's irgendwie sehr okay und passend.

Edwins Atem streift ihre Nase. Na, sowas, sagt er mit leiser, tiefer, zärtlicher Stimme, da kriege ich mit einem Schlag gleich zwei bildschöne Frauen, wer hätte das gedacht?

Wie hat er das jetzt gemeint? Der angenehme Nebel in Teresas Kopf zerreißt für einen Augenblick, aber dann beschließt sie, dass ihr besäuseltes Hirn sie völlig grundlos gewarnt hat.

Hast du einen Freund?, fragt Edwin.

Sie schüttelt den Kopf.

Er lacht wieder, leise, zärtlich, und drückt sie ein wenig an sich. Na, dann wird's aber Zeit, meinst du nicht?

Shit.

Sie biegt sich weg von ihm und tritt ihm dabei auf die Füße.

Er bleibt stehen. Was ist los?

Mir ist schwindlig. Ich möchte mich setzen.

Er fasst sie um die Schultern, so fürsorglich. Na, dann

komm zum Tisch. Deine Mama schaut sowieso schon ganz besorgt.

Tickt er nicht richtig? Sophie sorgt sich nie. Sophie ist nicht ihre *Mama*.

Ich kann allein gehen, sagt sie.

Er behält seinen Griff bei. Kannst du nicht, behauptet er nachsichtig.

Siehst du, Resi, ich hab's dir ja prophezeit, sagt Sophie, als sie neben ihr auf ihren Stuhl plumpst. Was machen wir jetzt mit dir?

Wir werden das Sorgerecht für sie beantragen, sagt Edwin lachend. Aber erst kriegt sie einen Kaffee.

Sehr lustig.

Sie trinkt einen großen Espresso, widerwillig, denn er schmeckt scharf und bitter.

Danach ist sie zwar immer noch benebelt, fühlt sich aber irgendwie getröstet.

Besser?, fragt Edwin, der Sophies Hand hält, die zwischen ihren Oberschenkeln liegt.

Teresa nickt.

Können wir noch einmal tanzen, bevor wir dich nach Hause bringen?

Sie nickt wieder.

Die beiden tanzen. Teresa schaut ihnen zu. Edwin hält Sophie liebevoll an sich gedrückt, ihre Blicke tauchen tief ineinander. Ein verliebtes Paar. Ihre leibliche Mutter mit ihrem künftigen Stiefvater, der sehr verliebt in ihre Mutter ist. Was sonst?

Bestimmt hat sie sich nur was eingebildet. Was hat er denn eigentlich getan? Nichts. Gefragt, ob sie einen Freund hat. Und seine Hände in ihr Kreuz gelegt. Nein, auf ihren Hintern, mit Nachdruck. Nein, in ihr Kreuz. Na und? Sowas macht man schon beim Tanzen. Da war nichts. Nur diese übertriebene Vorsicht in ihr, die sie daran hindert, unbefangen zu reagieren, wenn man ihr mit Zuneigung begegnet. Mit *väterlicher* Zuneigung in Edwins Fall.

Sophie und Edwin bringen sie nach Hause, in Edwins großem BMW, Teresa sitzt auf der Rückbank, ihr schwerer Kopf liegt auf der Lederpolsterung der Lehne, sie hofft die ganze Fahrt über, dass ihr nicht schlecht wird.

Zum Abschied steigt Edwin aus und küsst sie auf die Wange. Schlaf gut, du Kind!, sagt er. Und schon wieder hebt sich Teresas Magen in Panik, denn er sagt *Kind* wie eine Beleidigung.

Serdar behauptet, es ist nicht normal, dass sie keinen Sex hat. Für eine Muslimin wäre es normal, aber für eine wie sie, aus einem agnostischen Umfeld, nicht. Serdar denkt offenbar, ein agnostisches Umfeld verpflichtet zu Sex ab vierzehn, so wie es für eine Muslimin Verpflichtung ist, enthaltsam zu sein, bis einer kommt, mit dem sie legal Sex haben darf.

Du sparst dich doch nicht bis zur Ehe auf?, fragt Serdar.

Ich spare mich überhaupt nicht auf, antwortet Teresa. Ich sehe bloß weit und breit keinen, der mich antörnt.

Genau, triumphiert Serdar.

Du hast sie doch nicht alle, sagt Teresa. Du glaubst, es ist nicht *normal*, dass mich keiner von euch antörnt?

Richtig.

Ach. Und wenn ich Muslimin wäre, wäre es normal? Produzieren Musliminnen andere Hormone, oder was glaubst du?

Sie hat Serdar von dem Abend mit Edwin erzählt und bereut es schon wieder.

Du hast ein Problem, sagt Serdar.

Richtig. Das Problem besteht darin, dass ihr künftiger Stiefvater möglicherweise ein geiler alter Sack ist.

Sagst du grade, mit mir stimmt was nicht, weil ich nicht mit ihm vögeln möchte?

Dein Problem ist, dass du gleich vermutest, er will mit dir vögeln.

Du bist so ein Arschloch, ich glaub es nicht. Weißt du, wie du daherredest? Wie die Trottel, die behaupten, sexuelle Belästigung gibt es nicht, weil sich alle Tippsen in Wahrheit danach sehnen, von ihren Chefs begrapscht zu werden.

Krieg dich ein, sagt Serdar.

Sie lässt ihn auf der Stiege zum Chemiesaal stehen. Einmal braucht sie was von ihm, und dann das.

Die neue Deutsch-Tussi hat beschlossen, das Thema Familienstrukturen zu behandeln. Auch das noch.

Die Deutsch-Tussi ist eine Tussi nicht deswegen, weil sie jung ist (sie unterrichtet erst das zweite Jahr), sondern weil sie ihre Anschauungen druckfeucht aus Hochglanzmagazinen bezieht.

High gloss, low brain. Info light. Ideologische Outletstores für alle, die ihre intellektuellen Ansprüche auf *slim* trimmen. *Lean literacy.*

Im Unterricht behandelt sie flockige Bestseller, angeblich, um die Klasse fürs Lesen zu begeistern. (Auch der Musikprof, den sie neulich als Aushilfe hatten, belästigte sie mit Musicals und ödem abgelaufenem Popgeplärre aus seiner Jugend und kam sich dabei unglaublich *modern* vor. Was bitte soll diese peinliche Einschleimerei, noch dazu mit untauglichen Mitteln? Und selbst wenn er weniger ahnungslos wäre: Für zeitgemäße U-Musik brauchen sie keinen Schulunterricht, da kann ihnen sowieso kein Prof das Wasser reichen. Profs sollen ihnen gefälligst was über Beethoven & Co. beibringen, und wenn sie das überfordert, dann sollen sie den Beruf wechseln.)

Hat man ihnen schon einmal »König der Löwen« gezeigt, um sie für Biologie zu *begeistern*, statt sie mit den Mendelschen Gesetzen zu quälen? Na eben.

Die Wahrheit ist, dass es dem gesamten Lehrkörper total wurscht ist, ob sie sich für Biologie, Mathe, Chemie oder Physik *begeistern*, solange sie den *Stoff* beherrschen. Warum dann auf einmal dieses Idiotenniveau in den musischen Fächern?

Teresa glaubt ja, dass es der Deutsch-Tussi ebenfalls wurscht ist, ob sie sich fürs Lesen begeistern, näher liegt der Verdacht, dass sie selber eine begeisterte Konsumentin von kessem Herz-Schmerz-Geplapper ist.

Irgendwie sollte verhindert werden, dass Betty auf die Deutsch-Tussi trifft, sie ist nämlich nicht geeignet, Teresas Behauptung, ihre öffentliche Schule sei eine Intellektuellenschmiede, zu untermauern. Betty wird sie vielmehr als Beweis für ihre These von der Überlegenheit der – konfessionellen – Privatschulen betrachten. Ohnehin merkt Betty gerne an, dass Carolinas gute Noten bessere gute Noten sind als Teresas gute Noten, weil Carolina in die viel anspruchsvollere Schule gehe. Was definitiv nicht stimmt. Als Teresa so alt war wie Carolina, haben sie in Englisch über das US-Wahlsystem diskutiert. In Carolinas Schule diskutieren sie über *Vacation at the beach or in the mountains?*

Aber Bettys solide Vorurteile können von solchen Details nicht angekratzt werden, sie weiß, was sie zu wissen glaubt.

Und jetzt die Deutsch-Tussi. Nicht nur ist sie eine dumme Trutschen, sie wird Teresa auch unter Garantie eine schlechte Note geben, und das läuft dann bestimmt darauf hinaus, dass Betty händeringend fragt, wie es denn weitergehen soll mit

Teresa, wenn sie von einer derart unterbelichteten Lehrkraft bereits überfordert ist.

Die Sache ist die, dass die Deutsch-Tussi angefangen hat, über Familie ehedem und jetzt zu schwafeln, und dass sie dabei ergreifende Hirnrissigkeiten von sich gegeben hat, wie: früher überall drei Generationen unter einem Dach, Zusammenhalt und Geborgenheit, wogegen heute überforderte Alleinerzieherinnen und Alte abgeschoben ins Altersheim. Was Teresa so nicht durchgehen lassen konnte.

Ich möchte, dass ihr die Unterschiede herausarbeitet, hat die Deutsch-Tussi gesagt und die Tafel in zwei Hälften geteilt. Die linke Hälfte überschrieb sie mit *Familie einst*, die rechte mit *Familie jetzt*. Und dann folgte der ganze Schwachsinn. Links stand *Großfamilien*, rechts *unvollständige Familien*. Links *lebenslange Ehen*, rechts *steigende Scheidungsziffern*. Links *leibliche Eltern*, rechts *Stiefeltern*,und so fort.

Also erhob sich Teresa und ließ einen kleinen Vortrag vom Stapel: drei Generationen unter einem Dach auch früher selten, weil Lebenserwartung zu kurz. Ein gemeinsames Dach nur für die Vermögenden leistbar. Große Teile der Bevölkerung: Dienstboten ohne die Chance, eigene Familien zu gründen. Lebenslange Ehen nicht automatisch glückliche Ehen. Besser glücklich geschieden als unglücklich verheiratet. Und: Früher war das ganz *normal*, dass Kinder beim Vater lebten und Stiefmütter bekamen, weil die leibliche Mutter im Kindbett gestorben war. Jetzt ist es halt *normal*, dass die Kinder bei den Müttern leben, und die Väter sind Stiefväter dort, wo sie leben – meistens wenigstens.

Teresa kennt sich aus in der Materie. Ihr braucht keine Deutsch-Tussi dumm zu kommen und eine Vergangenheit zu beschwören, die es nie gegeben hat.

Was willst du uns damit sagen?, fragte die Deutsch-Tussi.

Na, was? Vielleicht, dass sie es nicht notwendig haben, von ihr als Krüppel bedauert zu werden? *Unvollständig.* Die Familie als Organismus, dem ein leibliches Elternteil amputiert wurde, weswegen er jetzt hinkt.

Teresa antwortete, dass ihr die Gegenüberstellung zu undifferenziert sei. *Früher so, heute anders, früher besser, heute schlechter.*

Habe ich *schlechter* gesagt?, fragte die Deutsch-Tussi.

Nein, aber *unvollständig. Überfordert. Abgeschoben.*

Was ist so falsch daran?

Dass Sie so tun, als hätte es das früher nicht gegeben.

Warum bist du so verärgert? Fühlst du dich betroffen? Meinst du, du müsstest jemanden verteidigen, deine Mutter oder deinen Vater oder was?

Eben nicht. Das ist ja gerade der Witz. Teresa hat kein persönliches Interesse an der Rehabilitation bunt geflickter Lebensgemeinschaften. Sie redet sich ihre häuslichen Verhältnisse nicht schön. Eben deshalb, weil ihr eigenes Zuhause so beschissen ist, kann sie es sich leisten zu protestieren.

Normal und *abnormal.* Beschissene Verhältnisse sind nicht abnormal, weil heile Verhältnisse nie die Norm waren. Beschissen ist beschissen genug, da muss man ihnen nicht auch noch mit dem Stigma des Abnormalen kommen und ihnen vorgaukeln, sie hätten eine rosige Welt blöderweise um gerade einmal fünfzig oder hundert Jahre verpasst, zumal feststeht, dass es vor fünfzig und hundert Jahren ziemlich grausam zugegangen ist.

Teresa sagte der Deutsch-Tussi, dass ihr Familienbild reaktionär sei, worauf die bloß spitz antwortete: Geh bitte, das ist ein Siebzigerjahre-Schimpfwort, also wirklich, wo hast du denn das her?

Aber Teresa ist sich ziemlich sicher, dass sie sich's mit ihr verscherzt hat.

Sie ging gleich zu Bett, nachdem Sophie und Edwin sie vor der Haustür abgesetzt hatten. Bevor sie das Haus betrat, förderte sie noch einen Kaugummi aus den Tiefen ihrer Jackentasche zutage (immer muss sie an alles denken) und schob ihn zwischen die Zähne. Weiß zwar jeder, dass Pfefferminzatem oft nur ein Indiz für eine dahinter wehende Fahne ist, aber trotzdem.

Betty telefonierte in der Küche, wahrscheinlich mit Inge oder einer ihrer Freundinnen, möglicherweise besprachen sie sogar Sophies *Verlobung*. Egal, Hauptsache abgelenkt.

Hannes saß vor dem Fernseher im Wohnzimmer und zog sich anscheinend eine sterbenslangweilige Naturdoku rein, denn auf dem Bildschirm stürzte sich ein Wasserfall in grüne Tiefen und gleich darauf putzte sich irgendein Hörnchentier in Großaufnahme den Bart. Teresa sah es flüchtig aus den Augenwinkeln, als sie hinter Hannes' Rücken den Flur entlang auf die Treppe zuging. Zuschlich, eigentlich. Was aber blöd und sinnlos war. Deshalb blieb sie stehen und sagte zu Hannes' Rücken: Papa? Ich bin wieder da.

Hannes drehte sich auf dem Sofa herum, er wirkte verschlafen, wahrscheinlich hatte er gedöst.

Teresa hob grüßend die Hand und winkte in seine Richtung. Ich wollte mich nur zurückmelden. Ich geh gleich ins Bett, es ist schon spät.

Ja, tu das, sagte Hannes und wandte sich wieder dem Fernseher zu.

In ihrem Zimmer war es stockdunkel. Wenn Carolina noch wach war, ließ sie es sich nicht anmerken.

Am nächsten Morgen sagte Betty spöttisch: Na, war eine kurze Nacht, was?

Ich bin ausgeschlafen, erwiderte Teresa kühl.

Wer's glaubt, murmelte Betty. Zu mehr kam sie nicht, denn Leopold warf seine Schnabeltasse mit Kakao von sich, Ferdinand plärrte los, und Stefanie war schon zu spät dran für den Kindergarten.

Carolina erbot sich, Steffi hinzubringen, Steffi brüllte, mit Carolina gehe sie nicht, und Teresa verdrückte sich, ehe Betty auf die Idee kam, Steffi ihr mitzugeben. Hätte zwar vielleicht einen halben Gutpunkt bei Betty gebracht, aber sie hatte keine Lust, Gutpunkte bei Betty zu sammeln. Heute erschien ihr die Schule als sicherer Ort, und sie wollte ihn möglichst schnell erreichen.

Schönen Abend gehabt gestern?, fragte Betty dann am Nachmittag, wie beiläufig.

Ganz nett, sagte Teresa.

Nur ganz nett?

Was sonst? Teresa blickte an Betty vorbei.

Und? Wirst du Brautjungfer sein bei der Hochzeit? (*Brautjungfer* mit ironischem Unterton. Dabei liebt Betty pompöse Zeremonien, allerdings nur solche, bei denen sie eine Rolle spielen darf.)

Über die Hochzeit haben wir nicht gesprochen.

Wie schade, sagte Betty sacharinsüß.

Am Abend hört Teresa Betty mit Hannes reden. Schon komisch, wie oft sie die Erwachsenen hört, ohne es zu wollen, vielleicht will Betty ja, dass sie sie hört.

Warum nimmt sie ihre Tochter nicht zu sich, jetzt, wo sie so eine gute Partie macht?, hört Teresa Betty fragen.

Ihre Tochter. Selten sagt Betty Teresas Namen. Teresa ist *ihre Tochter* oder *deine Tochter* (an Hannes gerichtet) oder *Fräulein*, wenn Betty Teresa anspricht. *So nicht, Fräulein. Wird's bald, Fräulein?*

Oder einfach *du. Das wird dir noch Leid tun. Das machst du mir nicht noch einmal.*

Hannes spricht leiser als Betty, vielleicht will er nicht, dass Teresa ihn hört, aber sie versteht trotzdem, was er sagt. Jetzt überstürz doch nichts, sagt Hannes halblaut, lass die zwei einmal heiraten und dann wird man sehen, wie sich das entwickelt.

Von selber entwickelt sich gar nichts, antwortet Betty scharf, du musst was sagen!

Betty kann es nicht erwarten, Teresa loszuwerden.

Betty kann es nicht erwarten, eine tapfer lächelnde Stiefmutter zu sein, die das Wohl der Stieftochter über ihr eigenes stellt. *Leicht fällt es uns nicht, auf sie zu verzichten, sie ist für mich wie ein eigenes Kind, aber wenn sie die Chance kriegt, mit ihrer Mutter zusammenzuleben …*

Was macht Teresa, wenn Edwin und Sophie tatsächlich das Sorgerecht für sie übernehmen wollen?

Ihr Herz stolpert bei dem Gedanken haltlos ein paar Mal vor sich hin, ehe es wieder Tritt findet. Ein Herzinfarkt in ihrem Alter, das wär was. Aber in der Zeitung hat sie gelesen (bei ihrer routinemäßigen Prüfung der Medizinberichte auf bettytaugliche Neuigkeiten), dass solch kleine Rhythmusstörungen unerheblich sind.

Ist schon irgendwie traurig, doch das Beste, was ihr passieren könnte, wäre, dass niemand sie will. Betty und Hannes nicht und Sophie und Edwin auch nicht, dann müssten sie ihr vielleicht eine eigene Wohnung zahlen, und sie hätte sie alle vom Hals.

Die Überlegung erfüllt sie mit solchem Selbstmitleid, dass sie sich vor den Spiegel stellt, um zu sehen, wie ein Mensch ausschaut, der dermaßen bedauernswert dran ist.

13.

Max ist Carolinas biologischer Vater. Das ist sprachlich irreführend, weil biologisch ja mittlerweile einen eindeutig positiven Beiklang hat. *Biogemüse. Aus biologischer Landwirtschaft.*

Biologisch hat einen positiven Beiklang, den Max wirklich nicht verdient. An Max ist nichts bio im Sinn von besonders bekömmlich.

Die Menschen sollten vorsichtiger sein in ihrer Wortwahl. Überlegter. Manchmal ist es eine Kränkung für die Kinder, wenn man von ihren *biologischen* Vätern – oder Müttern – spricht. Das sollte bedacht werden. Die anderen reden von bio, und du weißt, dass dein biologisches Elternteil sowas von nicht bio in der positiven Bedeutung ist, und diese Diskrepanz zieht dir den letzten Nerv, erstens überhaupt und zweitens, weil du daran abliest, dass die anderen keinen Gedanken an dich und deine Situation verschwenden.

Teresa zum Beispiel hätte lieber eine genmanipulierte statt ihrer biologischen Mutter.

An Samstagen und Sonntagen sind die geschiedenen Väter mit ihren Kindern und ihren neuen Freundinnen unterwegs, Teresa erkennt sie sofort. Sie sieht eine Dreiergruppe, bestehend aus Mann, Frau und Kind, und kann auf Anhieb sagen, ob der Mann und die Frau die Eltern des Kindes sind oder ob das Kind bloß das Kind des Mannes ist.

Unbeholfen agierende Väter, gestylte Ziegen, die süßelnd auf *mütterlich* machen, und ein verlegenes Kind, das ist die übliche Formation. Die Kinder – so höflich, so vorsichtig, so angepasst. Die Zicken, penetrant in ihrer demonstrativen Liebenswürdigkeit. Die Väter, schwankend zwischen Zuwendung zum Kind und Zuwendung zur Zicke, die hinterher vielleicht böse ist, wenn sie zu wenig beachtet wurde.

Nehmen wir zum Beispiel das Einkaufsverhalten im Supermarkt. Wenn das Kind mittrottet und nichts entdeckt, das es unbedingt haben will, dann ist die Frau, mit der es unterwegs ist, nicht die Mutter. Wenn die Frau dann ihrerseits etwas entdeckt, was das Kind vielleicht wollen könnte, und es gönnerhaft für das Kind in den Einkaufswagen legt, erhärtet sich diese These. Manchmal lächelt das Kind so gequält, dass man daraus schließen kann, die Sweeties, die ihm die Freundin des Vaters eben spendiert hat, sind ihm zutiefst zuwider. Manchmal nehmen die Väter das Spendierte wieder aus dem Einkaufswagen und legen es zurück, um der Freundin zu zeigen, dass sie trotz Trennung keine sinnlos verwöhnenden Väter sind (sondern höchstens sinnlos verwöhnend als Lover).

Ob die Väter die Väter sind oder bloß der Freund der Mutter, erkennt man auch, aber man muss länger hinschauen. Die Kinder sind nicht so verlegen. Und echte Väter sind oft um nichts aufmerksamer als der Freund der Mutter, dessen Betragen eine Mischung aus kumpelhafter Herablassung und Gepolter ist. Man merkt es am ehesten an der Mutter, die oft gereizt ist (den Kindern gegenüber, die sich ungezwungen benehmen, also schlecht in den Augen des Freundes, und dem Freund gegenüber, weil der so strenge Maßstäbe anlegt an die Kinder). Oder die Mutter ist besonders behutsam im Umgang mit dem Freund, sie behandelt ihn dann wie ein scheues Tier, das ihr sonst davonläuft, während sie von einem Ehemann und Kindesvater nützliche Kooperation erwarten würde.

Betty hat wenigstens nie zuckersüß die Möchtegern-Mutter herausgekehrt Teresa gegenüber. Betty hatte selber ein

Kind, sie war bereits Mutter, sie musste sich nicht an Teresa schadlos halten, um ihren Muttertrieb zu befriedigen – den Trieb, eine wichtige Person zu werden für und durch ein Kind –, Betty behandelte Teresa von Anfang an ohne vorgetäuschte Wärme, sie beugte sich der Notwendigkeit, Teresa hinzunehmen, aber auch nicht mehr.

Oma sagt immer, Sophie und Hannes waren viel zu jung für die Ehe, sie haben zu früh geheiratet und sich zu früh fortgepflanzt.

Aber so jung waren sie gar nicht, Sophie war 23 und Hannes immerhin schon 29 bei Teresas Geburt. Warum tut Oma immer so, als wären sie halbe Kinder gewesen, fällt ihr nicht auf, dass sie damit vor allem Sophie entlastet? Weil, wenn jemand zu jung war von den beiden, dann allenfalls noch Sophie, mit 23 ist man zwar kein halbes Kind mehr, aber doch ziemlich jung fürs Kinderkriegen, vor allem, wenn man so unreif ist wie Sophie (die sich ihre Unreife bis jetzt glücklich erhalten hat).

Hannes hingegen war mit 29 im passenden Alter, daran gibt es nichts zu rütteln, und zudem war Hannes nie besonders jugendlich. Jedenfalls spricht alles dafür, dass er bereits mit 29 dieses Gesetzte hatte, das ihn kennzeichnet, seit ihn Teresa bewusst wahrnimmt. Hannes ist gesetzt und behäbig, Hannes hat gewusst, was er tat, als er Sophie mit Ende Zwanzig geheiratet hat, Oma soll aufhören so zu reden, als wäre Hannes in die Ehefalle getappt wie ein Schüler, der eine Mitschülerin geschwängert hat und sich plötzlich in einer Rolle sieht, der er nicht gewachsen sein kann.

Oma, die immer so tugendhaft tut und Sophie ein Flitscherl nennt, soll übrigens froh sein, wenn sie niemand nach ihrem Ehemann fragt. Oma sagt, sie sei Witwe, aber das stimmt gar nicht, insofern, als Hannes' Vater zwar tot ist, sich aber schon lange vor seinem Tod vertschüsst hat. Wenn Oma davon ausgeht, wie sie es tut, dass tugendhafte Frauenzimmer ihre Männer behalten, weil Männer nur durch die Untugenden der Weiber in die Flucht geschlagen werden, wie ist es dann um ihre eigene Tugendhaftigkeit bestellt? Warum ist Hannes' Vater abgehauen, als Hannes fünf war, sodass Oma sich als Alleinerzieherin plagen musste?

Oma, wieso hast du nirgendwo ein Foto vom Opa stehen?, fragte Carolina einmal, und Oma antwortete in klebrigem Ton: Ach weißt du, Schatzerl, das ist schon so lange her …

Er war nicht dein Opa, warf Teresa ein.

Oma natürlich sogleich weißglühender Zorn. Wie kannst du sowas sagen, selbstverständlich wäre er ihr Opa, wenn ich ihre Oma sein kann, dann könnte er auch ihr Opa sein – gern wäre er dein Opa gewesen, Schatzerl, das kannst du mir glauben, er wäre stolz auf eine Enkeltochter wie dich!

Teresa war ganz schlecht. Am liebsten Finger in den Rachen. Wie Carolina.

Naja, genau genommen war er natürlich nicht wirklich mein Opa, sagte Carolina vernünftig. Warst du sehr traurig, als er gestorben ist, Oma?

Und wieder zerfloss Oma in heuchlerischer Rührung: Ja, sehr, Herzerl, aber das ist lange vorbei. Ich hab oft tapfer sein müssen, das Leben war sehr hart zu mir, aber das kannst du dir zum Glück gar nicht vorstellen.

Okay, das Leben war hart zu ihr, keine Frage, aber warum kleidet sie diesen Tatbestand in Sprüche, die jedes Mitgefühl in haarigen Widerwillen verwandeln?

Seit diesem Gespräch hat Oma tatsächlich ein Foto von Hannes' Erzeuger in ihrem Wohnschlafzimmer stehen, mitten unter anderen Devotionalien, die in den Regalen des

Wandverbaus zu bewundern sind, als da wären: Fotos von Hannes in verschiedenen Altersstufen, in mehr oder weniger scheußlichen Rahmen, allerlei Kerzenleuchter, Aschenbecher und Schälchen von erlesener Geschmacklosigkeit, trostlose Trockenblumengestecke und Omas geliebte Hummel-Figuren-Sammlung. Hannes' Erzeuger, nunmehr zum allzu früh verblichenen Opa geadelt, lächelt steif aus einer Umrahmung von gehämmertem Messing, er sieht aus, als würge ihn der Knoten seiner breiten, silbrigen Krawatte. Oma hat sein Bild in ein Arrangement mit Trockenblumenstrauß links und Kerze rechts eingearbeitet, und an seinem Geburtstag zündet sie die Kerze an, sagt sie.

War er ein lieber Mensch?, erkundigte sich Carolina plötzlich, als sie das letzte Mal vor dem Opa-Altar standen. (Hannes hatte Oma heimgefahren und war in den Keller gegangen, wo er irgendwas am Schloss von Omas Abteil auswechseln sollte. Teresa und Carolina hatten Oma inzwischen geholfen, Krempel in ihre Wohnung zu tragen, den sie bei Betty gerettet hatte. Betty hatte nie Verwendetes wie Mokkatassen und Obstschalen aus Pressglas ausgemustert und zur Pfarrsammlung geben wollen, aber Oma wollte das Zeug behalten.)

Lieb, ja, sehr lieb, sehr lieb, antwortete Oma hastig. Die Wiederholung machte ihre Behauptung nicht glaubwürdiger.

Erzähl doch was von ihm, forderte Carolina.

Ja, also, sagte Oma mit flatternder Stimme, was soll ich dir erzählen, er war eben ein guter Mensch.

Inwiefern?, fragte Teresa.

Oma schoss einen giftigen Blick zu ihr. Inwiefern, inwiefern, äffte sie Teresa nach. Ein guter Mensch ist ein guter Mensch. Aber sowas weißt du nicht.

Hat er für die Armen und Notleidenden gespendet?, fragte Teresa. Hat er sein falsches Gebiss mit den Zahnlosen geteilt? Irgendwas Gutes muss er doch getan haben, wenn er so ein guter Mensch war.

Bevor Oma explodierte, kam Hannes zur Wohnungstür herein. Was ist los?, fragte er.

Deine Tochter macht gerade deinen Vater schlecht, sagte Oma wütend.

Hannes spitzte die Lippen, als wolle er pfeifen. Das ist nicht viel Arbeit, oder?, fragte er.

Oma starrte ihren Sohn beschwörend an. Carolina wollte, dass ich ihr was von ihm erzähle, sagte sie, und ich hab ihr erzählt, was für ein guter Mensch er war –

Hannes schnitt ihr mit einer Handbewegung das Wort ab. Mama, bitte!, sagte er. Angewidert. Nicht bereit, mitzuspielen. Der Wahrheit verpflichtet. Wenn schon die Wahrheit nie zur Sprache kam, so wollte er offensichtlich wenigstens nicht an einer Unwahrheit beteiligt sein.

Oma brach mitten im Satz ab, mit beleidigtem Gesicht. Carolina schaute fragend vom einen zur anderen, traute sich aber nicht, nachzuhaken.

Teresa steht im Supermarkt und prüft ein Glas Sugo auf Inhaltsstoffe (im Auftrag von Betty, die nichts kauft, wo E-Zusätze drin sind), während sie aus den Augenwinkeln einen Mann, eine Frau und ein Kind beobachtet, die Lebensmittel aus dem Regal gegenüber nehmen.

Das Kind spricht, wenn es spricht, mit dem Mann. Die Frau spricht zum Kind, aber das Kind antwortet dem Mann. Der Mann spricht mehr mit der Frau als mit dem Kind. Zwischendurch wetzen Frau und Mann zärtlich ihre Schnäbel aneinander, worauf das Kind jedes Mal verlegen wegschaut.

Gelungenes Freizeitprogramm.

Der Mann lässt seinen Blick am Kind hinuntergleiten. Hast du keine schäbigere Jacke im Kasten gefunden?, fragt er.

Das Kind zuckt ratlos die Achseln.

Manchmal glaube ich, sie macht das absichtlich, sagt der Mann zur Frau. Sie zieht ihm die abgefucktesten Klamotten an, damit wir uns mit ihm genieren müssen.

Die Frau kichert. Vielleicht sollst du ja auch nur dazu gebracht werden, ihm eine neue Jacke zu kaufen, sagt sie.

Das Kind dreht sich um und tut, als würde es die Aufschriften auf den Lebensmittelpackungen lesen.

Einen Moment lang stellt sich Teresa vor, wie sie den Mann und die Frau an ihren Krägen packt und – Gesichter voran – in die Pyramide aus Hundefutterdosen stößt.

Was ist los, schläfst du?, fragt Bettys scharfe Stimme hinter ihr.

Sie zuckt zusammen und hält Betty das Sugoglas entgegen. Können wir nehmen, sagt sie, keine Konservierung, keine aufgeschäumten Antioxydantien.

Dann rein in den Wagen damit, sagt Betty, fünf Gläser, hopp, hopp, brauchst du für alles eine Extraeinladung?

Betty treibt sie weiter und so kann sie sich einreden, dass das der Grund ist, warum sie nichts unternommen hat vor der Hundefutterpyramide.

An den Supermarktkassen Ständer mit Glückwunschbilletts. Ostern steht vor der Tür. Betty verwendet keine gekauften Osterbilletts, sie verschickt zu Ostern und zu Weihnachten Fotos von ihren Kindern, alle fünf – ja, auch Teresa muss mit drauf – auf einem Bild, je nach Saison mit Zipfelmützen (Weihnachten) oder Hasenohren (Ostern) auf dem Kopf. Den Aufnahmen gehen harte Kämpfe voraus, man sollte nicht glauben, wie schwer es ist, die fröhliche Gratulantenschar zusammenzutreiben und wie eine solche aussehen zu lassen. Heuer kündigte Teresa an, nie wieder Hasenohren für sie, worauf Hannes sie der Humorlosigkeit bezichtigte und Betty sagte, bitte, dann fehlst du eben in Zukunft auf den Fotos, glaub ja nicht, dass du jemandem abgehst.

Betty wollte es wie eine Strafe aussehen lassen, und vielleicht glaubt sie ja wirklich, Teresa wird sich kränken, wenn sie nicht mehr zugelassen ist zum Gruppenbild, aber bei dieser Machtprobe wird sie den Kürzeren ziehen, denn es ist Betty, der wichtig ist, dass sie mit fünf Kindern punkten kann, fünf einschließlich der Natter, die sie so großherzig an ihrem Busen nährt.

Auch Bettys und Hannes' Bekannte verschicken Fotos (manche gedruckt, manche per PC) von ihrer Brut, es findet ein regelrechter Wettkampf statt, sie schlagen einander ihre Kinder abbildmäßig um die Ohren, wer hat mehr davon, wer hat die putzigeren, welche sind schicker angezogen, wem ist das originellere Tableau gelungen.

Teresa würde so ein Billett nicht kriegen wollen. Was hat das Glück, das einem die Absender angeblich wünschen, mit deren Kindern zu tun? Sind ihre Kinder kleine Götter, die Glück zu verteilen haben? Oder soll es einen bereits glücklich machen, wenn man per Billett erfährt, über welch gelungenen Schößlinge die Absender verfügen?

Und werden all die braven, angepassten Kinder mit den Wochenendpapis und den Möchtergernmamis demnächst ebenfalls hasenohrig auf Osterkarten prangen, um ein Glück zu bezeugen, das sie nicht haben und nicht empfinden?

Eins steht fest: Falls Teresa jemals Kinder haben sollte, wird sie sie ganz sicher nicht dazu missbrauchen, für Festtagsglückwünsche zu posieren.

14.

Sophie und Edwin geben einen Empfang, und Teresa ist dazu eingeladen.

In Edwins Innenstadtwohnung drängen sich elegante Menschen. Weite Räume, offene Flügeltüren mit Goldlackverzierung und Schnallen fast in Schulterhöhe, jede Deckenwölbung ein kleiner Himmel. In Wandnischen werden ausgewählte Exemplare aus Edwins Sammlung afrikanischer Kunst beleuchtet.

Teresa steht eine Weile beim Eingang, bis Edwin sie bemerkt. Er kommt zu ihr, seine Begrüßung fällt irgendwie kühl aus, aber immerhin küsst er sie auf die Wange, was Sophie nie tut. Sophie hält konsequent körperliche Distanz zu Kindern und Tieren, die einzigen Lebewesen, denen sie sich annähert, sind Männer. Es scheint, dass Sophie keine andere physische Nähe kennt als eine erotisch gefärbte, vielleicht macht sie das für die Kerle so unwiderstehlich, jedenfalls verhindert es, dass sie Teresa in den Arm nimmt, denn dazu müsste sie zu einer nicht verführerischen Zärtlichkeit fähig sein, was sie aber nicht ist, vielleicht auch nicht sein möchte.

Sophie winkt Teresa bloß von weitem zu und redet dann weiter mit den Leuten um sie herum. Teresa stellt sich ratlos vor eine der Wandnischen. Von einem Kellnertablett fischt sie ein Glas, um etwas zu tun zu haben, der Inhalt entpuppt sich als Campari Orange, der ihr zu bitter ist. Macht nix. Zumindest kann sie sich am Glas festhalten.

Außer ihr haben alle Gesprächspartner. Sie hofft, dass ihre Einsamkeit niemandem auffällt. Obwohl es eigentlich wurscht wäre, ist doch nicht ihre Schuld, dass sie keinen kennt. Trotzdem. Blöderweise fühlt sie sich als Versagerin, weil niemand mit ihr redet. Sie nippt am Campari, vorsichtig, damit sie ja nicht zu viel erwischt.

Edwin segelt vorbei. Schau nicht so gelangweilt, sagt er halblaut. Es klingt wie ein Tadel.

Sie bleibt weiter herumstehen und überlegt gerade, ob sie das Fest wieder verlassen soll, als sich Sophie durch die Menschenmenge schiebt und neben ihr auftaucht. Na, Resi, fragt sie, amüsierst du dich?

Wie verrückt, sagt Teresa.

Sophie lacht. Selber schuld, wenn du wartest, bis dich jemand unterhält.

Soll ich wen anspringen und ihm die Wange lecken?

Sophie schüttelt lachend den Kopf und schaut über Teresas Schulter ins Gedränge, wo sie offenbar einen interessanteren Gast entdeckt. Sie hebt die Hand, um auf sich aufmerksam zu machen, dann schiebt sie Teresa beiseite und eilt weg. Im Enteilen ruft sie Teresa zu: Such Edwin und schick ihn zu mir!

Teresa nickt und trabt los, quer durch den Raum und einen zweiten, bis sie Edwin entdeckt, im Gespräch mit einem älteren Paar. Teresa stellt sich neben ihn.

Edwin dreht sich irritiert zu ihr. Ja?

Sophie braucht dich.

Edwin zieht eine Braue hoch. Hat man dir nie beigebracht, dass man ein Gespräch nicht so einfach stört?, fragt er streng.

Teresa spürt, wie ihr das Blut ins Gesicht schießt. Edwin wendet sich zu dem Paar. Tut mir Leid, entschuldigen Sie mich bitte.

Das Paar lächelt verzeihend, Edwin zieht Teresa mit sich. Du musst dich benehmen lernen, sagt er, halb scherzhaft, und tätschelt sie versöhnlich. Dass er dabei ihre Brust umfasst, kann Zufall oder Absicht sein.

Sie entwindet sich, Edwin gibt ihr einen kleinen Klaps auf die Schulter, und ist auch schon wieder fort, auf der Suche nach Sophie.

Auf dem Weg zum Ausgang hofft Teresa inständig, dass es ihr gelingt, sich unauffällig zu verdrücken. Obwohl sie die ganze Zeit nicht beachtet wurde, hat sie plötzlich das Gefühl aufmerksamer Blicke in ihrem Rücken. Sie zwingt sich, betont langsam in Richtung Tür zu gehen.

Dann ist sie draußen. Frische Luft, es nieselt. Sie marschiert durch die Stadt, ziellos, aber mit schnellen, ausgreifenden Schritten. Sie könnte sich in ein Kino setzen. Seltsamerweise hat sie keine Lust dazu.

Daheim sagt Betty: So früh zurück? War wohl kein rauschendes Fest?

Es war ein Empfang, erwidert Teresa. Empfänge dauern nicht so lang, weißt du.

Sie steigt die Treppe zu ihrem Zimmer hinauf.

Spiel dich nicht als Protokollchefin auf!, ruft ihr Betty hinterher. Ich war schon auf mehr Empfängen als du!

Wäre sie doch nur ins Kino gegangen.

Betty braucht ein neues Auto. Sagt sie. Betty fährt einen Van, ein rollendes Haus, schließlich hat sie fünf Kinder zu transportieren, da benötigt man ein großes Auto, ein Großfamilienauto eben. Achtung, Achtung, schreit Bettys großes Großfamilienauto, wenn Betty durch die Straßen fährt, hier kommt eine fünffache Mutter, eine Hausfrau, die einen siebenköpfigen Haushalt zu verpflegen hat, Platz gemacht und den Hut gezogen.

Bettys Auto ist vier Jahre alt, es hat eine beachtliche Anzahl von Kilometern drauf, weil es auch als Urlaubsauto dient, aber trotzdem ist es keineswegs schrottreif. Betty braucht ein neues Auto, nicht, weil das alte demnächst auseinanderfällt, sondern weil es ihren Ansprüchen nicht mehr genügt. Was Betty sich vorstellt, ist ein Geländewagen, in dem man hoch oben thront und auf die anderen runterschaut, auf die wenigen, die noch keine Festung auf vier Rädern fahren, ein bulliges, aggressives, riesiges Ding mit Stoßstangen wie Waffen, die respektable Respektabstände erzwingen, und einer Galerie von Such- und Verhörscheinwerfern. Sie muss schließlich mobil sein, sagt Betty, auch im Winter, auch bei Schlechtwetter, sie braucht ein sicheres Fahrzeug für die ganze Familie.

Hannes wendet ein, dass sie weder Wüsten noch arktische Schneelandschaften zu durchqueren hat, sondern, im Gegenteil, durch enge Straßen manövrieren muss, die ohnehin schon von viel zu vielen wüstentauglichen Pkw in Busgröße verstopft werden, aber Betty bleibt eisern. Sie braucht ein neues Auto. Sie will nicht, dass die anderen auf sie heruntersehen. Sie möchte auf Augenhöhe sein mit der straßenbeherrschenden Führungsriege in ihren überdimensionierten Panzern, wo sich der Fahrersitz ein Stockwerk über den Dächern der impotenten Mittelklasseflotte befindet. Sie hat Anspruch auf ein Fahrzeug, das ihre Platzansprüche durchsetzt. Betty braucht Raum, für sich, für ihre große Familie, für die Verantwortung, die sie mit sich führt, für die Wichtigkeit, die ihr in der Welt zukommt. Betty duckt sich nicht länger neben den großkotzigen Fahrerinnen geländegängiger Riesenkisten, die nichts zu transportieren haben außer sich selber und ihren Highheels. Da hat Betty schon die Nase voll, wenn so eine Monsterkarre irgendwo anhält, und vom Fahrersitz rutschthüpft ein ausgehungertes Ganserl im engen Mini und mit Stilettos, so, als bedürfe es 200 PS, um 45 Kilo zu befördern, und so, als sei es eine Leistung, wenn eine 45-Kilo-Gestalt 200 PS einsetzt, um eine Monsterkarre zu bewegen. Betty hat einen vernünftigen Grund, eine großes, schweres Auto fahren zu wollen, der Grund sind fünf Kinder und ein Siebenpersonenhaushalt, für den Lebensmittel herangeschafft werden müssen.

Es ist ja nicht so, dass Betty 200 PS braucht, um dem Rest der motorisierten Rivalen einfach nur davonzuzischen. Was anderes wäre es, wenn Betty von einem tiefgelegten Flitzer träumte, wie er für verantwortungslose Singles taugt, aber das ist ja nicht der Fall. Betty hat ehrenwerte Motive für ihren Autowunsch.

Ein Autokredit also. Hannes seufzt. Immerhin hat er erst kürzlich das Heizkesseldarlehen abgestottert. Betty seufzt auch. So hat sie sich das Familienglück nicht vorgestellt, immerzu dieses Knausern und Sparen und Rechnen. Ungerechte Welt. Irgendwelchen Schlampen fällt alles unverdient in den Schoß, und eine wie Betty muss sich Vorhaltungen machen lassen, wenn sie die Erneuerung eines simplen Gebrauchsgegenstandes anstrebt.

Steffi wünscht sich einen Hund, und Betty ist nicht abgeneigt. Auch hier: aber wenn, dann einen großen. Zu einer großen Kinderschar gehört ein großer Hund. Zu einem großen Auto gehört ein großer Hund. Zu einem großen Hund gehört ein großes Auto. Zu einer großen Kinderschar gehören ein großes Auto und ein großer Hund. Das könnte Betty gefallen: Mit einem großen Auto vorfahren, und heraus springen ihre Kinderschar und ein großer Hund. Perfekt.

Hannes zaudert, wie immer, das ist nun einmal seine Rolle, aber Betty argumentiert: Das Gassigehen und so weiter könne man doch aufteilen, man sei schließlich eine vielköpfige Familie.

Ach ja, und zwar auf wen? Auf die drei Kleinen wohl nicht. Also, wer bleibt übrig? Hannes? Nein, der wird im Büro sein. Heißt auf Deutsch, dass es Teresa und Carolina trifft, wobei fraglich ist, wie Carolina, die jeden Tag weniger wird, einen großen Hund unter Kontrolle bringen soll.

Jetzt seid doch nicht so, sagt Betty aufmunternd, das geht schon, wenn wir alle zusammenhelfen, andere halten schließlich auch Hunde.

Genau. Wenn andere Hunde halten, muss Betty auch einen haben. Nicht folgenlos zieht sich Betty TV-Serien über noble Familienclans rein, wo drei Generationen unter dem Dach eines Landsitzes von langhaarigen Kötern mit Inzuchtzertifikat umsprungen werden.

Betty will einen Hund, um ihr Image zu pflegen. Gut. Aber wer pflegt den Hund?

Sogar Inge meldet Bedenken an und sagt: Du stellst dir das zu einfach vor, so ein Tier braucht Auslauf, und man muss es bürsten, und denk an die Tierarztkosten, und vielleicht ist ein großer Hund gar nicht so ungefährlich für die Kleinen …

Hat sie Angst, dass am Ende sie Gassi gehen oder gar bürsten soll?

Betty beruft sich auf all die rührenden Legenden von kleinen Kindern und hündischen Rettern, Patschhändchen, die sich vertrauensvoll in einen Fang mit Riesenhauern schieben, gutmütige Fellberge, auf denen herumgeturnt werden darf.

Inge hingegen zitiert Zeitungsberichte, denen zufolge so ein Wauwau schon mal in eine Kleinkinderwange beißt, wenn ihm in den Sinn kommt, dass das Kleinkind eine gute Beute abgeben könnte.

Schlecht erzogen, kontert Betty. Das bedeutet, dass die Wangen ihrer Kleinkinder in Sicherheit sind, denn schlecht erzogene Hausgenossen sind in Bettys Haus nicht denkbar. Betty hat alles im Griff, sie wird auch einen Hund im Griff haben.

Mama, das ist gemein, meldet sich Carolina. Zu mir sagst du, Ostergeschenke kommen nicht in Frage, und dann soll Steffi einen Hund kriegen.

Tja. Da ist was dran.

Betty zieht sich aus der Affäre, indem sie hastig erwidert: Ostern, wer redet denn von Ostern? Und als Steffi plärrt: Du! Du hast gesagt, vielleicht bringt der Osterhase einen Hund!, befiehlt ihr Betty, still zu sein. Das hast du falsch verstanden, sagt sie. Und dann, zu Carolina: Ich habe vielleicht Ostern gesagt, aber nur so grundsätzlich als Zeitpunkt, weil es im Frühling leichter ist, einen Welpen stubenrein zu kriegen, das ist alles. Und danach wieder zu Steffi: Und ich habe nicht gesagt, *diese* Ostern.

Geheul von Steffi. Aber der Hund ist fürs Erste verschoben.

Die Bedienerin schält Erdäpfel. Sie breitet ein Stück Küchenrolle aus, darauf lässt sie die Erdäpfelschalen fallen, und anschließend wirft sie die in Küchenrolle gewickelten Erdäpfelschalen weg. Bequem, praktisch, sauber.

Verschwendung, sagt Betty. Sie verlangt folgende Vorgangsweise: Erdäpfel über dem Topf schälen, in dem sie gekocht wurden. Erdäpfelschalen fallen in den Topf, Topf wird ausgeleert und anschließend abgewaschen, was sowieso nötig gewesen wäre. Küchenrolle gespart. Betty sagt, sie ist nicht kleinlich, obwohl zur Sparsamkeit gezwungen, sie wünscht nur einen verantwortungsvollen Umgang mit Ressourcen. Küchenrolle, Papier, abgeholzte Wälder und so weiter. Sowas muss bedacht werden.

Und was ist mit Spülmittel und heißem Wasser? Der Topf gehört auf jeden Fall gewaschen, argumentiert Betty, was stimmt, aber man muss viel gründlicher vorgehen, wenn Schalenreste in ihm kleben, also verschwendet man im Grunde heißes Wasser und Spülmittel, von der Arbeitszeit der Bedienerin abgesehen. Denkt sich Teresa, sagt jedoch nichts, genau wie die Bedienerin, die sich schweigend Bettys Anordnungen fügt.

Das Komische ist nur, dass Bettys Regeln nicht für Betty gelten. Betty darf es sich bequem machen. Betty hat keine Zeit, Töpfe zu spülen, in denen beharrlich Schalenreste kleben. Wenn Betty einmal ein Fenster putzt, dann kommt sie drauf, dass Zeitungspapier doch nicht das Gelbe vom Ei ist, und greift zum ansonsten verpönten *Glasklar*. Quod licet Iovi non licet bovi. Rindviecher wie Oma oder die Bedienerin dürfen sich eben nicht dasselbe erlauben wie die göttliche Betty.

Betty darf als einzige ätzenden Reiniger in die Abflüsse schütten, alle anderen müssen zum Gummisauger greifen und umweltschonend pumpsaugen, bis ihnen die Arme abfallen.

Betty scheuert mit Scheuermilch, für alle anderen ist verdünnter Haushaltsessig angesagt.

Keine großen Schüsseln in den Geschirrspüler!, predigt Betty. Sie nehmen zu viel Platz weg, man wäscht sie von Hand und keinesfalls unter Fließwasser! Aber kaum wäre Betty dran mit Schüsselspülen, landen die Dinger in der Maschine, drei Stück, und der halbe Geschirrspüler ist voll – macht nichts. Seelenruhig hält Betty ihre Kaffeetasse unter fließendes Wasser, der scharfe Strahl reinigt wie nix, schon passiert und vorbei.

Hierarchien und Prioritäten: Küchenrolle ist kostbarer als die Arbeitszeit der Bedienerin. *Glasklar*-Vermeidung hat Vorrang vor Unbequemlichkeitsvermeidung für Oma. Aber Bettys Zeit ist wertvoll. Bettys Arbeitskraft will überlegt eingesetzt werden. Betty weiß, wie die Umwelt geschont gehört, wie Ressourcen und Geldmittel gespart werden, Ökologie und Ökonomie sind bei Betty in guten Händen. Es genügt, wenn sie ihr Wissen weitergibt, ja, den anderen einbleut, sie selber muss die von ihr erlassenen Gebote nicht so genau befolgen, weil die praktische Anwendung ihrer Richtlinien eigentlich gar nicht in ihren Aufgabenbereich fällt. Sie putzt Fenster nur ausnahmsweise, und ausnahmsweise darf auch *Glasklar* verwendet werden, sofern es von Betty eigenhändig zur Anwendung gebracht wird.

Bettys Hände sind sozusagen gesalbt, was sie angreifen, wird automatisch zum durch den Zweck der Bettyschonung geheiligten Mittel. Bettys Schonung hat im Zweifelsfall Vorrang vor der Umweltschonung. Aber sonst ist die Umweltschonung die Nummer eins.

Jetzt hat Betty der bewährten Bedienerin gekündigt, gegen die eigentlich nichts einzuwenden war, es sei denn, man möchte ihr die Sache mit den Erdäpfelschalen zum Vorwurf machen, aber das ist nicht der springende Punkt. Betty weiß, dass die bewährte Bedienerin eine gute Kraft war, trotzdem hat sie sie ausgetauscht. Nicht dass die Bewährte teuer gewesen wäre, das nicht, aber es hat sich herausgestellt, dass es noch billigere Arbeitskräfte gibt, und Betty wäre schön blöd, wenn sie das Angebot nicht nützte.

Gekündigt ist natürlich nicht wirklich das richtige Wort, die bewährte Bedienerin war ja nicht angestellt, sie hat schwarz gearbeitet, nach Bedienerinnenart, deshalb war es auch so leicht, sie loszuwerden.

Betty hat die Ich-AG *Bewährte Bedienerin* gegen eine billigere freiberufliche *Putzfee* getauscht, so ist das heutzutage, keine Bedienerinnen mehr, sondern lauter Ein-Frau-Unternehmen, selber schuld, wenn sie schwarzarbeiten, man wird doch von einer Unternehmerin Eigenverantwortung erwarten dürfen.

Die Neue kommt aus der Slowakei, knapp zwanzig ist sie, kaum Deutsch kann sie, aber man hat Betty versichert, dass sie arbeitswillig sei. Und eben billig.

Und man kann auch nicht sagen, dass sie sich keine Mühe gibt, nur leider muss man sich fragen, wo und wie sie bisher gelebt hat, denn sie hat null Ahnung von einem ordentlichen Haushalt, und richtig mit Kindern umgehen kann sie auch nicht.

Gib das her!, sagt sie zum Beispiel grob zu Steffi, und nimmt ihr den Stabmixer einfach aus der Hand, statt ihr zu erklären, warum er kein Spielzeug ist.

Von wo kommt die denn, kennt die kein Badezimmer?, fragt Betty, weil man der Neuen extra einschärfen muss, dass Wanne und Duschtasse jedes Mal zu putzen sind und dass es nicht genügt, Armaturen Armaturen sein zu lassen, sondern dass Armaturen vor Sauberkeit zu blitzen haben.

Kennt die kein Badezimmer?, fragt Betty, als sei es unvorstellbar, dass eine auf dem slowakischen Land vielleicht wirklich ohne Badezimmer aufgewachsen ist, in einem Zuhause, in dem blitzende Armaturen nicht so wichtig waren und wo nicht mit Platztellern gedeckt wurde, wenn Besuch zum Essen kam.

Das hätte sie doch wissen müssen. Das weiß man doch.

Was hat Betty mit zwanzig gewusst? Sie, die von Inge und Inges Putzfrau hinten und vorne bedient wurde?

Betty wird ein ernstes Wort reden müssen mit Anna. Entweder sie lernt ganz schnell eine Menge dazu, oder. So einen

Job kriegt sie nicht so bald wieder. Sagt Betty. Also bitte: anstrengen. Im eigenen Interesse.

Immer diese Sorgen mit dem Personal (Betty verwendet gern das herrschaftliche Wort *Personal*. Katja Mann und sie. Im Dauergefecht mit den Dienstboten. Dienstboten ist noch besser, kommt aber nicht so gut an, heutzutage.)

Betty hat Sorgen *mit* dem Personal. Da kann sie sich nicht auch noch *um* das Personal sorgen.

Nein, stimmt gar nicht.

Wirf sie raus, sagt Hannes großspurig, genervt von Bettys Klagen über die Neue, und was antwortet Betty da? Sie antwortet, sie kann Anna nicht rauswerfen, weil was wird dann aus ihr? So einen Posten findet die doch nie wieder, bei allem, was sie nicht kann.

Betty behält Anna, um ihr was Gutes zu tun.

Außerdem ist die bewährte Bedienerin nicht mehr zu haben, Betty hat sie schon angerufen und sich eine Abfuhr geholt.

Schließlich wird eine salomonische Lösung gefunden: Die Neue kommt fünfmal die Woche, zum Ausgleich, anders schafft sie die ganze Arbeit nicht, wo Betty sie doch erst anlernen muss, und Betty zahlt sie viermal, das ist immer noch billiger als die Bewährte, die dreimal kam, so hat Betty am Ende ein kleines wirtschaftliches Wunder vollbracht.

Betty ist eine echte Powerfrau. Schupft mit links Großfamilie und Riesenhaushalt, und das mit beschränkten Mitteln, man kann sie nur bewundern, warum kommt sie nie in *Leute* vor?

15.

Der Tag, an dem Carolina stolz in Größe 34 gepasst hätte (wenn sie noch imstande gewesen wäre, Stolz darüber zu empfinden), ist vorüber, und nun ist der Tag angebrochen, an dem Carolina nicht einmal mehr in Größe 32 passt, weil ihr Größe 32 viel zu groß ist.

Jetzt ist Feuer am Dach.

Irgendwann zwischendurch hat sich Carolina ein paar neue Klamotten gekauft, nur das Nötigste, weil die alten Sachen nicht mehr gehalten haben an ihrem Haut-und-Knochen-Gestell, aber weil die neuen Sachen auch bald schlotterten, ist irgendwie untergegangen, wie viel Gewicht sie mittlerweile verloren hat, alle dachten, es seien bloß die alten Sachen, die schlotterten, und das war ja erwünscht, davon war ja immer die Rede, dass Carolinas alte Sachen ihr einmal zu weit sein würden, wenn sie ihren Babyspeck glücklich los wäre, also hat niemand realisiert, was wirklich vorgegangen ist.

Niemand bis auf Teresa, um genau zu sein.

Also, das gibt's doch nicht, hat denn niemand was gemerkt, das kann doch nicht wahr sein, dass sich ein Kind heruntergehungert auf wenig mehr als die Hälfte seines ursprünglichen Gewichts, und die Familie kapiert nichts und schaut zu und applaudiert auch noch, bravo, Carolina, weiter so, gut gemacht, toll, wie du das schaffst.

Doch, das gibt's, alle waren sie offenbar mit Blindheit geschlagen, alle bis auf Teresa, aber Teresa hütet sich, darauf hinzuweisen, sie hat das unbehagliche Gefühl, dass ihr das nur schaden kann.

Und richtig, Betty braucht einen Sündenbock, suchend lässt sie ihren Blick kreisen, bald wird sie einen gefunden haben.

Es ist Feuer am Dach, denn Carolina ist schon lebensgefährlich mager, ein wandelndes Skelett, fleischlose Rippen, herausstehende Gelenke, und ihr Kopf gleicht einem Totenschädel. Das ist das Erschreckendste, dieser von dünner Haut nur notdürftig überzogene knochige Schädel mit den tiefen Augenhöhlen.

Carolina muss ins Krankenhaus, an den Tropf. Und danach muss sie in Psychotherapie. Das wird ein harter und langer Weg.

Alle sind ganz fertig, Betty, Hannes, Inge, Walter, Oma.

Teresa auch, aber mit dem Unterschied, dass sie kommen sah, was gekommen ist, und obwohl sie kein Wort darüber verliert, erwählt Betty sie zu ihrem Blitzableiter, wen auch sonst.

Du, zischt Betty, du mit deiner Größe 34, damit hat es angefangen, und jetzt siehst du, was passiert ist.

Das eine sag ich dir, faucht Betty Teresa an, wenn Carolina aus dem Krankenhaus kommt, wird ordentlich gegessen, von dir auch, dann ist Schluss mit dem *Schau mich an, wie dünn ich bin!*-Getue.

(Hat Betty nicht bisher geglaubt, Teresa sei dünn trotz großer Portionen? Egal, jemand muss schuld sein, und wer eignet sich besser dazu als Teresa?)

Teresa blickt auf Hannes, aber Hannes kriegt den Mund nicht auf. Er ist anscheinend zu erschüttert, sich daran zu erinnern, dass es Teresa war, die als erste Achtung, Achtung geschrieen hat.

Nein, eben nicht geschrieen hat.

Hätte sie doch wenigstens geschrieen, nachdem sie Carolina durch jahrelanges Dünnsein provoziert und ihr ständig das Gefühl gegeben hat, ein Elefant zu sein neben ihr!

Carolina ist ein Opfer. Opfer haben es fein, sie sind an nichts schuld. Vielleicht hätte sich Teresa beizeiten auf dem Opfersitz anschnallen sollen. Aber nein, da war ja schon Carolina. Wäre gar nicht möglich gewesen. Wir können nicht alle Opfer sein. Carolina hat sich vorgedrängt.

Bald wird es heißen: Damals, als Teresa die arme Carolina in die Magersucht getrieben hat.

Am liebsten würde ich ja dich in Therapie schicken, sagt Betty zu Teresa, mit Betonung auf dich.

Was meint sie damit? Sieht sie die Psychotherapie als ungerechtfertigte Strafe, die Carolina trifft, obwohl sie Teresa treffen sollte?

Das Übel an der Wurzel packen, murmelt Betty.

Ach so. Therapie als Waffe gegen das Böse.

Du kannst ja versuchen, mich in eine Anstalt für geistig abnorme Rechtsbrecher einweisen zu lassen, sagt Teresa schnippisch.

Damit ist sie eindeutig zu weit gegangen. Das hätte sie sich nicht erlauben dürfen, an und für sich nicht, und jetzt schon gar nicht. Schämt sie sich nicht, Betty, die außer sich ist vor Sorge um ihr Kind, auch noch frech zu kommen? Dass sie kein Mitgefühl aufbringt, bitte, das ist man von ihr ja gewohnt, aber sie könnte doch wenigstens den Mund halten in einer Sitation wie dieser, ist das zu viel verlangt?

Beinahe hätte Walter Teresa geohrfeigt, so sehr versetzte ihn ihr impertinentes Verhalten in Rage, aber Betty fiel ihm in den Arm. So ist sie. Viel zu gut. Viel zu gut überhaupt und ganz speziell zu Teresa.

Max erfährt, was los ist, und kreuzt im Spital auf, wo er vor den Ärzten und den Pflegerinnen die Nummer vom ausgeschlossenen Vater abzieht, dem nichts gesagt wird und der demzufolge auch nichts verhindern konnte, weil er ja nichts gewusst hat. Hätte er gewusst, hätte er verhindert, so viel ist klar, für ihn wäre das kein Problem gewesen und wenn doch, hätte er es überwunden, mit Entschiedenheit und der Kraft der väterlichen Kompetenz.

Hättte man ihn regelmäßig informiert, wäre es nie so weit gekommen, sagt Max, aber nicht einmal jetzt, wo es beinahe zu spät ist, hat man ihn verständigt, naja, verständigt genau genommen schon, aber nicht hinzugezogen, so ist das nämlich heutzutage, die Väter dürfen bloß zahlen. Aber das wird sich ändern, jedenfalls, was ihn betrifft, er lässt sich nicht länger zum stummen Geldspender degradieren, in Zukunft will er mehr Mitsprache.

In Carolinas Krankenzimmer setzt sich Max an ihr Bett, nimmt ihre Hand und fragt mit tragischer Stimme: Warum hast du mir das angetan?

Eine zuhörende Pflegerin sieht Max, wie er gebrochen dasitzt, und wird von Mitgefühl überschwemmt. Anklagend sagt sie zu Carolina: Hast du denn gar nicht an deinen Papa gedacht? Siehst du, wie er sich kränkt? Wolltest du das?

Carolina beginnt zu weinen, aber dann wirbelt eine Ärztin zur Tür herein und fragt, was los ist, und als es ihr berichtet wird, fordert sie Max auf zu gehen.

Betty kriegt Max' Auftritt vom Krankenhauspersonal und von der Mutter einer Mitpatientin geschildert, die gerade zu Besuch war, als er auftauchte. Sie erzählt Hannes davon und später, telefonisch, ihren Eltern. Teresa hört mit, eigentlich sollte sie Betty den Ärger gönnen, aber ihre Wut auf Max, das Stinktier, ist größer als ihre Genugtuung.

Teresa besucht Carolina im Spital, nachmittags, allein.

Mein Vater war hier, sagt Carolina.

Ja, hab ich gehört.

Er war ganz fertig.

Das sind wir alle, antwortet Teresa.

Ich hätte nicht gedacht, dass es ihm so viel ausmacht, sagt Carolina.

Herrgott, was jetzt? Am liebsten würde Teresa sie kräftig durchschütteln, aber das ist sicher nicht erlaubt.

Also sagt sie: Es macht uns allen was aus.

Carolina schweigt wieder.

Teresa sucht nach einem Konversationsthema, findet jedoch keins. Sie wüsste gern, ob Carolina jetzt ausschließlich an Infusionen hängt oder ob sie auch schon wieder isst und wenn ja, was, aber die Frage *Wie ist das Essen hier*?, würde ihr möglicherweise als Verarschung ausgelegt.

Er sagt, ich hab ihm was angetan, sagt Carolina.

Er macht dir *Vorwürfe*?, fragt Teresa. Sie fragt gespielt entsetzt (gespielt, weil sie ja schon weiß, dass Max *sein* angebliches Leid in den Mittelpunkt seiner Show gerückt hat), um Carolina die Augen zu öffnen für den Fall, dass sie noch nicht begriffen hat, was davon zu halten ist, wenn einer von seiner magersüchtigen Tochter bloß wissen will, was sie *ihm* angetan hat, und auch, um Carolina von eventuellen Selbstvorwürfen abzubringen, jedenfalls von solchen, die Max' Gemütszustand betreffen.

Doch es stellt sich heraus, dass sich Carolina nicht abbringen lassen will. Sie besteht darauf, ihrem Vater was angetan zu haben und sich dafür schuldig zu fühlen.

Lass mich in Ruhe, sagt sie böse zu Teresa. Du hast keine Ahnung. Du kennst ihn nicht.

Ist doch wohl ein Witz. Daheim rauft sich Betty die Haare,

Hannes wankt bleich durch die Gegend, und Inge und Walter können nachts nicht mehr schlafen, aber der Einzige, um den sich Carolina scheint's sorgt, ist Max, der Vater, der sie jahrelang auf Eis gelegt hat.

Ich muss gehen, sagt Teresa und steht auf.

Carolina dreht sich im Bett herum und schaut weg, als Teresa das Zimmer verlässt. Teresas Abschiedsgruß bleibt unerwidert.

Warum vertraut sie sich eigentlich am ehesten noch Serdar an, wenn sie sich jemandem anvertraut, und nicht Lena oder Benni? An Serdars besonderem Verständnis kann es nicht liegen, denn Serdar bringt ihr kein besonderes Verständnis entgegen, genau genommen bringt er ihr öfter Unverständnis entgegen als Verständnis.

Vielleicht liegt es gerade daran. Manchmal muss sie etwas loswerden, und wenn sie es an Serdar loswird, dann kann sie nachher über sein Unverständnis mit ihm streiten, statt sich ihrem Kummer zu stellen.

Serdar ist nicht religiös, und seine Lebensgewohnheiten sind westlich, aber in letzter Zeit spielt er immer öfter den kulturell Überlegenen, der die hierzulande Eingeborenen als exotischen Haufen betrachtet.

Was sie Serdar auch anvertraut, er findet es merkwürdig und typisch für ihre verrottende Kultur, aber vor allem: Er findet es nicht merkwürdiger oder trauriger oder beschämender als das, was die anderen so erzählen.

Würde sie mit Lena oder Benni reden, dann würden die vielleicht finden, dass sie bemitleidenswerter wäre als sie selbst oder sonst jemand rundum, und das würde sie nicht aushalten.

Das würde ihr Image nicht aushalten. Sich richtig auszuweinen, bei jemand, der ihr dann ekelhaft tröstend den Arm um die Schultern legt möglicherweise, kann sie sich nicht leisten. Erstens aus Imagegründen und zweitens, um nicht weich zu werden. Weich zu sein kann sie sich auch nicht leisten.

Bei Serdar hingegen wird sie nicht weich, sondern wütend. Serdar lässt den Überlegenen raushängen, und schon entsteht ein Streit, in dem sie ihre aufgestaute Wut rauslassen kann.

Warum hast du sie auch besucht, sagt Serdar.

Naja, sie ist meine Schwester.

Stimmt doch gar nicht.

Irgendwie schon.

Ach so, du meinst, du hättest Zoff gekriegt, wenn du sie nicht besucht hättest?

Bitte. Ich hab doch immer Zoff. Deswegen nicht.

Warum dann?

Ich hab's dir schon gesagt.

Serdar zieht eine Braue hoch. Machst du plötzlich einen auf Kennedy-Clan?

Sie strafft die Schultern, jetzt sind sie im richtigen Fahrwasser. Was ist mit dir, faucht sie, wieso fragst du so blöd, dich gehen doch sogar noch irgendwelche Cousinen was an, die du höchstens einmal im Jahr triffst.

Ja, bei uns ist es was anderes. Bei uns zählt die Verwandtschaft was. Aber du bist ja nicht einmal mit ihr verwandt.

Genau. Das ist der Unterschied. Soziale Bindungen statt Blutsbande. Ich halte das für einen Fortschritt.

Fortschritt, Fortschritt, äfft Serdar sie nach. Fort von was?

Fort vom Abstammungswahn, du Rassist.

Ha! Das sagst ausgerechnet du! Du verachtest meine Tradition, für dich wäre es ein *Fortschritt*, wenn wir sie aufgeben würden, und du nennst *mich* einen Rassisten?

Wer verachtet hier wen, das ist die Frage.

Genau.

Sie funkeln einander wütend an.

Wenigstens kann sie sich mit Serdar fetzen, wenn Carolina, das blöde Knochengespenst, schon tabu ist.

Warum ist Teresa so sauer? Hat sie am Ende erwartet, dass ihr Carolina um den Hals fallen wird, als sie sie im Spital besucht hat? Wie im Film?

Tränen und Dankbarkeit? Ich weiß, du warst die Erste, die mir helfen wollte, immer hab ich geglaubt, du magst mich nicht, vielleicht magst du mich ja auch wirklich nicht besonders, aber jedenfalls war ich dir nicht egal, du hast versucht, mich zu bremsen, es tut mir Leid, dass ich nicht früher geschnallt habe, wie unglaublich edel du bist, ich hätte dir schon längst helfen sollen, gegen meine Mutter und gegen Inge und Walter, aber ab jetzt bin ich auf deiner Seite.

Nein, davon kann sie nicht ernsthaft geträumt haben.

Hat sie auch nicht.

Obwohl ihr die Szene schon gefallen würde, das muss sie zugeben.

Doch zumindest könnte Carolina eine Spur von Dankbarkeit an den Tag legen. Wenigstens ansatzweise könnte sie honorieren, dass Teresa die Erste war, die sich um sie gesorgt hat, dass Teresa nicht blind und taub und dickfellig war wie die anderen. Aber stattdessen fällt sie auf Max rein.

16.

Es ist letztlich ganz einfach und läuft wie geschmiert.

Sophie und Edwin fahren nach Ungarn, wo Edwin eine Jagd samt dazugehöriger Jagdvilla gepachtet hat, und Teresa soll mitkommen.

Betty freut sich, für Teresa selbstverständlich.

Ich hab aber Schule, wendet Teresa ein.

Stimmt nicht, widerspricht Betty. Sie rechnet es Teresa vor: Donnerstag Mittag weg, Freitag frei wegen Schulautonomie – schon vergessen? –, Sonntag Nacht zurück.

Ja dann. Okay.

Mach keine Gnade draus, sagt Betty.

Teresa packt eine kleine Reisetasche. Sie steckt ihren Pass ein und Geld. Zur Zeit ist sie ziemlich wohlhabend, sie hat gespart, außerdem sind Omi und Opi zu Ostern von ihrem Gleichbehandlungsgrundsatz abgegangen und haben ihr ein nettes Sümmchen zugesteckt.

Sie wollte es zuerst nicht nehmen, aber Opi hat darauf bestanden. Teresa werde ja nun eine junge Dame, da habe sie vielleicht wachsende Ansprüche.

Donnerstag Mittag, als Sophie und Edwin Teresa von der Schule abholen wollen, lässt Teresa ihre Reisetasche in Lenas Obhut, geht zu Edwins Auto und erklärt den beiden: Leider, daheim Notstand, wieder was mit Carolina, Betty muss weg und außer mir kann sich niemand um die Kleinen kümmern, sehr schade, aber nichts zu machen.

Edwin schaut Teresa mit hochgezogenen Brauen an, er scheint unbeeindruckt von Carolinas Schicksal, offensichtlich ist er es nicht gewohnt, dass Einladungen von ihm wegen irgendwelcher Banalitäten ausgeschlagen werden.

Sophie sagt unbekümmert: Pech, Resi, aber vielleicht geht's ja ein anderes Mal.

Sie klingt fröhlich, fast erleichtert, als habe sie einem Wochenende mit Teresa im Schlepptau ohnehin wenig begeistert entgegengesehen. Klar, wenn sie an Wochenenden mit Teresa interessiert wäre, hätte sie schon früher welche arrangieren können.

Was machst du jetzt?, fragt Lena, als ihr Teresa die Reisetasche wieder abnimmt.

Wegfahren, sagt Teresa.

Wohin?

Weg, sagt Teresa, schnappt sich die Reisetasche und küsst Lena auf die Wangen. Tschau.

Der Nachtbus startet um acht am Abend. Sie kauft sich ein Ticket und stellt die Reisetasche in ein Schließfach im Busbahnhof, dann schlendert sie durch die Stadt. Der Bus ist billiger als die Bahn, sie hat es vorher recherchiert. Es bleibt ihr genügend Geld.

Sie kauft sich einen Becher Kaffee und trinkt ihn, während sie in die Schaufenster blickt.

In ihr breitet sich ein Gefühl von Freiheit aus, einer zaghaften Freiheit zwar, bedroht von leiser Furcht vor den Folgen und vor möglicher Einsamkeit. Wenn sie ehrlich ist. Na, ist sie eben nicht ehrlich.

Von halb fünf bis halb sieben geht sie ins Kino.

Von drei viertel sieben bis kurz vor acht setzt sie sich in ein Café nahe dem Busbahnhof und liest. Teresa gehört zu den raren Exemplaren junger Menschen, die immer mindestens ein Buch bei sich haben, um ja nirgendwo Wartezeit ohne Lesestoff verbringen zu müssen. Tante Gabi sagt, sie selber war genauso. Das sollte ihr eigentlich zu denken geben. Tante

Gabi sagt auch, das Gerede von den neuen Analphabeten, die im Gegensatz stünden zu den belesenen Generationen davor, ist Blödsinn. Schon zu ihrer Zeit, sagt Tante Gabi, hat gut die Hälfte ihrer Schulklasse nie zu einem Buch gegriffen.

Im Bus kippt sie ihre Lehne nach hinten und starrt in die dunkle Nacht. Sie hat nicht geglaubt, dass sie schlafen kann, aber als der Busfahrer das Licht anschaltet und ausruft, man halte jetzt für fünfzehn Minuten an dieser Autobahnraststation, erwacht sie aus einem unruhigen Schlummer.

Sie steigt mit den anderen aus dem Bus und lässt sich von der Herde treppab schieben, zu den Waschräumen, wo sie aufs Klo geht und sich nachher mit kaltem Wasser das Gesicht wäscht. Eine Frau putzt sich sogar die Zähne, obwohl es doch mitten in der Nacht ist. Ein paar Mitreisende gehen schnell was trinken.

Sie müssen irgendwo im Veneto sein, nach Teresas Schätzung. Aber da es stockfinster ist, kann sie von der Landschaft nichts erkennen.

Erstaunlicherweise schläft sie ein zweites Mal ein, als der Bus seine Fahrt fortsetzt.

In der Früh kommen sie auf der Piazzale Roma an. Der Canal Grande liegt im rosigen Licht des kühlen Morgens. Teresa kauft sich eine Karte fürs Vaporetto und fährt bis San Tomà, wo sie auf gut Glück aussteigt. Ein paar Gässchen weiter findet sie ein vertrauenswürdig aussehendes kleines Hotel.

Zögernd starrt sie auf den Eingang. Die werden ihren Pass wollen. Was, wenn sie finden, dass sie zu jung ist, um sich allein in Hotels einzumieten?

Sie strafft den Rücken. Selbstsicher auftreten. Wozu ist sie bei Sophie in die Schule gegangen?

Jetset-Girl betritt Hotel. Ja, okay, der Jetset würde hier nicht absteigen, auch wenn die nette kleine Herberge keine Absteige ist, aber die Autosuggestion hilft. Lässig wirft sie ihre Frage nach einem Einzelzimmer für zwei Nächte hin, in einem Gemisch aus Italienisch (wozu gibt es Sprachreiseführer, in denen die wichtigsten Phrasen stehen?) und Englisch. So selbstverständlich, als wechsle sie gewohnheitsmäßig die Städte.

An der Rezeption beherrscht man auch Deutsch. Ob sie im Voraus zahlen könne? Kann sie. Mehr will man gar nicht wissen.

Sie bekommt einen Schlüssel, trägt ihre Reisetasche die steile Treppe hinauf, schließt die Tür hinter sich und lässt sich erleichtert auf dem Bett nieder.

Das Zimmer ist geräumig, gepflegte Stilmöbel stehen darin, und aus den Fenstern blickt sie auf einen kleinen barocken Garten, der offenbar zum Nebenhaus gehört. Glück gehabt.

Teresa war bisher zweimal in Venedig, einmal mit Omi und Opi und das zweite Mal mit Hannes, Betty, Carolina und Steffi, noch vor der Geburt der Zwillinge. Zu sagen, dass sie die Stadt kennt, wäre hochgradig übertrieben. Trotzdem findet sie sich gut zurecht. Sie lässt sich einfach treiben, folgt den Wegweisern zu den Sehenwürdigkeiten, geht gelegentlich im Kreis herum oder auch ein Stück zurück, wenn ihr die eingeschlagene Richtung aus irgendeinem Grund nicht behagt, und landet letzlich dort, wo sie hinwollte. Kein Problem, wenn man sowieso überallhin will. Nichts kann sie falsch machen. Niemandem ist sie Rechenschaft schuldig, weder für das, was sie tut, noch für das, was sie unterlässt.

Zwischendurch Vaporetto. Auch nicht schwer zu durchschauen, jedenfalls dann, wenn man ohnedies nur den Canal Grande auf und ab fahren möchte.

Mit Betty und Hannes war sie im Hochsommer hier, entschieden mehr Gedränge damals, Menschenmassen, Schulter an Schulter. Ich hab dir gleich gesagt, im Hochsommer fährt man nicht nach Venedig, sagte Betty unentwegt, sie litt unter den plebejischen Touristenhorden und wollte zumindest protestierend festhalten, dass sie nur unfreiwillig dazugehörte, weil Hannes, der Simpel, nicht beachten mochte, dass Feinspitze Venedig am liebsten im Winter aufsuchen.

Da sie niemand dazu zwingt, schaut sie sich den Markusdom von innen an und auch den Dogenpalast, naja, nicht alles, aber Teile davon, sie liest sogar im Führer nach, den sie gleich nach ihrer Ankunft gekauft hat.

Die meiste Zeit jedoch läuft sie einfach herum, schaut, hört, riecht, sitzt in der Sonne, lesend, im Hochgefühl, nicht irgendwo zu sitzen und zu lesen, sondern in Venedig, allein, frei und unabhängig.

Wenn Lena mitgekommen wäre, dann hätten sie's sicher lustig miteinander, aber sie wäre weniger zufrieden mit sich. Sie war kurz davor gewesen, Lena zu fragen, doch dann entschied sie sich bewusst fürs Alleinfahren, obwohl – vielleicht auch: weil – sie Schiss davor hatte. Genauso stark wie ihr Unbehagen vor dem Alleinsein war ihre Sehnsucht danach, solo, solitär wollte sie sein, immer wieder zwingt sie sich zu Übungen gegen den Herdentrieb, damit beweist sie sich, dass sie auf niemanden angewiesen ist.

Sie trinkt Latte Macchiato im Caffè Florian auf dem Markusplatz – Spiegel, Gold und roter Samt, eine unglaubliche Kulisse, wunderbar *strange*. Und sie sucht sich Palazzi aus, in denen sie wohnen wollte. Die Endausscheidung gewinnt der Palazzo der verblichenen Ms Guggenheim, wegen des weiten Blicks von seiner Terrasse, aber undankbarerweise geht er trotzdem nicht in ihren Besitz über.

Die Abende verbringt sie in ihrem Hotelzimmer, lesend.

Sie redet sich ein, dass nicht Feigheit der Grund ist, sondern dass sie einfach keinen Bock hat auf Nachtleben und so. Venedig scheint eine alte Stadt, in jeder Hinsicht. Soll sie sich in irgendwelchen Bars von Sugar Daddys anbaggern lassen oder was?

Angebaggert wird sie im Übrigen auch untertags, aber das ist kein Problem.

Are you alone?

No, I'm with my friend.

Your girl-friend?

My boy-friend.

But you are alone. Where is he?

Just around the corner, waiting for me.

Around the corner?

Yes and he's very jealous, so don't dare coming with me!

Oder: *I'm here with my parents and my father will get very angry when you don't stop bothering me.*

Oder schlicht: *Get lost. Fuck off.*

Nicht, dass sie was dagegen hätte, einen netten Typen aufzureißen, aber die Kerle, die ihr über den Weg laufen, wären mit Sicherheit kein Gewinn.

Vielleicht hätte sie Serdar mitnehmen sollen.

He, warum Serdar?

Braucht sie in der *Fremde* die Vorstellung, dass es daheim einen gibt, dem sie was bedeutet? Jemand, der sie davor bewahrt, verlorenzugehen, sich aufzulösen in Bedeutungslosigkeit, wegzutreiben in der lauen Luft und spurlos zu verschwimmen mit dem Blau von Wasser und Himmel?

Als sie den Bus nach Hause besteigt, ist sie sehr stolz auf sich. Ihr kleines Vermögen ist aufgebraucht, aber der Trip war es wert.

Sie hat sich alles genau ausgerechnet. Der Bus fährt diesmal untertags, am Sonntag Abend ist sie zurück, zu einem Zeitpunkt, zu dem sie auch zurückkehren würde, wenn sie mit Sophie und Edwin nach Ungarn gefahren wäre.

Doch als sie heimkommt, als sie harmlos zur Tür hereinkommt, erwartet sie ein Strafgericht. Wahnsinn. Sowas von einem Strafgericht.

Betty und Hannes wissen gar nicht, wie sie ihre Empörung, den Ernst der Situation, am wirkungsvollsten in Mienen und Gesten umsetzen sollen. Deshalb wirken sie versteinert und fahrig zugleich, ratlos auch, denn wie geht man wirklich mit so einer Sitation, so einer Tochter um?

Das hätte sie sich ja denken können, dass das herauskommen wird. Für wie blöd hält sie denn die anderen. Das hat sie doch nicht im Ernst geglaubt, dass sowas unbemerkt bleibt.

Edwin hatte eine gute Nase. Er dachte sich gleich, dass Teresa nicht der Typ ist, der auf einen Ungarnausflug verzichtet, nur weil daheim ein Babysitter gebraucht wird. Es hat ihm keine Ruhe gelassen, und deshalb hat er am Samstag angerufen.

Und jetzt:

Wo warst du?

In Venedig.

In *Venedig*??? (Als wäre Venedig Spitzenreiterin im Ranking der verrufensten Orte.)

Mit wem???

Allein.

Allein? Das ist doch lächerlich. das glaubt dir kein Mensch. Sag die Wahrheit: mit wem?

(Was wäre dabei, wenn sie mit Lena oder Serdar oder Benni unterwegs gewesen wäre? Egal. Hannes und Betty sind über das Stadium vernünftigen Denkens hinaus. Hannes und

Betty haben ein Verbrechen zu ahnden und deshalb sind alle Details, die bei dieser Befragung herauskommen, irgendwie verbrecherisch.)

Ich kann euch meine Hotelrechnung zeigen. Einzelzimmer.

Hotelrechnung? Woher hast du so viel Geld?

Hab gespart.

So viel kannst du nicht gespart haben!

(Wieso nicht? Wo sie doch immer betonen, wie viel Taschengeld sie kriegt.)

Und von Omi und Opi.

Also, das ist doch unerhört, sind die Alten denn schon total senil, sowas zu unterstützen! Man wird sie zur Rede stellen müssen.

Nein!!! Lasst sie in Ruhe. Sie haben mir einfach Geld geschenkt, zu Ostern. Sie wussten doch nicht, wofür ich es ausgebe.

Noch einmal. Von vorn. Wenn es sein muss, bis zur Erschöpfung.

Also gut. Was wolltest du in Venedig? (Venedig mit spöttischem Unterton. Bedeutet: Wir halten Venedig nach wie vor für eine Lüge, aber mal angenommen, wir tun so, als glaubten wir dir – was dann? Wie willst du dich weiter herausreden?)

Weiß nicht. Einfach anschauen.

Warum?

Keine Ahnung. So halt.

Du erwartest, dass wir dir das abnehmen?

Ja. Hier ist meine Hotelrechnung, verdammt.

Sie wedelt mit der Rechnung vor Hannes' und Bettys Nase herum. Betty schnappt sie sich, sieht die Summe und rastet aus.

So viel Geld? Bist du wahnsinnig? Das ist doch –

Hannes winkt ungeduldig ab. Betty, bitte! Keine Nebenschauplätze.

Na, du bist gut! Wir knausern hier Tag für Tag …

Hannes winkt noch einmal, flehentlich geradezu, und Betty verstummt.

Teresa. Du warst doch nach Ungarn eingeladen. Warum bist du nicht mitgefahren?

Ich hatte keine Lust.

Sie betont jedes Wort. Ich – hatte – keine – Lust. Vielleicht kapiert er dann, dass ihre Lustlosigkeit mehr war als eine kindische Laune.

Tut er natürlich nicht. Im Gegenteil.

Das sei keine Begründung, unverständlich, unentschuldbar, was sie sich einbildet, andere Menschen vor den Kopf zu stoßen.

Betty keift: Da bahne sich endlich sowas wie ein normales Familienleben mit Sophie für sie an und sofort müsse sie sich querlegen!

Was versteht Betty unter einem *normalen* Familienleben?

Das Blöde ist, sie kann nichts sagen. Was hat sie schon gegen Edwin in der Hand? Außer einem unguten Gefühl? Und einem bisschen Gegrapsche, von dem er sicher behaupten würde, dass es keines war?

Zugegeben, Hannes würde schön schauen, wenn sie ihm an den Kopf würfe: Weißt du was? Meiner Meinung nach ist Edwin scharf darauf, Mutter *und Tochter* zu vögeln, fällt das dann eigentlich unter flotter Dreier?

Das Gesicht, das Hannes danach machen würde, wäre es fast wert, diesen Satz anzubringen, doch hinter dem kurzen Vergnügen käme die lange Reue, denn sie würden ihr gewaltig einheizen, und sie könnte nichts beweisen.

Sie glaubt in Wahrheit ja auch keine Sekunde, dass Sophie tatsächlich bei irgendwas mittun würde, was Edwin eventuell mit ihr anstellen will. Das schließt sie denn doch aus. Aber damit ist sie mit ihrer Weisheit schon am Ende. Weiß sie, was Sophie sonst noch alles übersehen oder nicht übersehen, achselzuckend übergehen, für nicht so wichtig oder für prüde und zimperlich erklären würde? Nein. Sie hat keine Ahnung. Dazu kennt sie Sophie nicht gut genug, und was sie von Sophie kennt, ist ganz schön verunsichernd.

Vielleicht ist sie paranoid. Vielleicht übertreibt ihre furchtsame Fantasie Edwins mutmaßliche Absichten, doch selbst wenn es ein Hirngespinst ist, dass Edwin eine Parallelaktion mit Mutter und Tochter anpeilt, Tatsache bleibt, dass er ihr nicht geheuer ist und das keineswegs grundlos.

Es würde sich gehören, dass sie mit jemandem darüber reden kann und dass dieser Jemand ihre Bedenken ernst nimmt. Ist aber nicht so. Hannes fragt, doch in Wirklichkeit will er nichts wissen. Hannes ist feig und schwach. Sie traut ihm nicht. Er hängt am Gängelband von Betty. Mit Hannes kann man nicht reden, ohne dass Betty ins Spiel kommt und die Führung an sich reißt. Hat sich ja bei Carolina gezeigt.

Und Betty wiederum hat ein wohlwollendes Auge auf Edwin geworfen. Nicht nur, dass sie Teresa nicht mag, nein, sie steht auch Edwin keineswegs neutral gegenüber, sondern wohlwollend. Edwin! Endlich jemand, der Verantwortungsbewusstsein zeigt!

Aber das erträgst du wohl nicht. Wenn man sich Sorgen um dich macht, reagierst du mit Undank, das ist wie ein Reflex bei dir.

In TV-Serien und Filmen, vor allem in den US-amerikanischen, sind die Mädels immer Papis kleine Prinzessin. Papi behütet und beschützt sie und ist bereit, jeden Kerl zu kastrieren, der seinem kleinen Mädchen ein Leid zufügt. Wo gibt es solche Papis? Teresa kennt keinen und vor allem: Sie hat keinen. Hannes müsste ja nicht über ihre Unschuld wachen und Herzanfälle kriegen, wenn sich herausstellt, dass sie weiß, wie Männlein und Weiblein sich voneinander unterscheiden, aber ein bisschen Eifersucht oder Behüten oder einfach: Liebe, das wär' was.

Internat, sagt Betty. Ich sehe sonst keine Lösung. Soll sich doch wer anderer plagen mit ihr.

Komm, wir wollen nichts überstürzen, beschwichtigt Hannes. (Vermutlich denkt er daran, was ein Internat kostet.) Und zu Teresa: Wir geben dir noch eine Chance.

Nein, protestiert Betty. Keine Chance mehr. Ich hab genug am Hals.

Einmal ist Schluss. Internat, das ist die einzige Lösung. Sollen doch die Alten dafür löhnen. Anscheinend wissen sie ohnehin nicht, wohin mit ihrem Geld.

Betty, sagt Hannes überredend, in zwei Jahren maturiert sie. Ich glaube nicht, dass ein Schulwechsel jetzt was bringt.

Nicht mein Problem. Für mich maturiert sie nicht. Mir doch egal, ob sie die Matura hat.

(Das hat was für sich. Für Betty maturiert Teresa wirklich nicht, da hat Betty schon recht.)

Was hab ich denn getan?, fragt Teresa schrill. Ich war drei Tage in Venedig! Das ist doch nicht kriminell! Ich hab niemanden ausgeraubt, ich hab nichts gestohlen, es ist niemandem was passiert. Ich hätt's euch sagen sollen, okay, tut mir Leid, dass ich gelogen hab, aber in Wirklichkeit wollte ich gar nicht wegfahren, *ihr* wolltet, dass ich unbedingt nach Ungarn fahre, und das wollte ich nicht, ich wollte nicht mit Edwin nach Ungarn fahren, das ist alles, mit euch hat das nichts zu tun.

Du solltest nicht *mit Edwin nach Ungarn* fahren, korrigiert Betty höhnisch, komm mir jetzt nicht so, als würden wir dich mit fremden Männern ins Ausland verschicken, du solltest mit deiner heiß geliebten Mutter und ihrem neuen Mann ein Wochenende verbringen, das ist doch wohl was anderes.

Sie starrt Teresa triumphierend an, aber Hannes, der anscheinend hellhöriger war als sie, fragt scharf: Was ist mit Edwin?

Nichts, sagt Teresa, ich mag ihn einfach nicht, sonst nichts.

Wahrscheinlich, weil er sich nicht alles von dir bieten lässt, sagt Betty spöttisch, kann es sein, dass er dir sowas wie gutes Benehmen abverlangt?

Genau, antwortet Teresa. Er sagt, ich habe kleinkarierte Tischmanieren. Weil ich nicht wusste, wie man Austern isst. Er hält mich für proll.

Er hält dich für *was*?, fragt Hannes tölpelhaft.

Betty hat schmale weiße Lippen gekriegt. Volltreffer. Teresa gratuliert sich zu ihrer Eingebung.

Proll heißt proletarisch, erklärt Teresa für Hannes, nachsichtig. Er findet, ich komme aus *kleinen Verhältnissen*. Und ich habe das Gefühl, er geniert sich deswegen für mich.

Trottel, sagt Hannes gleichgültig.

Betty hingegen holt zischend Luft. Das erfindest du doch, behauptet sie probeweise.

Frag ihn. (Manchmal muss man pokern.)

Du weißt, dass das nicht geht.

Warum nicht?, fragt Hannes.

Betty verdreht die Augen. Weil es peinlich wäre.

Mir nicht. Wenn er findet, wir sind nicht fein genug, soll er es sagen.

Er *wird* es nicht sagen. Auch wenn er es findet.

Hannes schaut verblüfft. Das Lamm.

Glaubt mir oder glaubt mir nicht, sagt Teresa. Aber es ist die Wahrheit. Warum sollte ich sowas erfinden?

Damit du nicht nach Ungarn fahren musst.

Warum sollte ich nicht nach Ungarn fahren wollen? Ich würde gern fahren. Wenn ich mir nicht immer anhören müsste, dass ich … naja, dass man mir *anmerkt, wo und wie ich lebe.*

Das hat er gesagt?

Und dann lacht er immer so mitleidig. (Sie muss langsam aufpassen, dass ihre Fantasie nicht mit ihr durchgeht.)

Pause.

Okay, sagt Betty. Noch eine Chance. Die letzte. Und ab sofort kein Taschengeld.

Für wie lange?

Für sehr lange.

Teresa blickt fragend.

Betty sagt: Du kannst ganz offensichtlich nicht mit Geld umgehen, also darf man dir keines anvertrauen. Deine Großeltern haben dir eine Riesensumme geschenkt, und du hast alles zum Fenster hinausgeschmissen.

Aber … das geht nicht. Ich habe Ausgaben.

Ja? Interessant. Such dir einen Job. Andere jobben auch neben der Schule.

17.

Inge und Walter sagen, das hat Teresa nur gemacht, weil sie es nicht aushält, dass Carolina im Mittelpunkt steht. Küchenpsychologie.

Carolina ist aus dem Krankenhaus zurück, jetzt muss man Rücksicht auf sie nehmen. Wenn sie die Betten tauschen will (weil sie auf einmal beim Fenster schlafen möchte), dann muss man ihr diesen kleinen Gefallen tun. Wenn sie schon im Bett liegt und Papiertaschentücher braucht, dann muss man hinuntergehen und welche holen, weil sie noch so schwach ist. Wenn sie schwindlig wird vom Geschirrspülerausräumen, dann muss man statt ihr weitermachen, auch wenn eigentlich sie dran wäre. Und wenn Betty Carolina zur Therapeutin fährt, dann muss man die drei Kleinen übernehmen, Spanisch lernen kann man auch noch am Abend. Betty hat oft bis spät in die Nacht gelernt, als sie studiert hat, da ist gar nichts dabei. (Erstaunlich, wie es ihr trotzdem gelungen ist, ein Diplom zu umgehen, da gehört schon wieder eine spezielle Begabung dazu, nächtelang zu lernen und dann kaum ein Prüfungszeugnis zu erwirtschaften. Aber das behält Teresa bei sich.)

Carolina könnte noch viel biestiger sein, sie dürfte sich das erlauben, jetzt, wo feststeht, wie sensibel sie ist und dass man praktisch ständig zittern muss, sie zu verletzen. Daran gemessen hält sie sich ohnedies zurück.

Carolina geht durchs Wohnzimmer, und Inge springt alarmiert auf. Was brauchst du?

Nichts, sagt Carolina, ich hol mir nur ein Glas Wasser.

Inge schleudert einen Zornesblick auf Teresa. Worauf wartest du?

Ich kann das selber, sagt Carolina hastig, wirklich, Großmama.

Betty macht Inge besänftigende Zeichen. Als Carolina in der Küche ist, sagt sie gedämpft: Die Therapeutin meint, wir sollen sie nicht als Schwerkranke behandeln, Mammi.

Inge strafft ihren Rücken. Trotzdem. Wenn ich zuschauen muss, wie gewisse Leute nur ihre eigene Bequemlichkeit im Sinn haben, geht mir das Geimpfte auf.

Carolina isst jetzt, ohne nachher zu kotzen, aber gerade nur so viel, dass sie nicht verhungert. Mit Kalorientabelle, Taschenrechner und Küchenwaage stellt sie ihre Menüs zusammen.

Stur und unbeirrbar addiert sie die erlaubten Kalorien, legt Lebensmittel auf die Waage, nimmt weg, verkleinert die Portion, legt noch einmal auf die Waage. Wenn sich nicht herauskriegen lässt, wie viel Brennwert ein Bissen von einem Nahrungsmittel hat, verweigert sie es und isst stattdessen Knäckebrot, damit kennt sie sich aus.

Du brauchst Vitamine, sagt Betty verzweifelt.

Carolina kaut einen halben Apfel, verbissen, freudlos, als handle es sich um Medizin.

Inge und Walter wiederum kauen Teresas neue Missetat durch, unermüdlich verbeißen sie sich in jede ihnen bekannte Einzelheit.

Warum reden sie dauernd über Teresa statt über Carolina, die doch eindeutig der wahre pathologische Fall ist? Wollen sie ablenken (sich selber und die anderen) vom Dachschaden ihrer Enkeltochter?

Carolina geht jetzt zweimal die Woche in eine Psychotherapie. Da ist weiter nichts dabei, das ist heutzutage wie sonst eine Behandlung, wer Durchfall hat, kriegt Tierkohle, wer mit seiner Seele nicht zurechtkommt, kriegt eine Psychotherapie, Teresa ist die Letzte, die gleich von Klapsmühle spricht, wenn jemand zum Seelenklempner geht, und abgesehen davon ist Klapsmühle nichts Ehrenrühriges.

Doch wenn Inge und Walter sie als die Beknackte hinstellen, muss sie leider darauf hinweisen, dass verdammt noch einmal Carolina diejenige ist, mit der was nicht stimmt.

Die Psychotherapie ist nicht billig, und die Krankenkassa zahlt nur einen Teil zurück. Also wendet sich Betty an Max, damit er was zuschießt.

Max denkt jedoch nicht daran. Er wird nicht schon wieder die Brieftasche zücken. So nicht, nicht mit ihm! Erst verheimlicht man ihm, wie ernst es um seine Tochter steht, aber wenn's ums Zahlen geht, dann erinnert man sich, dass es ihn gibt?

Willst du, dass sie gesund wird?, fragt Betty am Telefon. Wen möchtest du strafen mit Therapieentzug? Sie?

Max sagt, von Entzug könne ja wohl nicht die Rede sein, Carolinas Behandlung werde doch sicher nicht abgebrochen, und im Übrigen zahle sowas die Krankenversicherung, er habe sich erkundigt.

Beim Salzamt?, fragt Betty höhnisch.

Und schon bleibt sie übrig. Wie ein begossener Pudel steht sie da, das Telefon in der Hand, aus dem das Besetztzeichen düdelt, denn Max hat aufgelegt. Tja, das hätte sie früher bedenken sollen, dass sich niemand einen ungehörigen Ton bieten lassen muss am Telefon, weil man so eine Auseinandersetzung nämlich in null komma nichts beenden kann. Das ist nicht wie bei einem Streit im selben Raum, wo man sich erst umdrehen und weggehen und eine Tür aufreißen und sie passieren und hinter sich zuknallen und dann womöglich noch seinen Mantel finden muss, ehe man endgültig abrauschen kann.

Teresa denkt sich, vielleicht sollte wissenschaftlich untersucht werden, in welchem Ausmaß die Telekommunikation gewalttätige Auseinandersetzungen reduziert. Wenn man einander physisch gegenüberstünde, würde man dem anderen womöglich ins Gesicht springen, an seinen Haaren reißen, ihn niederschlagen oder ihm zumindest auf die Nase spucken. Aber so: ein Tastendruck und basta.

Eine technologische Erfolgsstory.

Tja, da steht Betty also, wütend, aber machtlos, doch es kommt noch dicker. Tags darauf ruft nämlich Max' neue Frau an und schäumt:

Sie persönlich würde sich genieren, sagt Max' neue Frau, wenn ihr ein derartiges pädagogisches Missgeschick passiert wäre. Verstecken und verkriechen würde sie sich, aber nicht auch noch Geld verlangen wie für eine Großtat.

Diesmal drückt Betty die Basta-Taste, trotzdem ist sie enorm sauer, was irgendwie nachvollziehbar ist.

Die Psychotherapie kostet, daher: aus der Traum vom Geländewagen. Betty seufzt entbehrend, als müsste sie ab jetzt zu Fuß gehen. Tut mir Leid, Mama, sagt Carolina, doch Betty stellt sofort richtig: *Du* kannst nichts dafür, also wirklich nicht.

Sie soll Teresa gefälligst nicht so giftig anschauen, immerhin behält sie mittlerweile ihr Taschengeld ein, soll sie das doch beiseite legen für ihr Traumauto. Ja, ja, wird eine Weile dauern, bis sie die nötige Kohle beisammen hat, selber schuld, hätten sie Teresa mehr bezahlt, würden sie sich jetzt mehr ersparen.

Sie sagen, Teresa setzt sich über alles hinweg, sie respektiert keine Grenzen, aber das stimmt gar nicht. Doch selbst wenn was dran wäre, wäre sie jedenfalls nicht die Einzige, die sich über andere hinwegsetzt.

Oma zum Beispiel setzt sich darüber hinweg, dass Betty keinen Plastikschrott als Kinderspielzeug dulden will, und schleppt ständig welchen an, unerbittlich.

Betty setzt sich darüber hinweg, dass Oma ihre fetten Torten als Liebesgabe verstanden sehen will, und brandmarkt sie als Cholesterinattentäterin.

Hannes ist taub für Bettys Gestaltungsvorschläge, Vater-und-Söhne-Unternehmungen betreffend.

Und Inge und Walter füttern fremde Hunde.

Das hört sich lächerlich an, ist aber gemein.

Sie nehmen, wenn sie mit Steffi in der Nachbarschaft spazierengehen, Kekse und Wurstreste mit, die darf Steffi dann in die Gärten werfen, in denen es Hunde gibt.

Tut das lieber nicht, Mammi, sagte Betty erst neulich, manche Hunde vertragen keine Wurst, und der Scotchterrier an der Ecke ist auf Diät, ich weiß das, ich kenne die Besitzer.

Ach, was, von einem Stück Wurst ist noch kein Hund gestorben, erwidert Inge. Und Walter beruhigt: Wir passen schon auf, dass es niemand sieht.

Betty macht ein säuerliches Gesicht, vielleicht fürchtet sie trotzdem um ihre gutnachbarlichen Beziehungen, aber Hannes kommt Inge und Walter zu Hilfe, indem er sagt: Leute, die nicht wollen, dass ihr Hund von Fremden gefüttert wird, müssen ihn so erziehen, dass er von Fremden nichts nimmt.

Worauf Inge und Walter in Gelächter ausbrechen. Es sei ihr Ehrgeiz, bekennen sie, gerade solche Hunde zur Annahme eines Häppchens zu bewegen, und meistens gelinge ihnen das auch.

Was ist das, wenn nicht ein klarer Fall von Grenzüberschreitung?

Teresa hingegen hält sich dran, wenn jemand zu ihr sagt, bis hierher und nicht weiter. Sie setzt sich im Kaffeehaus nicht an die reservierten Tische, sie tritt zurück, wenn die U-Bahn in die Station einfährt, sie lässt aussteigen, bevor sie einsteigt, sie versteht nicht, warum Benni in Nichtraucherzonen justament raucht, es ist fast schon bescheuert, wie entgegenkommend sie ist. Sie will niemandem ihren Willen aufzwingen, sie möchte bloß ihrer eigenen Wege gehen, von Zeit zu Zeit.

Grenzenlos hingegen ist Bettys Zutrauen in die unbegrenzten Rechte ihrer Kinder. Wer anderer Meinung zu sein wagt, befindet sich in einer moralisch fragwürdigen Position. Betty und ihre Freundinnen sehen sich ständig mit einer *kinderfeindlichen* Umwelt konfrontiert, die freudiges Entzücken verweigert, wenn Betty und Agnes oder Betty, Agnes und Nora mit ihren Kinder-Gangs über sie hereinbrechen, dominant, erbarmungslos laut, nicht selten zerstörerisch.

Gelassen sieht Agnes zu, wie einer ihrer Söhne auf den Getränkeautomaten in der Seilbahnstation eindrischt, einfach so, zum Vergnügen, bis ein Aufsichtsorgan einschreitet, autoritär, wie Agnes findet, amtshandelnd, obrigkeitsstaatlich, engstirnig.

Agnes führt ein strenges Regiment, sofern es um die Einhaltung ihrer häuslichen Ordnung oder um gutes Benehmen in der guten Gesellschaft geht, aber Getränkeautomaten in Seilbahnstationen gehören nicht zu den von ihr geschützten Arealen und Arten, sie dienen der allgemeinen Belustigung, und wenn einer ihrer Söhne Belustigung auf seine Art definiert, dann ist das okay und nichts, was ein quasi Amtskappelträger zu beanstanden hat.

Noch die ganze Seilbahnfahrt lang können sich Agnes, Nora und Betty nicht einkriegen wegen der Feindseligkeit, mit der man heutzutage angepöbelt wird, wenn man mit Kindern unterwegs ist. Und weil ihnen ein paar Passagiere in der Gondel heftig widersprechen, kommt es zu einer hitzigen Debatte, bei der sich Teresa ganz klein macht, um nicht als Mitglied der Betty-Nora-Agnes-Partei identifiziert zu werden.

Ungerührt stöbern Betty & Co im Museumsshop, während Steffi und Noras Jüngster die Eingangstüren aufreißen und zuknallen, aufreißen und zuknallen, bis sich jemand aufregt, was wiederum Betty und Nora aufregt.

Mein Gott, sagt Nora, damit muss man bei Kindern eben rechnen, wenn Bücher aus Regalen prasseln, aber nur, falls es Bücher in Buchhandlungen sind, bei sich daheim würde sie anders reagieren. So strikt Betty und ihre Freundinnen bei sich zu Hause sein können, so lässig sind sie auswärts, sie lagern die kindliche Wildheit ihrer Kinder einfach aus, schön blöd wären sie, wenn sie es umgekehrt hielten.

Kinder brauchen Freiräume, sagen sie, und als Freiraum gilt ihnen jeder Raum, den sie nicht selber instandhalten müssen.

Widerstand kränkt sie in ihrer Mütterehre. Sie fordern mehr Duldsamkeit ein. Dabei sind sie selber gar nicht duldsam, wenn man es wagt, ihre Freiräume zu betreten. Sie möchten ja auch gar nicht mit gutem Beispiel vorangehen, sondern einen Bonus genießen, weil sie die Tapferkeit besessen haben, der Welt Nachwuchs zu schenken.

Undankbare Welt.

Betty ist stets beleidigt, wenn sie nicht vorgelassen wird.

Betty hat eines oder zwei ihrer Kinder mit, und schon haben sich Türen für sie früher zu öffnen als für andere.

Die nette Dame hat sicher nichts dagegen, wenn wir uns vordrängen, sagt Betty zuckersüß zu ihren Kindern und wirft der netten Dame einen kommandierenden Blick zu.

Im Supermarkt, bei Ärzten, überall, wo es Warteschlangen gibt: Betty wartet nicht. Betty ist Mutter.

Wenn sich die nette alte Dame schwerhörig stellt und anscheinend selber als Nächste drankommen will, stimmt Betty ein Lamento an. Ach, Steffilein, sagt sie laut, das wird ein spätes Abendessen heute, und deine armen Geschwister daheim, die werden schon auf uns warten, wenn der Papa heimkommt, findet er keine Steffi vor und keine Mama und nichts zu essen, ja, das ist traurig, Steffi, ich weiß, aber was soll ich machen?

Teresa, die mitgekommen ist, weil sie ebenfalls einen Sehtest braucht, geniert sich, sie mutmaßt, manche Patienten in diesem Wartezimmer hätten vielleicht lieber Bettys Sorgen als ihre eigenen, abgesehen davon, dass daheim sowieso Inge und Walter oder Oma die Stellung halten, unterstützt von Anna, die diesmal zum Kochen eingeteilt ist.

Aber Bettys Klagegesänge haben häufig die erhoffte Wirkung, bereitwillig wird ihr immer wieder Platz gemacht, damit sie vorrücken kann in der Reihe der Wartenden.

Betty ist eben kein Sozialfall, der seine Fruchtbarkeit nicht unter Kontrolle hält, sondern eine respektable Vertreterin der höheren Schichten, die sozial verantwortlich unsere demographischen Daten aufgepeppt hat, eine, die dafür sorgt, dass unsere Bevölkerungsstatistik nicht gänzlich den Slums und den Ausländergettos überlassen bleibt.

Das ist was ganz anderes als ein kinderreiches Gesindel.

Für kinderreiches Gesindel hat Betty selber am allerwenigsten übrig. Wer sich auf den Wohlfahrtsstaat verlässt, ist ein Parasit, sagt sie. Nicht die Asozialen sollen sich vermehren, sondern die Tüchtigen.

Wie willst du das erreichen?, fragt Hannes spöttisch. Steuern auf Kinder oder was?

Oder weniger kostenlose Leistungen, sagt Betty. Es muss nicht alles umsonst sein. Die Schule zum Beispiel.

Du bist für *Schulgeld*? Hannes' Stimme überschlägt sich ungläubig.

Warum nicht? Was nichts kostet, ist nichts wert.

Weißt du, was das heißt? Das heißt, zurück hinter Maria Theresia! Ist das dein Ernst?

Die allgemeine Schulpflicht muss natürlich bleiben.

Du verpflichtest die Menschen, ihre Kinder in kostenpflichtige Schulen zu schicken?

Leistbare Beiträge, sagt Betty. Wie in der Krankenversicherung.

Die Krankenversicherung lebt davon, dass es welche gibt, die zahlen und nichts brauchen. Wer Schulgeld zahlt, will auch in die Schule gehen.

Was ich meine, sagt Betty, sind gestaffelte Tarife. Und vielleicht Stipendien. In Form von Darlehen.

Du meinst, der Hilfsarbeiter soll seine Grundschulgebühren abstottern, sobald er Hilfsarbeiter geworden ist?

Ich bin keine Politikerin, verteidigt sich Betty. Ich muss kein System parat haben.

Hannes hätte nie studieren können, wenn die höhere Schule was gekostet hätte.

Wer sagt das? Wenn deine Mutter gespart hätte –

Sie hat gespart!

Ich finde, sie gibt eine Menge Geld für Blödheiten aus.

Das stimmt nicht, und du weißt es. Aber bitte, nehmen wir mal an, meine Mutter hätte ihr Geld lieber für Hummel-Figuren ausgegeben als für Schulgebühren, was wäre dann aus mir geworden, wenn die Schule was gekostet hätte?

Unterstellst du deiner Mutter sowas allen Ernstes?

Natürlich nicht. Ich meine das rein hypothetisch.

Ich werde deiner Mutter erzählen, was du von ihr hältst, sagt Betty spitz.

Hannes ringt nach Luft.

Wir zahlen doch jetzt schon Schuldgeld, sagt Betty.

Ja, das wird sowieso noch ein Problem, antwortet Hannes. Wenn die Zwillinge auch in einen Privatkindergarten sollen, dann weiß ich nicht, wie sich das ausgehen wird.

Waaas?

Hannes zuckt die Achseln. Rechne doch einmal nach.

Betty bebt. Das kann nicht sein.

Doch. Was soll ich machen?

Also, das ist ja …! *Nicht einmal die primitivsten Bedürfnisse mehr*!

Jetzt übertreib doch nicht, sagt Hannes begütigend.

Ich übertreibe nicht. Das Mindeste, was man seinen Kindern bieten kann, ist eine gute Ausbildung.

Wir reden vom Kindergarten!

Richtig! Da werden Grundsteine gelegt.

Ja. In den öffentlichen ebenfalls.

Das Mindeste, was man seinen Kindern bieten kann, ist eine gute Ausbildung *in einem ausgewählten sozialen Umfeld*.

Hä?

Machen wir uns nichts vor, wir wissen, was Netzwerke bedeuten.

Du meinst, im katholischen Kindergarten treffen sich die künftigen Rotarier?

So ist es.

Da bin ich aber jetzt sprachlos, verkündet Hannes, allerdings nicht wahrheitsgemäß, denn er setzt sogleich hinzu: Tut mir Leid, aber wenn du mehr ausgeben möchtest, als ich verdiene, musst du selber was verdienen.

Wie? Ist er verrückt oder was? Soll sie arbeiten gehen, bei fünf Kindern?

Nein, ich sage doch nur -

Hält er ihr die Kinderzahl vor? Dann muss sie ihn daran erinnern, dass das nicht nur ihre Kinder sind. Keineswegs. Wollten sie nicht beide gemeinsame Kinder? Hat er nicht entscheidend beigetragen dazu? Und was ist mit den Kindern, die von ihr versorgt werden, obwohl sie ganz und gar nicht ihre Kinder sind?

Ein Kind, sagt Hannes. Nicht *Kinder*, sondern *ein* Kind.

Ja, und das macht mehr Ärger als alle anderen zusammen.

Okay, sagt Hannes, ich nehme das zurück mit dem selber Verdienen, tut mir leid, aber trotzdem – ich tue, was ich kann, und mehr ist nicht drin.

Sie einigen sich darauf, dass ein Staat, der es seinen Bürgern nicht ermöglicht, sorglos beliebig viele Kinder haben zu können, ein unmenschlicher Staat ist. Das heißt, Betty einigt sich darauf, und Hannes nickt.

Das ist die wahre Crux, sagt Betty, dass Kinder in dieser Gesellschaft nicht den Stellenwert haben, der ihnen zukommt. Wir, die wir die Zukunft sichern, werden nicht unterstützt, sondern behindert. Für uns wird nichts getan.

Wie bitte? Eben noch war Betty dagegen, dass der Staat kostenlose Schulen zur Verfügung stellt, und jetzt ist der Staat schuld daran, dass sie nicht alle ihre Schößlinge in teure Privatkindergärten stecken kann? Da stimmt doch was nicht.

Aber Hannes lässt den Widerspruch unwidersprochen. Entweder ist er wieder mal erbärmlich feig oder dümmer, als Teresa gedacht hat.

18.

Du bist hoffnungslos, sagt Serdar. Venedig? Warum bist du nicht nach Berlin gefahren? Venedig ist doch nur was für alte Leute.

Berlin wäre sich zeitlich nicht so gut ausgegangen.

Was heißt nicht so gut?

Naja, ich wollte ja nicht, dass es herauskommt.

Ist es aber. Hättest also gleich nach Berlin fahren können.

Hab ich doch nicht gewusst.

Weil du nicht weißt, wo was abgeht. Du bist ahnungslos. Und jetzt stehst du auch noch auf diesen Blödian. Du denkst, ich merke das nicht, aber ich merke es.

Überwachst du mich?

Du bist wie alle anderen. Du hast einen Massengeschmack, weißt du das?

Nein, ich bin nicht wie alle anderen. Ich fahre nach Venedig, obwohl Berlin angesagt ist. Schon wieder vergessen?

Na und? Venedig ist blöd, der Blödian ist blöd, und dass du auf ihn stehst, ist blöd. Passt alles perfekt zusammen.

Nachdem er sie umfassend beleidigt hat, geht er weg.

Aber er hat Recht damit, dass sie in den Niederungen des Üblichen gelandet ist.

Hormonell bedingte Idiotie, sagte Hannes einmal als Erklärung, als er auf sich und Sophie angesprochen wurde.

Dass alle anderen ebenfalls auf Uli abfahren, wäre nicht weiter schlimm, schließlich hat Teresa kein Gelübde abgelegt, dass sie sich nur mit Männern paaren wird, um die der Rest der weiblichen Bevölkerung einen Bogen macht, im Gegenteil. Bei der Liebe und beim Sex ist auch Wettbewerb im Spiel, du willst deinen Typen herzeigen und stolz auf ihn sein können, und das kannst du nicht, wenn ihn außer dir keine haben möchte.

Was sie jedoch irritiert, ist ihre Aufgabe von Ansprüchen, die sie bisher für unabdingbar gehalten hat. Physische Attraktivität sei nötig, aber nicht ausreichend, damit sie sich verliebt, dachte sie noch vor kurzem, voller Verachtung für all die Kerle, die hinter Barbies herjappeln, auch wenn die einen IQ knapp an der Schmerzgrenze haben.

Okay, man kann Uli nicht nachsagen, dass sein IQ an der Schmerzgrenze liegt, aber trotzdem. Was will sie eigentlich mit einem, mit dem sie über nichts reden kann, was sie beschäftigt, weil er Reden (außer an der Schule, wo er dafür bezahlt wird) für überflüssiges Verzögern der Beschäftigungen hält, die seiner Meinung nach zählen, wie Sport, in Szenelokalen herumhängen oder Mädels abschleppen?

Na, was schon? Sie weiß, was sie von ihm will. Aber dass sie es ausgerechnet von einem wie ihm will, versetzt sie in tiefes Erstaunen.

Sie schneidet sich eine Grimasse im Spiegel. Teresa schaut zu oft in den Spiegel, behauptet Oma, die das für eitel hält, aber häufig blickt Teresa nicht hinein, um sich zu bewundern (oder auf bewunderungswürdig zu stylen), sondern um ein vertrauenswürdiges Gesicht vor Augen zu haben.

Obwohl, wenn sie an Uli denkt, weiß sie nicht, ob sie sich vertrauen soll.

Teresa ist nicht die Einzige an der Schule, die Uli besser kennt, als man einen Lehrer eigentlich kennen sollte. Auch in einer Großstadt treffen sich immer wieder dieselben Leute an denselben Orten, und Uli schwimmt nun einmal im selben Soziotop herum wie Teresa und ihre Artgenossinnen.

Rebekka sagt, ihre ältere Schwester hätte mal was mit Uli

gehabt, was wenig oder viel bedeuten kann, denn unter *was gehabt* haben fällt alles von Knutschen light über schweres Petting oder One-Night-Stands bis hin zu regelmäßigem Sex über einen bestimmten Zeitraum.

Ein paar andere ergehen sich in Andeutungen über eigene Erlebnisse mit ihm, und etliche haben gesehen, wie er sich mit Teresa bei den Clubbings *aufgeführt* hat.

Aber das ist alles Schnee von gestern, denn seit seiner Implantierung in den Lehrkörper hält Uli – bei aller lässigen Freundlichkeit, seinem Markenzeichen – Distanz zu ihnen.

Und so sitzt Teresa in der Klasse mit weichen Knien, während er vor sich hin unterrichtet, ungerührt und unerreichbar.

So leicht sollte er ihr nicht davonkommen. Wär doch gelacht. Vielleicht muss sie mit Serdar schlafen, um die leidige Defloration hinter sich zu bringen.

Sie gibt jetzt drei Leuten Nachhilfe. Das ist ganz schön stressig, wirft aber ordentlich Kohle ab. Sie unterrichtet Mathe und Englisch. Bernadette kriegt Englischstunden, Philipp braucht in beiden Fächern einen Schleppkahn, und Bea hängt in Mathe.

Bernadette ist eine pummelige Elfjährige, kindlich verspielt, sie schaut verehrungsvoll zu Teresa auf wie ein junger Hund. Unentwegt versucht sie Teresa vom Englischunterrichten abzubringen, indem sie sie mit Zwischenfragen nach ihren Ansichten zu Mode, Musik, Klobrillen, Fastfood oder dem mutmaßlichen Privatleben von dieser oder jener Lehrerin löchert. (Bernadette hätte gern eine Klobrille mit Stacheldraht in transparentem Acryl oder rote Blüten, in Kunstharz gegossen, statt der langweiligen weißen Deckel, die es bei ihr zu Hause gibt.)

Während Teresa ihr was erklärt, faltet sie Kraniche aus Papier oder malt hingebungsvoll bunte Ornamente in ihr Grammatikbuch. Zwischendurch springt sie auf und fragt, ob sie Teresas Haare kämmen darf, will ihre Pop-up-Bücher herzeigen und muss sich was zu trinken holen.

Mühsame fünfzig Minuten.

Nimmst du mich einmal ins Kino mit?, fragt Bernadette und blickt bettelnd, erwartungsvoll auf Teresa. Gerade dass sie nicht die Zunge aus dem Mund hängen lässt und hechelt.

Wenn du jetzt aufpasst, sonst nicht.

Das funktioniert, aber keine Viertelstunde.

Trotzdem betrachtet Teresa Bernadette als ihren vergleichweise leichtesten Fall. Im Grunde ist sie gutwillig und ergeben, und immer wenn Teresa stinksauer werden möchte, entwaffnet sie sie mit einer spontanen Demonstration von Zuneigung und Anhänglichkeit.

Philipp fällt unter Kontrastprogramm. Er ist blasiert, arrogant und provozierend faul, was sich nicht zuletzt in einer fast schon aggressiven körperlichen Laschheit ausdrückt. Wie eine welke Pflanze liegt er in seinem ergonometrisch gestalteten Drehstuhl, ein Bein hängt über eine Seitenlehne, den Kopf mit den halb geschlossenen Augen hat er nach hinten gekippt, deutlicher ist Desinteresse kaum signalisierbar.

Mit knapp vierzehn weiß Philipp seine Zukunft bereits gesichert, sein Papi wird ihm einen Aufsichtsratsposten oder einen Sitz in einem Vorstand kaufen, vielleicht auch ein Hotel, die Schule ist bloß Zeitverschwendung, eine Durststrecke, die man zurücklegt, indem man die Sorge um seine Noten an Sklavinnen wie Teresa delegiert.

Sei nicht komisch, sagt Teresa, ich kann dir keinen Schummelzettel für die Schularbeit machen, den du einfach abschreibst, irgendwas musst du schon auch tun, bin ich eine Hellseherin? Und selbst wenn ich eine wäre, wie willst du denn eine geometrische Zeichung vom Schummelzettel ins Schularbeitsheft kriegen, wenn du keine Ahnung hast?

Philipp verdreht die Augen, um anzuzeigen, dass das ihr Problem ist und nicht seines.

Wie der Sohn, so der Vater. Philipps Erzeuger kommt auf dem hohen Ross dahergetrabt und schaut auf Teresa herunter, als habe sie knicksend am Wegrand zu stehen.

Ich hoffe, Sie können bald ein paar Erfolge vorweisen, sagt er gespielt jovial, so, dass man merkt, hier täuscht ein Krokodil Herzlichkeit vor, das als Krokodil identifiziert werden will.

Teresa antwortet, das komme auf Philipp an.

Er bleckt die Zähne. Nein, da irren Sie sich. *Sie* müssen ihm was beibringen.

Das weiß ich, aber es funktioniert nur, wenn er mittut. (*Sir*!, würde sie hinzufügen, wenn sie Englisch redeten, und schon klänge der Satz höflicher. Überhaupt könnte sie viel schärfer antworten, wenn ein hinzugefügtes *Sir*! oder *Ma'm*! genügte, um Respekt zu heucheln. Aber im Deutschen? Was sagt man da? *Mein Herr*!? Wie in der Postkutschenzeit?)

Eigentlich sollten Sie zaubern können, bei Ihren Preisen.

Sie schnappt nach Luft. Ehe sie ihm anbieten kann, sich nach einer billigeren Nachhilfe umzusehen (die er nicht finden wird, denn ihre Preise sind keineswegs überhöht), lenkt er ein. Der Herr Hofrat habe sie ihm empfohlen, er vertraue dessen Urteil, und sein Sohn habe selbstverständlich den Auftrag, sich anzustrengen.

Der Herr Hofrat ist der Schuldirektor. Philipps Vater redet von ihm wie von einem Untergebenen.

Dass er einlenkt, hängt wahrscheinlich mit Philipps bewegter schulischer Karriere zusammen, der weitere Bewegungen nicht zuträglich wären. Philipp hat bereits die wichtigsten Nobelinstitute durch, er war bei den Piaristen, den Schotten, im Theresianum und in Kalksburg, nirgendwo lange, immer unrühmlich. Nun ist er in dieser Schule gelandet, die als Eliteeinrichtung unter den öffentlichen Gymnasien gilt, und der Herr Hofrat hat dem Herrn Vater scheint's versichert, dass man alles in der Macht der Schule Stehende tun werde, um dem Herrn Sohn zur standesgemäßen Hochschulreife zu verhelfen.

Teresa könnte jetzt ein klassenkämpferisches Exempel statuieren und ihre Mithilfe verweigern, aber erstens braucht sie den Kies und zweitens ist Philipp nicht auf sie angewiesen; hievt sie ihn nicht über die Prüfungshürden, tut's wer anderer.

Also bleibt sie kooperativ und trachtet danach, in Philipps flausenverkleistertes Hirn wenigstens so viel an Basiskenntnissen hineinzutrichtern, dass er nicht durchfällt. Was schwer genug ist.

Auch er bemüht sich beharrlich, sie abzulenken, am liebsten durch zotige Anmerkungen. Keine mathematische Aufgabenstellung, die er nicht ermüdend eintönig in Schweinigeleien zu übersetzen versucht. *Ach so, du meinst, die Geraden ficken vielleicht im Unendlichen, oder? Von vorn oder von hinten, was meinst du?*

Und dazu lauernde Blicke, ob sie nicht endlich ausrastet und sich damit als prüde Alte outet.

Hör zu, du Wichser, sagt Teresa, ich kann nichts dafür, wenn dein Schwanz zu klein ist, also lass deine Komplexe nicht an mir aus und halt die Klappe.

Soll ich ihn dir zeigen?

Soll ich dir eine reinhauen?

Soll ich meinem Vater sagen, wie du redest?

Nur zu, du Weichei.

Er lässt seinen Vater wie erwartet aus dem Spiel, sie macht weiter mit Mathe. Sie hat keine Ahnung, ob sie richtig reagiert auf seinen Sexualtick, vielleicht ist das, was sie macht, pädagogisch total falsch, aber selbst wenn: nicht ihr Problem, sollte man meinen. Irgendwie schon witzig, was Eltern von ihr erwarten. Sie zahlen Nachhilfestunden und denken, sie als Schülerin wird wissen, wie sie ihren gestörten Sprössling – an dem ausgewachsene, ausgebildete Lehrkräfte gescheitert sind, von ihnen selber ganz zu schweigen – pädagogisch und didaktisch richtig bearbeitet.

Immerhin kriegt Philipp auf die nächste Schularbeit ein knappes Genügend, so knapp, dass man sich fragt, ob der Herr Hofrat den Blick der Mathelehrerin auf Philipps Schularbeit ein wenig gemildert hat, aber zumindest hat Philipp kein eindeutiges, durch keinerlei Milde zu beschönigendes Nicht genügend geschrieben.

Bleibt Bea. Müsste Teresa entscheiden, wen sie weniger mag, Philipp oder Bea, fiele ihr die Wahl schwer.

Bea hat das Problem, dass sie gerne Paris Hilton wäre, aber nicht Paris Hilton ist.

Bea hat eine alleinerziehende Mutter, die sich anscheinend für sie zerfranst, was aber nichts nützt, weil Bea ihr übel nimmt, dass sie nicht Paris Hilton sein kann.

Bea leidet unter Akne, sie besitzt dreitausend Cremes dagegen und schreit mit ihrer Mutter, weil keine davon hilft. Aus Rache lässt sie die Cremetiegel offen herumliegen, am liebsten auf den Radiatoren der Zentralheizung.

Bea besitzt eine Million Tops, die alle Scheiße sind, weswegen sie dringend was Neues braucht, nämlich ein Shirt von Tommy Hilfiger, das ihr ihre geizige Mutter aber nicht kaufen will. Also stürzt sich Bea auf ihren Kleiderschrank, wühlt darin wie eine Trüffelsau und holt Arme voll Klamotten heraus, die sie kreischend quer durchs Zimmer schleudert.

Beas Mutter, die ins Krankenhaus fahren soll, wo sie Nachtdienst als Ärztin hat, steht da, auf Nadeln, und fordert Bea auf, die Schlächterei zu beenden, aber Bea steigert sich immer mehr in ihre Wut und beginnt auf den herausgeschleuderten Kleidungsstücken herumzutrampeln.

Teresa räuspert sich. Hör zu, sagt sie zu Bea, als wäre die bei Trost, ich muss in einer halben Stunde weg. Vielleicht sollten wir jetzt Mathe machen.

Beas Mutter wirft Teresa einen verzagten Blick zu. Schon in einer halben Stunde?

Naja, sagt Teresa, ich bin vor einer halben Stunde gekommen.

Bea wirft sich schluchzend in den Kleiderhaufen. Ich habe Angst!, schreit sie.

Wovor?, fragt ihre Mutter.

Vor Mathe! Vor der Schule! Vor allem! Ich habe Angst, Angst, Angst!

Sofort kriegt ihre Mutter einen gehetzten Gesichtsausdruck. Bea weiß offensichtlich, wie sie mit der unglücklichen Frau verfahren muss. Erst Schlittenfahren mit ihr und dann, ehe sie anfängt sich zu wehren, umschwenken und behände auf der Klaviatur ihrer Besorgnis spielen.

Darüber müssen wir reden, sagt Beas Mutter hastig, nur nicht jetzt, du weißt, ich muss weg, aber ich verspreche dir –

Du hast nie Zeit! Du musst immer weg! Was glaubst du, warum ich schlecht bin in Mathe? Weil du nie da bist!

Als ihre Mutter gegangen ist, setzt sich Bea entspannt hin und fragt Teresa: Möchtest du auch eine Ovomaltine?

Nein.

Ich aber, sagt Bea, steht wieder auf und macht sich eine Tasse Ovomaltine in der Mikrowelle, während Teresa mit den Fingern auf die Tischplatte trommelt.

Komm jetzt, sagt sie.

Ja, gleich. Ich brauch das. Wenn mein Blutzucker absackt, kann ich mich nicht konzentrieren.

Wenn sie ihren Blutzucker einmal absacken ließe, hätte sie vielleicht weniger Pickel, doch Teresa hat keine Lust, ihr das zu sagen. Erstens fürchtet sie sich vor einem hysterischen Ausbruch und zweitens kommt sie drauf, dass sie ihr ihre Hautprobleme gönnt.

Weil ihr Beas Mutter Leid tut, will Teresa dann länger bleiben, damit sie wenigstens das Allernötigste üben können. Doch Bea ruckelt ungeduldig auf ihrem Stuhl. Hast du nicht gesagt, du musst gehen?

Ja, müsste ich, aber wir sind ja bis jetzt zu nichts gekommen.

Macht nichts. Lass dich nicht aufhalten.

Teresa schaut fragend. Bea grinst sie an.

In fünf Minuten beginnt *Malcolm mittendrin*, sagt sie. Das muss ich unbedingt sehen, darauf freu ich mich den ganzen Tag.

Hm. Verständlich. Teresa ist ebenfalls *Malcolm*-Fan. Wir könnten miteinander zuschauen und danach noch ein Beispiel rechnen, schlägt sie vor.

Ja, gute Idee!

Einträchtig sitzen sie vor der Glotze, doch als Teresa danach wieder zu den Mathesachen greift, nimmt Bea die Fernbedienung und schaltet weiter zur nächsten Sitcom.

Bea!

Ja, was ist? Unverwandt starrt sie auf den Bildschirm.

Wir wollten Mathe machen.

Du. Ich nicht.

Am liebsten würde sie ihr den Kopf unter die Dusche halten.

Statt dessen: Beherrschung. Okay. Dann nicht. Werd ich deiner Mutter eben sagen, dass das keinen Sinn hat mit uns.

Warum spielst du dich so auf?

Willst du durchfallen? Ich wüsst's nur gern.

Vielleicht.

Warum?

Warum nicht? Meine Mutter möchte, dass ich die Schule mache. Mich hat keiner gefragt.

Okay, ich frag dich.

Naja, ich weiß nicht. Keine Ahnung. Wozu soll dieser ganze Mathe-Krempel gut sein? Vielleicht will ich ja Köchin werden. Oder Friseurin.

Du meinst, Friseurlehrlinge können sich Tommy-Hilfiger-Shirts leisten und den ganzen Tag fernsehen?

Weißt du was, du hörst dich an wie meine Mutter. Ist ja ätzend.

Das ist es wirklich. Teresa kommt sich auf einmal unendlich alt und abgeklärt vor, was kein angenehmes Gefühl ist. Ihre Tätigkeit als Nachhilfelehrerin konfrontiert sie mit einer Population, die ihr wenig Identifizierungsmöglichkeiten bietet, mit der Spezies der verzogenen Fratzen, die Unlust und Indolenz, vielleicht auch tatsächliche Ängste und berechtigten Frust voll ausleben und in schulisches Versagen umsetzen können, etwas, das Teresa nie riskieren würde, weil sie weder als Friseurlehrling noch als Sophie enden will.

Benni sagt, irgendwas stimmt nicht mit unserem Schulsystem, wenn es so viele Nachhilfeschüler produziert. Kann sein. Trotzdem ist Teresa unserem Schulsystem nicht undankbar, wie käme sie sonst zu Taschengeld. Politisch gesehen muss man sich vielleicht eine Reform erhoffen, aber persönlich wünscht sie sich, dass die nicht zu früh kommt.

Und wie sehr sie Bea und Philipp gelegentlich auch verabscheut, ökonomisch betrachtet sind sie eine Notwendigkeit in ihrem Leben. So ist das, man muss sachlich bleiben.

19.

Teresa kommt geschafft von Bea nach Hause, es ist drei viertel acht. Abendessen ist vorüber, sagt Betty, aber im Kühlschrank steht was für dich, du kannst es dir in der Mikrowelle wärmen.

Teresa wärmt sich Spaghetti mit Thunfischsugo und setzt sich zum Essen in die Küche. Sie legt ihr aufgeschlagenes Biologiebuch neben den Teller, damit sie während des Essens für den morgigen Test lernen kann.

Am Abend wird der Faule fleißig, bemerkt Inge, die in die Küche kommt, um sich ein Glas Wasser zu holen.

Teresa antwortet nicht.

Ich verstehe nicht, wie du das aushältst!, sagt Inge, wieder im Wohnzimmer, zu Betty. Sie kommt und geht, wie sie will, und du hebst ihr auch noch was zu essen auf. Wo hat sie sich bis jetzt herumgetrieben?

Sie gibt Nachhilfestunden.

Nachhilfestunden! Ja, freilich! Hat das jemand nachgeprüft?

Wenn sie lügt, ist es ihr Schaden, erklärt Betty, dann hat sie kein Geld.

Sie berichtet vom Taschengeld-Entzug und erntet Zustimmung. Das wurde aber auch Zeit. Inge und Walter hätten an Bettys Stelle schon längst die Bremse gezogen.

Naja, Taschengeld ist an und für sich üblich, sagt Betty.

Du bist viel zu großzügig. Du willst sie nicht benachteiligen und deshalb bist du zu großzügig.

Walter sagt, dass er sowieso nicht begreift, wozu Jugendliche Taschengeld brauchen, schließlich werden sie mit allem Nötigen versorgt. Reicht das nicht?

Jetzt übertreibst du, Papi, sagt Betty lachend. Ich hab doch auch Taschengeld gekriegt. Und Carolina steckst du immer extra was zu.

Das ist was anderes, behauptet Inge kühl.

Walter poltert weiter. Der Konsumterror heutzutage, zum Beispiel dieser Unsinn, dass alle Handys haben müssen, schon Sechsjährige rennen mit einem Mobiltelefon herum, wohin soll das führen?

Mich beruhigt es aber, wenn ich mit Carolina in Verbindung bleiben kann, wendet Betty ein.

Das ist was anderes, erklärt Inge wieder.

Walter sagt, er persönlich würde sich nie von einem Handy versklaven lassen. Wer mich erreichen will, soll sich bemühen. Und wenn sich einer nicht bemüht, dann kann es nicht so wichtig sein.

Für wie kostbar hält sich Walter, dass er glaubt, man muss unermüdlich hinter ihm her telefonieren? Teresa braucht ein Handy, weil sie nicht erwartet, dass sich andere ein Bein ausreißen, um mit ihr in Kontakt zu bleiben. Teresa braucht ein Handy, weil sie ein soziales Wesen ist, das Geselligkeit nicht als Einbahnstraße versteht. Teresa hat Freundinnen und Freunde, die mit ihr telefonieren wollen. Walter braucht kein Handy, weil sowieso niemand mit ihm reden will. Das steckt dahinter.

Im übrigen sind Inge und Walter angetreten, eine häusliche Katastrophe mit Betty zu besprechen: Anna kommt nicht mehr. Nachdem Betty ihr mühsam das Nötigste beigebracht hat, besitzt sie die Unverschämtheit, auf einen Arbeitsplatz zu wechseln, wo sie für fünfmal Putzen auch fünfmal bezahlt wird.

Diese Leute kennen keine Dankbarkeit, sagt Inge, aber

mach dir nicht draus, es wird ihr kein Glück bringen. Wahrscheinlich fliegt sie bald wieder hochkantig raus, dort, wo sie jetzt ist. Ich glaube nicht, dass noch jemand so geduldig ist wie du.

Ich verstehe das nicht, sagt Betty. Wieso meint sie, dass sie mir das Messer ansetzen kann? Sie weiß doch, dass ich es mir nicht leisten kann, ihr mehr zu zahlen.

In Bettys Mikrokosmos kreist alles um Bettys Bedürfnisse. Unerhört, dass Anna nicht von der Überlegung gelenkt wird, was Betty sich leisten kann. Anna will sich selber was leisten und findet daher, sie kann es sich nicht leisten, zu Dumpingpreisen zu putzen. Das ist unverschämt. Und weil dadurch die Gesetze von Bettys Mikrokosmos außer Kraft gesetzt werden, kommt das Ganze einem Weltuntergang gleich.

Mach dir nichts draus, sagt Inge erneut und verspricht, dass sie sich umhören wird. Ihre Freundinnen haben alle sehr zuverlässige Bedienerinnen, vielleicht hat eine von denen noch freie Kapazitäten.

Anna war sowieso viel zu langsam. Anna hat sowieso viel zu wenig weitergebracht. In der vielen Zeit, die sie hier war, müsste sie viel mehr geleistet haben.

Dass Betty die viele Zeit gar nicht zur Gänze gezahlt hat, und dass sie die Zeit, die sie zahlte, schlecht bezahlt hat, spielt keine Rolle.

Inge weiß, was in welcher Zeit geleistet werden kann. Sie kennt Bedienerinnen, die kommen alle vierzehn Tage nur vier Stunden, aber in diesen vier Stunden putzen sie ein ganzes Haus samt allen Fenstern, bügeln Berge von Wäsche und nehmen sogar regelmäßig die Vorhänge herunter. Das sind ordentliche Kräfte! So eine müsste Betty erwischen.

Betty reagiert säuerlich. Sie will gar keine Putze, die nur alle vierzehn Tage kommt, zu Bettys Vorstellung von sich gehört, dass sie möglichst oft über eine allzeit bereite Anna verfügt (nur dass diese Anna eine Ausbildung zum Butler hätte, wenn sie wirklich ganz nach Bettys Geschmack wäre). So lange hat sie sich vergeblich nach einem Au-pair gesehnt, und dann kriegte sie Anna, die mehr Stunden gearbeitet hat als ein Au-pair und trotzdem keine Unterkunft brauchte, das war endlich eine gerechte Entschädigung für die Durststrecke davor, und jetzt soll alles wieder vorbei sein?

Woher Inge weiß, was in welcher Zeit getan werden kann, ist nebenbei gesagt schleierhaft, denn Inge hat noch nie ein ganzes Haus geputzt, und wenn sie ein paar ihrer Blusen bügelt, dann braucht sie allein dafür den ganzen Nachmittag. (Sie erzählt es nachher seufzend, so, als habe sie drei Tage Kohlen geschaufelt.) Aber, naja, gerade deswegen versteht sie es, Ansprüche zu stellen. Zeitvorgaben machen am besten diejenigen, die nicht durch eigene Arbeitserfahrungen in ihren Überlegungen zur Effizienzoptimierung gebremst werden.

Oma, die besser wissen müsste, was man in welcher Zeit schaffen kann, stieß übrigens von Anfang an in Inges Horn. Auch ihr konnte Anna gar nicht genug leisten. Oma genoss es, zur Abwechslung auf der Ausbeuterseite zu stehen.

Hast du gesehen, wie es hinter dem Schuhregal aussieht? Da wischt sie nie hervor.

Was ist mit den Heizkörpern? Die gehören abgewaschen.

Wieso nimmt sie nicht endlich einmal das Besteck heraus und poliert es?

Gerade weil Oma ihr Leben lang selber geputzt und gewischt und gebügelt hat, legt sie die Latte besonders hoch. Oma hat sich nicht geschont, warum soll sie andere schonen? Retrospektiv strahlt Omas geleistetes Arbeitspensum in der Gloriole vollbrachter Wunder, Oma präsentiert sich als lebende Legende, einerseits; andererseits aber auch als Maßstab für Erreichbares. Was sie ihrer Erinnerung nach zusammengebracht hat, hat eine Anna gefälligst gleichfalls zusammenzubringen, das geht schon, wenn man sich anstrengt, geht alles.

Und nun hat sich Anna dem Kommando, den Kontrollen und der üblen Nachrede einfach entzogen. Soll man das so einfach auf sich beruhen lassen?

Hat sie eigentlich eine Aufenthaltsgenehmigung?, fragt Oma.

Braucht sie nicht. Die Slowakei gehört zur EU.

Aber eine Arbeitserlaubnis, hat sie die?

Naja, weißt du, sie war hier nicht regulär beschäftigt, mit Anmeldung und so.

Ja, ja, ich weiß. Ich rede von den Neuen, haben die sie angemeldet?

Ach so – so meint Oma das. Einen Augenblick lang glitzern Bettys Augen. Dann wehrt sie ab. Sie zeigt doch niemanden an. Also wirklich nicht.

So hält die Dienstleistungsgesellschaft ganz unterschiedliche Perspektiven parat. Teresas Blickwinkel ist mehr der von Anna als der von Oma oder Betty, kein Wunder, sie treibt sich ja seit kurzem in der Sektion der Anbieterinnen herum.

Immerhin: Wäre Betty eine wirklich böse Stief, dann hieße es für Teresa ab morgen, die schlechten ins Kröpfchen und so weiter. Stattdessen darf sie aus dem Haus und Bildung erwerben. Wenn das nicht anständig ist.

20.

Bei Serdar sind Verwandte zu Besuch, ein Onkel mit seiner Frau. Die zwei sind deutlich älter als Serdars Eltern und wirken streng, nicht so weltläufig wie Serdars Vater und Mutter, was nicht nur daran liegt, dass die Tante einen Hijab trägt.

Der Onkel hat den Vorsitz inne beim Tee mit der Familie (und mit Teresa, notgedrungen), er knackt Pistazien und ereifert sich über die Dekadenz säkularer Gesellschaften. Scheidungen, zerbrochene Familien, überforderte Mütter, einsame Menschen.

Wir, sagt Serdars Onkel, schieben unsere Alten nicht ab, wir behalten sie daheim, wir kümmern uns um sie.

Serdars schöne Mutter, die in Paris studiert hat, sitzt da, in ihrem Seidenkostüm, und rührt lächelnd in ihrer Tasse.

Teresa denkt sich, dass keine der hier anwesenden Personen jemals in die Verlegenheit kommen wird, einem alten Familienmitglied eigenhändig den Hintern putzen zu müssen.

Single-Haushalte, sagt Serdars Onkel verächtlich, wenn ich das schon höre, was soll das sein, ein Single-Haushalt? Ein Haushalt besteht nicht aus einem einzigen Menschen, in einem Haushalt lebt man zusammen, man wohnt und isst miteinander, man lacht und und weint miteinander. Mit wem soll ein Single-Mensch essen und lachen?

Mit seinen Freunden?, schlägt Teresa vor.

Alle schauen erschrocken, bestimmt hat der Onkel seine rhetorische Frage nicht ausgerechnet an Teresa gerichtet.

Er bleibt jedoch im mentalen Gleichgewicht. Ganz recht, junge Dame, sagt er, der Mensch braucht Freunde, und wo könnte er bessere Freunde finden als unter denen, in deren Adern das gleiche Blut fließt wie in seinen?

Teresa hätte allerlei Vorschläge parat, behält sie jedoch für sich, zur Erleichterung der übrigen Anwesenden, die schon besorgt geschaut haben.

Danach geht sie mit Serdar in sein Studierzimmer, der Onkel blickt ihnen irritiert nach. Sicher weiß er jetzt nicht, was er von Teresa zu halten hat, wo sie doch eigentlich ganz manierlich aussieht und nicht wie eine, die düstere Vorurteile über gottlose Mädchen bestätigt.

Serdars Eltern dulden die Freundschaft zwischen Teresa und ihrem Sohn, ohne groß zu fragen oder sich einzumischen. Bisher nahm Teresa an, das liege an ihrer liberalen Einstellung. Nun kommt ihr zum ersten Mal der Verdacht, dass ihnen möglicherweise bloß gleichgültig ist, was Serdar und sie miteinander treiben, weil auch sie ihnen einfach gleichgültig ist und nichts, was zwischen ihr und Serdar geschieht, Serdar in den Augen seiner Eltern Schaden zufügen kann.

Also, ganz Unrecht hat er nicht, sagt Serdar in seinem Zimmer.

Womit?

Zu viel Freiheit macht Probleme, da ist was dran.

Sagte der Sklavenhändler oder was?

Denk doch nur an deinen Ärger mit Edwin.

Was meinst du? Wenn mein Vater mich einsperren würde, wäre ich sicher vor ihm?

Es würde gar keinen Edwin geben, wenn deine Eltern zusammenbleiben hätten müssen.

Aber vielleicht würde es einen guten Onkel geben, der mir an die Wäsche ginge. Hast du daran schon gedacht?

Jedenfalls stimmt das mit der Einsamkeit, sagt Serdar. Warum sind alle Singles auf Partnersuche? Dreimal darfst du raten.

Wenn ich deine Tante wäre, sagt Teresa, käme ich mir verdammt einsam vor neben einem, der die ganze Zeit nur vor sich hin monologisiert.

Sie erwartet, dass er in die Luft gehen wird, doch zu ihrer Überraschung lacht er.

Wenig später sagt er, er sei, was ihn angehe, zu dem Schluss gekommen, dass er ein Mädchen aus seiner Heimat heiraten wird, später einmal, wenn er eine Familie gründet. Oder eine Südeuropäerin. Jedenfalls keine von hier.

Heimat! Du bist doch hier viel mehr daheim als in deiner *Heimat*.

Manchmal. Manchmal nicht.

Erklärst du mir, was du mir eigentlich sagen willst?

Nichts Besonderes. Nur, dass er die traditionellen Werte doch nicht so schlecht findet, bei näherer Überlegung und für ihn gesprochen, das heißt, für sein zukünftiges Leben. Er wird ein Mädchen aus guter Familie heiraten, wenn es einmal so weit ist, eine, die dazu erzogen wurde, eine gute Ehefrau und Mutter zu sein, mit der wird er Kinder haben, und sie wird loyal sein, ihn nie in Frage stellen, den Haushalt gut führen und die Kinder ordentlich erziehen.

Ist das dein Ernst?

Ja, warum nicht? Ich überlege mir, was gut für mich ist. Das ist mein gutes Recht. Jeder tut das. Du überlegst dir, was gut für dich ist, und wenn du es kriegen kannst, nimmst du es.

Du meinst, eine wie, sagen wir, wie ich, wäre nicht gut für dich?

Nein. Du bist anstrengend.

Dafür würde ich selber Geld verdienen. Du müsstest du mich nicht erhalten.

Meine spätere Frau werde ich auch nicht erhalten müssen.

Wenn sie aus einer Familie kommt, die zu meiner passt, hat sie selber Geld.

Und was ist mit klugen Gesprächen?

Ich habe nicht gesagt, dass sie dumm sein soll. Mädchen aus guten Familien sind gebildet. Aber eine wie du, die denkt immer an sich. Ich will eine, die immer an mich denkt.

Du bist ein ekelhafter Pascha!

Ja, und? Du wärst auch einer, wenn du die Chance dazu hättest. Und soll ich dir was sagen? Alle denken so wie ich. Ich bin bloß ehrlich. Die meisten trauen sich nur nicht. Was glaubst du, warum Lukas mit keiner von euch zusammen ist?

Weiß nicht. Vielleicht, weil keine von uns mit ihm zusammen sein möchte?

O nein, sondern weil er eine braucht, die ihm ergriffen zuhört, wenn er endlos schwafelt. Du wirst sagen, sie döst bloß, was ich auch glaube, aber er denkt, sie bewundert ihn, und das braucht er.

Hm. Lukas hat zu lange Arme, einen riesigen Adamsapfel und Aknenarben. Er liest täglich vier Qualitätszeitungen und zitiert gnadenlos daraus. Er ist kritisch politisch und radikal demokratisch. Seit einem halben Jahr hat er eine fixe Freundin. Die Schnecke geht ihm knapp bis unters Kinn, trägt künstlich verlängerte Fingernägel und studiert auf Kosmetikerin. Teresa ist bis jetzt davon ausgegangen, dass er keine große Auswahl hatte.

Auf ihren Vorschlag, sie zu deflorieren, reagiert Serdar erstaunlicherweise mit wilder Entrüstung.

Weißt du, was das ist? Das ist krank!

Wieso? Zuerst sagt er dauernd, es sei nicht normal, dass sie keinen Sex hat, und jetzt sträubt er sich, als wäre er die Jungfrau von ihnen beiden.

Merkst du nicht, dass du mich beleidigst? Du willst Sex mit mir haben, damit du Sex mit einem anderen Mann haben kannst!

Na und? Da er sie weder liebt noch jemals heiraten würde, kann es ihm doch scheißegal sein, in wen sie verliebt ist und mit wem sie Sex hat.

Richtig. Es ist mir scheißegal, solange es nicht mit mir ist. Hab Sex mit wem du willst, aber nicht mit mir.

Sie schweigen einander wütend an.

Was ist dieser Typ überhaupt für ein Arschloch?, fragt Serdar schließlich. Was heißt das, er will nur mit dir schlafen, wenn du nicht mehr Jungfrau bist? Hast du das nötig? Das ist doch das Letzte.

Nein, das Letzte sind diejenigen, für die es unbedingt eine Jungfrau sein muss.

So wie es aussieht, sind die bloß das Vorletzte.

Ach was, gleich wirst du mir sagen, dass deine zukünftige Ehefrau unberührt in die Ehe gehen muss. Traditionelle Werte, oder?

Hör auf, das geht dich gar nichts an!

Sie trennen sich in Unfrieden. Vielleicht hätte sie ihm was vorspielen und versuchen sollen, ihn einfach herumzukriegen. Aber sie wollte ehrlich zu ihm sein. Das hat sie jetzt davon.

21.

Carolina hat angefangen, ihre Klamotten-Gutscheine einzulösen. Es zeigt sich, dass sie auch dünn geworden kein Talent an den Tag legt, sich halbwegs hip zu stylen. Die Hosen, die sie kauft, sitzen so, wie Hosen gerade nicht sitzen sollen, die Minis, die sie sich zulegt, sind zu lang, sie steht auf öde Farben und fade Muster. Wenn sie einmal zwei flotte Einzelteile erwischt, dann kombiniert sie sie miteinander, obwohl sie zusammen furchtbar ausschauen. Es ist erstaunlich, wie sie unter all dem tragbaren Krempel immer wieder was findet, was man nur anziehen sollte, wenn man dringend Miss Mauerblümchen werden möchte.

Inge sagt, Carolina hat einen klassischen Geschmack, aus ihr wird einmal eine elegante Erscheinung.

Es ist natürlich nicht auszuschließen, dass Carolinas Kleidungsstil als elegant gilt, wenn sie dereinst 75 ist, Teresa hat aber ihre Zweifel. Auch alte Weiber lehnen heutzutage schon Altweibermuster ab, warum sollte sich das geändert haben, sobald Carolina alt ist?

Trotzdem empfindet sie sowas wie eine freudige Ahnung, als Carolina eines Tages heimkommt, *Fang*! zu ihr sagt und ihr eine Papiertragetasche zuwirft. Teresa schaut fragend.

Für dich, sagt Carolina.

Warum?

So halt. Ein Mitbringsel.

Teresa öffnet den Papiersack und fischt einen Pullover heraus.

So einen wolltest du doch, sagt Carolina.

Teresa wollte so einen ähnlichen Pulli, ja, aber nicht den da, mit rundem Ausschnitt und in diesem Erbsengrün. Doch das sagt sie nicht, stattdessen grinst sie Carolina freudig an: He, das ist echt nett von dir.

Ich weiß, erwidert Carolina. Dann dreht sie sich um und verschwindet ins Bad, um sich vom Staub der Stadt zu säubern.

Teresa zieht den Erbsengrünen am nächsten Morgen an und geht damit in die Schule. Als Jennys prüfender Blick sie trifft, sagt sie lässig: Ein Geschenk von meiner kleinen Schwester. Ist das nicht süß?

Natürlich ist Carolina keineswegs hundertpro repariert. Rückfälle seien immer möglich, warnt die Therapeutin. Carolina ist nach wie vor zu dünn, und ihr psychisches Gleichgewicht ist labil. Zudem ist sie eine *zwanghafte Persönlichkeit*, sowas ändert sich nicht mit ein paar Sitzungen. Sie könnte durchaus wieder eine Essstörung entwickeln, oder andere Ticks.

Teresa will ja nicht unken, aber ein Waschzwang ist ihrer Meinung nach jederzeit drin. Carolina schrubbt seit kurzem ständig ihre Hände, manchmal gleich wieder nach dem Abtrocknen. Außerdem putzt sie mindestens sechsmal am Tag ihre Zähne, was vom zahnärztlichen Standpunkt aus vielleicht lobenswert, aber trotzdem ungewöhnlich ist.

Andererseits hat Teresa sie früher nicht so aufmerksam beobachtet. Möglicherweise kommt ihr neuerdings alles verdächtig vor, auch wenn es ganz harmlos ist.

Nichts ist ausgestanden. Nichts wird jemals ausgestanden sein. Du denkst dir, einmal wirst du dir dein Leben zurechtgebastelt haben und ab dann wird alles perfekt laufen, so wie du immer wolltest, dass es läuft, sagt Nora, aber das ist ein Irrtum. Irgendwann einmal wirst du dir denken, jetzt passt alles, hast du dir immer gedacht, aber nie wird dieser Zeitpunkt kommen, das muss dir klar sein.

Betty schnieft.

Wenn ich einmal zu zweit bin, hast du dir vielleicht ausgemalt, sagt Nora, wenn ich einmal den Richtigen gefunden habe, wenn ich Kinder habe, wenn ich einmal Kinder mit dem Richtigen habe … Soll ich dir was verraten? Es gibt keine Ruhepause, in der man sich erreichtem Glück hingeben kann.

Ich weiß, sagt Betty und putzt sich die Nase. Nicht einmal zu einem Geländewagen langt es.

Nora lacht.

So kleinkarierte Träume und trotzdem unerfüllbar.

Und Steffi kriegt keinen Hund. Weiß man, was das noch zur Folge haben wird?

Teresa sitzt in der Schule, in ihrem erbsengrünen Pullover, als sie das neueste Gerücht hört: Uli und die Deutsch-Tussi.

Ausgerechnet!

Alle Mädels finden, dass er sich damit total disqualifiziert. Die Deutsch-Tussi, diese quietschige Maus mit ihrem dünnen Geplapper und den fettigen Haaren! Wenn er sich freiwillig mit der paart, muss er ein Vollkoffer sein.

Alle Burschen finden, dass aus den Mädels nur der blanke Neid spricht, die Deutsch-Tussi ist zwar nicht gerade eine Traumfrau, aber ganz herzig, wie ein zerzaustes Eichhörnchen, und dass sie fettige Haare hat, ist eine böswillige Verleumdung.

Sara schwört, dass sie die Deutsch-Tussi noch nie anders als mit strähnigen Zotteln gesehen hat.

Die Burschen lachen mitleidig.

Serdar wirft Teresa herausfordernde, triumphierende Blicke zu, als sei das neueste Gerücht eine Bestätigung aller abfälligen Urteile, die er jemals über Uli abgegeben hat, mischt sich aber in die Debatte nicht ein.

Teresa sitzt da und überlegt, was dem Wolf im Märchen mehr Übelkeit verursacht haben mag, der Bauch voller Geißlein oder der Bauch voller Wackersteine.

So ist das, wenn du dich verliebst. Keinen Augenblick bist du gefeit davor, verraten und ausgetauscht zu werden. Ständig hast du was zu verlieren. Immer kann eine auftauchen, die spannender, begehrenswerter, vielleicht auch nur passender ist, weil sie das entsprechende Alter und die erwünschte Vorgeschichte hat. Steck dir deine Wut an den Hut. Was willst du ihm vorwerfen? Er hat sich zu nichts verpflichtet. Was willst du ihr vorwerfen? Sie ist dir nichts schuldig.

Wut und Missgunst sind peinlich. Du musst darüber stehen, dir nichts anmerken lassen, ihm und ihr Glück wünschen, das ist souverän.

Die Liebe liebt das Wandern, Gott hat sie so gemacht.
Von einem zu dem andern, Fein Liebchen, gute Nacht.

Wenn Teresa Betty auf die Palme bringen will, übt sie Schubert-Lieder auf dem Klavier, sie malträtiert das Piano und Bettys Ohren, indem sie beharrlich danebengreift, absichtlich, mit lauten Dissonanzen rächt sie sich an Betty und der Welt.

Betty sagt, sie *liebt* Schubert, deshalb tut es ihr so weh, wenn Teresa ihn so falsch spielt. Teresa liebt Schubert auch, deswegen verwendet sie ihn als ihren Verbündeten im Kampf gegen Betty und die Welt, Schubert ist auf ihrer Seite, da kann Betty gar nichts dagegen machen.

In Zukunft wird sich Teresa von der Liebe fernhalten. Ultracool und eiskalt wird sie sein, unangreifbar und unverletzlich. Schön blöd, wer sich der Liebe ausliefert. Schnallt das eigentlich niemand?

Nichts ist jemals ausgestanden, und eines Tages bist du vielleicht alt, wie Omi und Opi, und deine Rechnungen sind nicht aufgegangen, so wie Nora es beschreibt, und du weißt, dir bleibt keine Zeit mehr, was zu ändern.

Teresa ist bei den Alten, zuerst machen sie eine Weile Konversation, alle drei, vorsichtig reden sie um jeden Brei herum, der heiß sein könnte, bis Opi plötzlich fragt: Also, wie war das mit Venedig?

Teresa erzählt flink eine entschärfte Version, derzufolge sie von einer Art touristischer Neugier in die Ferne getrieben wurde. Sie lässt es so aussehen, als habe es daheim dann ein harmloses Theaterdonnerwetter gesetzt, und nun sei alles vergeben und vergessen.

Dein Vater und seine Frau haben sich Sorgen gemacht, sagt Opi.

Ja, ich weiß, tut mir Leid.

Warum wolltest du denn nicht mit deiner Mutter nach Ungarn fahren?

Ich weiß nicht mehr. Aus keinem besonderen Grund.

Dieser Edwin … Ist er nicht nett zu dir? fragt Omi.

Doch, doch. Teresa macht ein unbefangenes Gesicht.

Omi will weiterfragen, aber Teresa kommt ihr schnell zuvor: Wer hat es euch überhaupt erzählt?

Betty, sagt Omi. Teresa hat den Eindruck, dass ihre Stimme ein bisschen zittert.

Hat sie sich aufgepudelt? Mühsam beherrscht stellt sie die Frage, bei der Vorstellung, wie Betty die Alten bedrängt haben könnte, wird ihr heiß vor Zorn.

Sie hat sich eben Sorgen gemacht, wiederholt Opi.

Sie ist eine blöde Kuh, sagt Teresa wütend.

Omi öffnet den Mund, aber Opi bringt sie zum Schweigen, indem er seine Hand auf ihre legt.

Möchtest du noch Kakao?, fragt Omi dann.

Als Teresa bejaht, gehen sie in die Küche, wo Omi den Wasserkessel füllt und auf den Gasherd stellt. Teresa schaut ihr ein wenig verblüfft zu, dann sagt sie: Omi, du wolltest Kakao machen.

Wie? Omi fährt wie aus Gedanken hoch und greift sich an den Kopf. Ach ja. Sie dreht die Gasflamme ab. Danach blickt sie suchend um sich. Sie entdeckt die Kakaobüchse, löffelt Pulver in Teresas Tasse, greift nach dem Wasserkessel und schüttet kaltes Wasser darauf.

Teresa blickt engeistert in die Tasse. Omi, sagt sie vorsichtig, Kakao macht man doch mit heißer Milch.

Omi starrt sie verwirrt an. Entschuldige! Sie reißt Teresa die Tasse aus der Hand, Kakaowasser schwappt auf Teresa, und die Tasse, die Omi entglitten ist, zerschellt auf dem Boden.

Omi bricht in Tränen aus.

Omi! Nicht weinen! Das ist doch nicht schlimm!

Teresa weiß nicht, ob sie zuerst ihre Großmutter tröstend an sich ziehen oder die Scherben aufheben soll. Zum Glück kommt Opi in die Küche. Beschwichtigend klopft er Omi auf den Rücken wie einem Baby.

Ist ja gut! Ist ja nichts passiert!

Ich bin ein alter Trottel, schluchzt Omi. Ich bin zu blöd, um Kakao zu machen.

Eine eisige Hand verkrallt sich in Teresas Eingeweiden.

Unsinn, sagt Opi, doch Omi lässt sich nicht beruhigen. Was hab ich nur falsch gemacht, was? Ich zermartere mir den Kopf, weißt du.

Ich weiß, sagt Opi.

Ich verstehe sie nicht. Ich habe sie nie verstanden. Wenn wir jünger wären, dann könnte ich noch was tun.

Ja, sagt Opi.

Teresa schaut beide ratlos an. Omi holt mit einem zitternden Schluchzer Luft, wischt sich übers Gesicht und sagt zu ihr: Wenn ich jung genug wäre, würde ich dich zu uns nehmen. Aber so … Ich brauch ja selber bald ein Kindermädchen.

Opi macht ein unglückliches Gesicht.

Es geht mir gut, sagt Teresa. Du musst dir keine Sorgen machen. Ehrlich.

Vielleicht, sagt Omi mehr zu sich als zu Teresa, vielleicht kommt sie mit diesem Edwin zur Ruhe. Das wäre gut für dich.

Opi räuspert sich. Übrigens, erklärt er dann mit falscher Munterkeit, deine Tante Gabi will uns besuchen. Das ist doch eine schöne Neuigkeit, oder?

22.

Als Tante Gabi das letzte Mal hier war, kam sie in Begleitung einer Freundin, Christa. Christas dunkelrote Mähne war schlampig hochgesteckt, in regelmäßigen Abständen rutschten die Kämme heraus, die ihre Haare auf dem Oberkopf fixieren sollten, und fransige Strähnen fielen ihr bis auf die Schultern, worauf sie sie erneut zu erbärmlich baufälligen Nestern zusammenwurschtelte.

Sie trug wallende Gewänder und ein markerschütterndes Selbstbewusstsein zur Schau, das sie dazu trieb, mit wahlkämpferisch lauter Stimme zu dozieren. Christa war in den Siebzigern in den USA unterwegs gewesen, sie kannte sich aus mit bewusstseinserweiternden Drogen (sagte sie jedenfalls) und hatte möglicherweise nicht ganz mitbekommen, dass die Siebziger weit in die Nebel der Vergangenheit abgedriftet waren. Sie näherte sich Teresa als eine wenn schon nicht Vertreterin, so doch vermeintlich profunde Kennerin der Jugendszene. Allerdings musste sie zu ihrer Enttäuschung feststellen, dass Teresa nicht wirklich jung war, denn ihre Behauptungen hielten Christas Fachwissen in geradezu spektakulärer Weise nicht stand, was freilich auch damit zu tun haben konnte, dass die hiesige Jugendszene, wie Christa schnell herausgefunden hatte, insgesamt erschreckend alt war.

Gabi und Christa waren Kolleginnen an der Universität, allerdings in verschiedenen Fachbereichen, und das erklärte, dass Tante Gabi Christa für bewundernswert kompetent hielt.

Die beiden hatten Teresa am Schultor erwartet und gingen mit ihr essen. Noch im Restaurant konnte sich Christa nicht erholen vom Anblick, den Teresas Mitschülerinnen und

Mitschüler geboten hatten. Alle so brav, so unauffällig, so angepasst. Christa sagte *angepasst* wie eine Bezeichnung für etwas besonders Undelikates. Jugend hatte rebellisch zu sein. In anderen Großstädten protestierten Jugendliche durch Piercings, Tattoos und grüne Haare. In anderen Großstädten gaben sie ihrem Unmut Ausdruck, indem sie Graffiti auf Mauern sprühten. Hier – sie war gerade mit Gabi in der Innenstadt gewesen –: lauter erschreckend unbefleckte Fassaden.

Sollte Teresa dieser Sozialwissenschaftlerin erklären, dass Vandalismus eine Frage der Schichtzugehörigkeit und des Wohnviertels war, ebenso wie Outfits, Frisuren und Schmuck? Und wer hielt eigentlich Piercings und Tattoos noch für einen Protest?

Hier ist alles so *museal*!, sagte Christa zu Tante Gabi. Das war scharf: Eine, die selber aussah wie aus dem Museum, wollte wissen, was zeitgemäß war und was nicht.

Du bist hier in der falschen Gegend für Piercings und Graffiti, sagte Teresa, nachdem von Tante Gabi keinerlei Einwand kam. (Sie warf ihr einen um Unterstützung bittenden Blick zu, aber Gabi reagierte nicht, vielleicht wusste sie nicht mehr, was den Achtzehnten von Bezirken wie dem Einundzwanzigsten unterschied.)

Aber das meine ich doch!, rief Christa mit mokantem Lächeln. Die Gegend, die ganze Stadt – kein Pep, kein Aufruhr! Du zum Beispiel, hast du nie daran gedacht, dir wenigstens, sagen wir mal, einen Irokesenschnitt machen zu lassen?

Teresa blieb fast der Mund offen stehen. Dann sagte sie: Irokese ist out.

Wer legt das fest?, fragte Christa.

Das ist einfach so.

Christa lehnte sich vor. Du beugst dich also einem bestimmten Konsumdiktat?

Naja, jedenfalls beuge ich mich nicht dem Diktat Irokese, sagte Teresa.

Du behauptest doch, Irokese ist out? Dann kann er nicht gleichzeitig ein Diktat sein.

Aber Protest ist er auch keiner.

Willst du denn überhaupt protestieren?

Wogegen?

Das müsstest *du* wissen.

Tante Gabi mischte sich ein. Hör auf, Christa. Sie hat es nicht ganz leicht zu Hause.

Aber Christa war nicht zu bremsen. Wir haben es alle nicht leicht. Deswegen protestiert man ja. Gegen ideale Verhältnisse müsste man nicht protestieren. Mut, Zivilcourage, darum geht es.

Ich sehe nicht, was Zivilcourage mit Tattoos zu tun hat, sagte Teresa mutig.

Christa lachte auf. Aha, du fühlst dich angegriffen, weil du kein Tattoo hast. Oder hast du eins?

Nein.

Und warum nicht?

Hepatitisgefahr.

Wer sagt das?

Meine Mutter. Sie bemerkte Gabis erstaunten Blick und verbesserte sich: meine Stiefmutter.

Und das schluckst du so einfach, ja?

Wieder ging Gabi dazwischen. Mach einen Punkt, Christa. Was soll sie denn tun?

Was sie tun soll? Unbequem sein. Nicht alles hinnehmen. Selber entscheiden und machen, was sie für richtig hält.

Teresa presste die Lippen aufeinander. Dann sagte sie: Ich will aber kein Tattoo.

Christa schoss einen triumphierenden Blick zu Gabi.

Siehst du. Das ist es, was ich meine. Vorauseilender Gehorsam. Kein Mumm.

Teresa telefoniert mit Gabi. Du kommst her?

Ja, stell dir vor, antwortet Gabi, es hat sich überraschend so ergeben. Wir müssen uns unbedingt sehen!

Sie nehme an einem Symposion teil, erzählt sie. Nachher wolle sie ein paar Tage Urlaub anhängen. Onkel Rudolf sei jetzt in einem Pflegeheim untergebracht, sie habe die Betreuung einfach nicht mehr geschafft.

Kommt deine Freundin wieder mit, Christa?

Nein, das ist ein Wirtschaftssymposion. Wieso?

Nur so.

Du mochtest sie nicht, gell?

Nicht sehr.

Schade. Dabei hab ich sie damals mitgenommen zu unserem Essen, weil sie einen guten Draht hat zu jungen Menschen, normalerweise.

Glaubt *sie.*

Sei nicht ungerecht, Teresa. Nicht alle jungen Menschen sind wie du.

Kann sein, aber wie Christa schon gar nicht, denkt Teresa, sagt es jedoch nicht.

Gabi will wissen, wie es Omi und Opi geht.

Ich glaube, sie freuen sich sehr, dass du kommst.

Ja, ich weiß. Tut mir ja Leid, dass ich so weit weg bin. Versprich mir, dass du dich um sie kümmerst.

Sowieso.

Keine Frage, dass Teresa die Alten weiterhin besuchen wird. Aber was soll sie eigentlich unternehmen, sobald es mit Besuchen allein nicht mehr getan ist? Delegiert Gabi allen Ernstes ihre Sorge um die Alten an ihre minderjährige

Nichte? Und hat man eigentlich was von ihrer Schwester gehört, die viel geeigneter sein müsste, damit betraut zu werden, wenn sie nicht wäre, wie sie ist, und wenn man sie nicht sein ließe, wie sie ist?

Weißt du übrigens, wann Sophie heiratet?, fragt Tante Gabi.

Nein.

Sophie hat sich nicht mehr gemeldet, seit Teresa den Ausflug nach Ungarn verweigert hat. Ebenso ist Edwin von jeglicher Bildfläche verschwunden. Wie es scheint, hat Teresa Betty erfolgreich gegen ihn aufgebracht, denn andernfalls wäre sie längst zu einem Kniefall vor ihm verdonnert worden. So aber: kein Wort mehr.

Bestens, einerseits. Andererseits beschissen, dass mit Edwin auch Sophie wieder einmal verschollen ist. Klebt sie an ihm fest? Teilen sie sich siamesisch ein wichtiges Organ, weil sie ohne ihn nicht aufkreuzen kann?

Ach, was, ich werd den Termin schon noch rechtzeitig erfahren, sagt Tante Gabi.

Teresas Herz liegt schwer in ihrer Brust. Man kann ja wirklich nicht behaupten, dass Sophie sie jemals mit Zuwendung verwöhnt hätte. Aber wenn sie einmal mit Edwin verheiratet ist, dann ist sie mit amtlicher Bestätigung endgültig für sie gestorben.

23.

Bennis Vater wird wieder Vater. Plötzlich ist Benni mit einer 21-jährigen schwangeren Stiefmutter konfrontiert, die in super sexy Umstandsklamotten herumhopst (bauchfrei, damit das künftige Kind pränatal bewundert werden kann) und das Konto seines Vaters einschmilzt, um unglaubliche Mengen von kostspieligem Babykrempel der Sorte Hip und Hurra zu erstehen. Sein Vater, der alte Depp, lässt sich in Geburtsvorbereitungskurse schleppen, wo er im Duett hecheln lernt. Wenn Benni seinen Vater besucht, trifft er auf kichernde Mädels, die Freundinnen der jungen Mutter in spe, die dort tageweise abhängen, Red Bull in sich hineinschütten und Vornamenbücher wälzen, weil noch immer nicht feststeht, wie der neue Ableger heißen soll.

Nicht genug damit, muss Benni jetzt auch sein Zimmer räumen. Die junge Mutter hat es zum einzig möglichen Kinderzimmer erklärt. Und weil Benni den Raum ja nur zeitweilig benützt, während das Baby ständig im Haus wohnen wird, wäre es Verschwendung, wenn er weiterhin für Benni reserviert bliebe.

Benni soll in ein Zimmer neben dem Fitnesskeller übersiedeln, Basement zwar, aber mit großen Fenstern (deren Unterkante immerhin gut einen halben Meter über dem Erdboden liegt) und total gemütlich, wenn man es ein bisschen herrichtet. Sagt die jugendliche Stiefmutter.

Von Benni wird erwartet, dass er dem freudigen Ereignis ebenso entgegensieht. Die Schwangere wollte ihn sogar als Taufpaten anheuern. Als er sie fragte, ob sie schon mal was von einer jüdischen Taufe gehört habe, machte sie runde Augen.

Tatsächlich ist Benni konfessionslos, wie auch sein Vater, aber dass die dumme Nuss vollkommen ahnungslos war in puncto Familiengeschichte, versetzte ihn in gelindes Erstaunen.

Er sprach seinen Vater darauf an und erfuhr zu seiner noch größeren Verblüffung, dass der sich einverstanden erklärt hatte mit einer katholischen Taufzeremonie fürs neue Kind.

Yvonnes Eltern haben eine imaginäre Berliner Mauer in ihrem Haus errichtet, die auch Yvonne und ihre Geschwister dazu zwingt, sich für die eine oder die andere Seite zu entscheiden. Die Eltern verlangen es nicht. Aber auf die Dauer ist es schwer, Loyalität gerecht aufzuteilen, zumal man den Konflikt, ob man will oder nicht, moralisch bewertet. Und sich überdies überlegt, wer von den beiden die Loyalität nötiger hat.

Seit Yvonne zwölf war, haben ihre Eltern an dem Palazzo protzo gebaut, in dem sie jetzt wohnen. Geld, Freizeit und viel schweißtreibende – eigenhändige – Arbeit stecken drin, sagt Yvonne.

Aber kaum waren die letzten Stücke indischer Schiefer über der Fußbodenheizung endlich verlegt, die Halogenspots in die Decken geschraubt, die maßgefertigten Duschkabinen neben den extragroßen Badewannen montiert, stellte sich heraus, dass der Vater an seinem Arbeitsplatz ein Verhältnis mit der dortigen Schlampe in Bereitschaft angefangen hatte.

Nun sitzt er mit ihr in einem Teil des Hauses und die Mutter benützt den anderen, und es gibt komplizierte Zeiteinteilungen, die verhindern sollen, dass die verfeindeten Parteien in der Küche (die einzige Lokalität im Haus, die es bloß in einfacher Ausfertigung gibt) oder der Doppelgarage (zwar doppelt, aber nicht wirklich auseinanderdividierbar) zusammentreffen. Wenigstens die Eingänge konnte man aufteilen: Der Vater nimmt die Vordertür, während die Mutter den Hintereingang benützt. Sie bereut übrigens schon, dass sie sich dafür entschieden hat, denn bei Schnee wird sie sich einen Weg ums Haus schaufeln müssen.

Der Plan ist, das Haus zu verkaufen und den Gewinn zu teilen, aber bis jetzt war es nicht möglich, einen Käufer zu finden, der an dem Klotz interessiert und bereit ist, den geforderten Preis zu zahlen.

Yvonne und ihr Bruder halten zur Mutter, sie finden, sie hätte sich was Besseres verdient, und außerdem begreifen sie nicht, was ihren Vater zu der ordinären Schnalle zieht, die qualmend (auch etwas, was ihre Mutter auf die Palme bringt) durchs Haus stolpert und unter würgendem Husten ihren Raucherschleim auswirft.

Ihre ältere Schwester hat sich auf Vaters Seite geschlagen, sie war schon immer sein Herzibinki, und zählt bei Bedarf tausend Fehler auf, durch die die Mutter den Vater so weit gebracht hat, sein Glück an der Seite von Frau Raucherhusten zu suchen.

Der Vater erzählt herum, dass er jetzt wieder total potent ist und dass seine Ehe vom ersten Moment an ein Fehlschlag war. Eigentlich habe man einander nie verstanden. Dass er dazu zwanzig Jahre und drei Kinder gebraucht hat, spricht nicht für eine flinke Auffassung. An ihm gemessen waren Hannes und Sophie Blitzgneißer. Immerhin etwas.

Saras Vater hatte einen Herzinfarkt, kein Wunder, wo er Tag und Nacht arbeitet, um die Alimente für Erstfrau und Erstkinder zahlen zu können. Saras Mutter hat den Erstkindern aber ordentlich die Leviten gelesen, als sie im Spital aufkreuzten. Mit 23 muss man nicht mehr studieren, außer man lässt sich extra viel Zeit, um den Daddy auszubluten. Beschränkte Seminarzulassungen sind kein Argument, man kann ja auch was studieren, was nicht überlaufen ist, wenn man schon unbedingt studieren muss, in Zeiten der Akademikerarbeitslosigkeit.

Saras Mutter sagt, sie werden jetzt alle Opfer bringen müssen, denn Saras Vater wird gezwungen sein, in Zukunft leiserzutreten. Sie überlegt sogar, ob sie ihren Mercedes verkauft, wegen der Erhaltungskosten.

Benni hat beschlossen, eine Abschiedsparty für sein Zimmer zu geben. Teresa ist auch eingeladen, kann aber nicht hingehen, weil Nora das abgesagte Abendessen mit Betty und Hannes nachholen will, und Teresa zum Babysitten verdonnert wird.

Nachher stellt sich heraus, dass es vielleicht besser so war, denn die Abschiedsparty endet damit, dass Nachbarn die Polizei holen, weil sie fürchten, dass das Lagerfeuer im Garten außer Kontrolle gerät. Als die Polizei kommt, stehen Benni und Nicki grölend davor und pinkeln hinein, was den Flammen aber nichts anhaben kann.

Im Pool liegen Flaschen, Gartenstühle und Essensreste, in Bennis ehemaligem Zimmer wurden blutige Parolen mit Ketchup an die Wand geschrieben. Man kann sie nicht mehr lesen, weil das Ketchup, den Gesetzen der Schwerkraft gehorchend, wandabwärts gesuppt ist.

Bennis Vater, der samt Freundin und Fötus auswärts war, sorgt nach seiner Rückkehr für Schadensbereinigung in jeder Hinsicht, es gibt keine Anzeige und den Nachbarn wird versichert, so was kommt nie wieder vor.

Benni kriegt allerdings Hausverbot auf unbestimmte Zeit, was ihm aber nur recht ist, denn er hatte ohnehin wenig Bock, seine Wochenenden künftig mit einem brüllenden Säugling zu verbringen.

Betty, die natürlich davon erfährt, spricht von krimineller Zerstörungswut und gratuliert sich, weil ihr sechster Sinn sie abgehalten hat, Teresa teilnehmen zu lassen. Teresa sollte ihr dankbar sein, so scheint sie in keinem Polizeiprotokoll auf. Betty tut, als wären alle, die dabei waren, jetzt vorbestraft, für wie blöd hält sie einen eigentlich? Man kann nur hoffen, dass sie von jetzt an nicht dauernd ihren sechsten Sinn ins Spiel bringt, um Teresa an Samstagabenden bei den Kleinen festzunageln. Zum Babysitten verurteilt zu werden, weil Betty mit Hannes auf die Oldie-Piste geht, ist öd genug, aber wenn das auch noch als Schutz und Schirm verkauft werden sollte, wäre das Maß des Erträglichen überschritten.

Betty sagt, an Stelle von Bennis Vater hätte sie alle Beteiligten auf Schadenersatz geklagt, aus Schadenersatz wird man klug, aber so, wenn keinem was passiert, wird keiner was draus lernen. Was die kluge Betty alles weiß, sie muss einiges auf dem Kerbholz haben, weil sie so klug geworden ist.

Lenas Mum hat einen neuen Freund, leider findet ihn Lena unsympathisch. Warum, kann sie nicht sagen, er passt einfach nicht zu ihrer Mum. Naja, also erst einmal hätte sie ihr einen attraktiveren Typ gewünscht. Und dann ist er viel zu oft da. Lena will ihrer Mum was erzählen, aber nein, das geht nicht, weil er auf dem Sofa hockt, als würde er dazugehören. Und ihre Mum sagt auf einmal, sie hat das dauernde Kochen satt. Ja, zugegeben, das behauptet sie schon ewig, aber jetzt macht sie ernst, wahrscheinlich ist das *sein* Einfluss. Lena soll mittags in der Schule essen, damit sie zu einer warmen Mahlzeit kommt.

Dann tu das doch, sagt Teresa.

Ich hasse den Schulfraß.

Teresa würde lieber den Schulfraß hinunterwürgen als Bettys Magen-Zement. Bedauerlicherweise können sie nicht tauschen.

24.

Bei Oma ist es ärmlich, aber reinlich. Omas kleine Wohnung geht über vor Gemütströdel und Erinnerungsschrott, aber ärmlich ist es doch, insofern, als das Glumpert nicht wirklich was wert ist.

Oma staubt es sorgfältig ab, wäscht Zierdecken und saugt den falschen Perser.

Trotzdem legt sich in letzter Zeit ein Grauschleier über die Wohnung, und in die Winkel schleicht sich immer mehr Lurch ein, den Oma nicht bemerkt.

Im Waschbecken kleben Haare und Zahnpastareste, der Duschvorhang beginnt zu schimmeln, das Wohnschlafzimmer riecht ungelüftet.

Oma hat es jetzt mit dem Herzen, sie sitzt viel Zeit im Wartezimmer ihrer Ärztin ab und in den Warteräumen der Ambulatorien, in die ihre Ärztin sie schickt. (Oma kann nicht wie Betty Kleinkinder vorweisen, die es eilig haben, aber selbst wenn sie ein Kind mit sich führte, fehlte ihr Bettys Chuzpe, Oma ist nur privat penetrant, sonst kuscht sie, man hat ihr den Durchsetzungswillen früh ausgetrieben.)

Ihre Ärztin, das klingt, als hätte Oma eine Ärztin speziell zu ihrer Verfügung, aber das stimmt natürlich nicht, Omas Ärztin ist keine fürsorgliche Freundin der Familie, der Omas Gesundheit am Herzen liegt, sondern eine überlastete Kassenvertragspartnerin, der es nicht auffallen würde, schon gar nicht unliebsam, wenn Oma wegbliebe, sei es aus Trotz, sei es, weil sie tot umgefallen ist.

Dennoch, sagt Oma, ist sie froh über die Gesundheitsversorgung hierzulande, anderswo könnte sie sich eine Krankenversicherung gar nicht leisten.

Damit bringt sie Inge und Walter gegen sich auf, die unseren *Übersozialstaat* unfinanzierbar finden und für private Krankenversicherungen plädieren, ungeachtet der Tatsache, dass sie dann selber unter die Räder kämen, wie Hannes, ausnahmsweise tapfer, einwendet. Die Prämien eines strikt gewinnorientierten Unternehmens müssten steigen mit steigendem Alter, sagt Hannes. Was er nicht dazu sagt, ist, dass Walters Pension bei weitem nicht so hoch ist, wie er und Inge gerne vorgeben. Inge und Walter lassen sich jedoch nicht beirren in ihrer Abneigung gegen die öffentliche Wohlfahrt; indem sie sich mit den Reichen solidarisieren, vergessen sie ihre beengte Lage und fühlen sich aufgenommen in den Kreis der Erfolgsverwöhnten.

Inge und Walter haben einmal eine Führung durchs Weiße Haus mitgemacht. Sie reden mittlerweile davon, als wären sie bei Bush senior (der war damals Präsident) zum Dinner gewesen. Vielleicht ist es für sie ja wirklich fast dasselbe. Auch eine Begabung.

Jedenfalls fängt Oma infolge zunehmender Herz-Kreislauf-Schadhaftigkeit an, ihren Haushalt zu vernachlässigen, und Inge sagt, sie weiß nicht, ob Betty die Kleinen noch mal dort lassen soll, sie persönlich findet, das könnte zum Gesundheitsrisiko werden.

Bei Inge und Walter ist alles tadellos hygienisch, was erstens an Inge liegt und zweitens an der treuen Frau Gerti, die schon das achte Jahr putzen kommt. Natürlich ist Frau Gertis Treue Inges Verdienst. Frau Gerti weiß, was sie an Inge hat, deshalb ist sie treu. Deshalb und weil ihre Mindestrente nicht für die Reisen reicht, die sie einmal im Jahr macht, solange sie noch rüstig ist.

Inge und Walter finden es zwar ein bisschen lächerlich, dass

Frau Gerti den Grand Canyon sehen muss, haben aber nichts dagegen, schon deswegen nicht, weil es Frau Gerti egal wäre, wenn sie was dagegen hätten.

Bei Inge und Walter könnte man die Kleinen unbekümmert lassen, trotzdem kommen die zwei lieber ins Haus, als Steffi und die Zwillinge zu sich zu nehmen. Inge ist eine begeisterte Großmutter, aber so begeistert, dass es ihr nichts ausmacht, wenn Leopold zerkaute Kekse in die Sofapolsterung einarbeitet, Ferdinand die Küchenkasteln ausräumt und Steffi Inges Opernplatten auf dem Plattenspieler Ringelspiel fahren lässt, experimentiergierig angesichts des historischen Geräts, so begeistert ist sie wieder nicht.

Hannes ist ein Bleistifte Parallelleger. Ein Bilder Geradehänger, Teppichkanten Ausrichter, Bücher in die richtige Lücke Zurückstecker. Ein Stapler, Schlichter, Verstauer, Übersicht Behalter. Gewusst wo.

Das mag damit zusammenhängen, dass er eine Kindheit und eine Jugend hindurch auf Platz sparendes Ordnunghalten trainiert wurde. Aber wahrscheinlich hat er auch ein pedantisches Naturell. Dazu muss man geboren sein, das ist nicht bloß andressiert. Man sieht es an Teresa und Carolina, beide mit ständigem Platzmangel konfrontiert in ihrer gemeinsamen Kammer, und trotzdem so verschieden: Carolina penibel, Teresa chaotisch.

Betty ist eigentlich schlampig, auch wenn sie das nicht zugeben würde. Ohne Putzfrau wäre sie aufgeschmissen. (Zur Zeit kommt Frau Gerti sauber machen, Inge hat sie gebeten, einzuspringen, bis man eine neue Kraft gefunden hat.) Betty legt Sachen irgendwohin, vergisst, wo sie was abgestellt hat, räumt ein ohne System. Ihr Dauervorhaben ist das gründliche Sortieren sämtlicher beweglichen Güter, das sie aber immer wieder aufschiebt. Im nächsten Winter, wenn man ohnehin im Haus bleibt. Nach den Feiertagen. Wenn die Zwillinge größer sind. In der Zwischenzeit bewegen sich die Güter weiter an teils unzugängliche, teils zugängliche Orte, wo man sie aber nie vermutet hätte.

Betty musste daheim, bei Inge und Walter, zwar den Tisch decken oder Salat waschen, aber ihr Zimmer wurde von einer guten Frau Gerti in Ordung gehalten, die damals Frau Hilde hieß.

Sie müsste sich eigentlich Teresa näher fühlen als der akribischen Carolina, die gewissenhaft ihre T-Shirts faltet und ohne jeden Ansatz zu einer kreativen Lösung in die dafür vorgesehenen Laden legt. Doch das Gegenteil ist der Fall. Ihr Hang zu mangelnder Ordnung schafft nicht nur keine Gemeinsamkeiten zwischen Betty und Teresa, sondern bringt Betty ganz besonders in Rage, einmal, weil Teresa sie sowieso immer in Rage bringt, und zum anderen, weil sie Kinder brauchen würde, die ihre Schlampigkeit durch Ordnungsliebe kompensieren, statt einer Mitbewohnerin, die jede Unordnung potenziert.

Teresa ist nicht glücklich mit ihrem Chaos. Dass Teresa die Vorteile systematischen Vorgehens erkennt, sieht man daran, dass sie gut in Mathe ist. In ihrem Kopf herrscht Ordnung, und gedankliche Ordnung herzustellen macht ihr durchaus Freude. Aber es krankt im Praktischen. Teresa hat einfach keine Lust, kostbare Lebenszeit in das Wegräumen von Pullovern zu investieren, ihre Fantasie auf Sparflamme zu drehen, um sich ödem Sockenzusammenlegen zu widmen, ihr Hirn mit dem Sortieren von Flizstiften zu unterfordern.

Lieber lässt sie sich regelmäßig von Betty zusammenstauchen, als täglich ein unersetzbares Quantum Lebensqualität für Aufräumtätigkeiten zu opfern.

Wenn du einmal allein wohnst, wirst du in deinem Dreck ersticken!, prophezeit Oma. Teresa ist nobel genug, es ihr nicht heimzuzahlen, indem sie weitertratscht, was Inge von Omas Sauberkeit im Haushalt denkt.

Hannes platzt wieder einmal der Kragen, er hat den Korkenzieher in der Sandkiste gefunden. Herrgott noch einmal!

Ordnung!, ruft Hannes, wie ein Ertrinkender aus wogender See. Ordnung muss sein, predigt er, Unordnung ist Verschwendung von Zeit und Ressourcen. Einmal ausmustern, was nicht gebraucht wird, nicht so viel aufheben, nicht so viel herumliegen lassen.

Teresa sagt, was *sie* aufregt, ist die Unordnung global. Sie hat erst kürzlich eine Radiosendung über Atommülllager gehört, das ist die wahre Schweinerei, all der atomare Abfall, so unsachgemäß gelagert, verstreut über provisorische Halden in erdbebengefährdeten Gebieten, nachlässig in Kavernen gestopft, wo durchs Gestein Strahlung ins Grundwasser sickert, es kommt einem so absurd vor, dieses Ausmaß an Achtlosigkeit und existenzgefährdender Schlamperei, riesige Konzerne, Regierungen, ganze Staaten dafür verantwortlich, und in all diesen Machtzentralen keine Entscheidungsträger, die begreifen (wozu man nicht einmal besonders intelligent sein muss), dass sie auch ihr eigenes Leben und das ihrer Kinder aufs Spiel setzen, wenn sie sowas zulassen. Daneben erscheint jede andere Unordnung klein und bedeutungslos.

Teresa meint es ehrlich und aufrichtig, aber Hannes fühlt sich verarscht, und Betty und Oma sind empört, dass Teresa wieder einmal frech statt einsichtig ist.

Dabei hat Teresa den Korkenzieher ganz bestimmt nicht

in den Sand gesteckt, diese Fehlplatzierung haben Betty oder Oma zu verantworten, die achtlos nicken, wenn Steffi fragt: *Kann ich das haben?*, um anschließend Keksformen, Suppenteller oder Kuchengabeln zwecks Zweckentfremdung in den Garten zu schleppen.

Eigentlich ist Teresa ihnen zu Hilfe gekommen, aber das checken sie nicht.

25.

Du bist zu kopflastig, Resi, sagt Sophie.

Die dumme Nuss ist offenbar auf dem Esoteriktripp, denn sie hat ihre Schuhe ausgezogen, tänzelt barfuß über den Waldboden und umarmt Bäume.

Spürst du die Energie?, fragt sie. Bäume sind Energiequellen, Resi.

Teresa starrt sie an wie ein mäßig gefährliches Wildtier, vor dem man auf der Hut ist, auch wenn es keine lebensbedrohlichen Kräfte zu haben scheint.

Was ist?, fragt Sophie. Lass dich gehen! Du musst dich entspannen. Die Energie muss durch dich hindurchfließen, weißt du.

Menstruierst du neuerdings mit der Mondin?, fragt Teresa.

Was?

Sophie sieht nicht aus, als wüsste sie, was gemeint ist. Typisch für sie. Sie kennt keine Hintergründe. Sie schnappt ein paar Parolen auf, plappert sie nach, und das war's dann.

Sie stand vor der Schule, unbefangen, und sagte: Komm mit, Resi, wir fahren ins Grüne. Wie Lorelai aus den *Gilmore Girls*, die der beste Kumpel ihrer Tochter ist. Nur dass Sophie und Teresa keine Mutter-Tochter-Freundschaft pflegen.

Teresa schaute sich um, ob irgendwo Edwins Auto lauerte, aber weit und breit: kein Edwin, weder in einem Auto noch sonstwo.

Was tun wir im Grünen?

Sophie wedelte Teresas Mißtrauen ungeduldig mit beiden Händen weg. Frag nicht so viel. Du bist immer so umständlich.

Natürlich kam sie nicht auf die Idee, Teresa könnte was anderes zu tun haben. In den Nachmittagsunterricht zu gehen beispielsweise, oder in die Klavierstunde. Oder nach Hause, zum Mittagessen.

Ich habe aber Nachhilfe, sagte Teresa.

Oho, Resi, rief Sophie lachend, du wirst doch nicht auf einmal in meine Fußstapfen treten? Bei mir hat die ganze Nachhilfe nichts geholfen, das kann ich dir gleich sagen.

Ich kriege nicht Nachhilfestunden, ich gebe welche, erklärte Teresa kühl.

Sophie schnitt eine Grimasse. Hätte ich mir denken können. Wie ich zu dir komme, ist mir ein Rätsel.

Omi und Opi wissen auch nicht, wie sie zu dir kommen.

Ja, aber die haben ja noch die mustergültige Gabi. Nur ich … Du bist mein einziges Kind. Vielleicht sollte ich noch eins kriegen, damit ich eins habe, das mir ähnlich ist.

Teresa musste dreingeschaut haben wie vom Schlag gerührt, denn sie lachte laut. Ein Scherz, Resi! Ich bin nicht schwanger, und ich will's auch nicht werden … glaube ich.

Teresa rief Philipp an, um die Mathestunde abzusagen, was ihn nicht weiter kränkte, und eine Ersatzstunde zu vereinbaren, was schwieriger war, weil auf seinem Terminkalender schon großräumig *Freizeit-Freizeit-Freizeit* stand. Danach meldete sie sich bei Betty und kündigte an, dass sie später komme, weil Philipp zwei extra Nachhilfestunden benötige. Ihr die Wahrheit zu sagen, schien ihr nicht klug, Betty würde – nicht zu Unrecht – finden, Sophie könne nicht einfach aufkreuzen und Teresa nach ihrer Pfeife tanzen lassen.

Sie ärgerte sich ja selber, dass sie genau das tat.

Wann wirst du lernen, wenn du dauernd Nachhilfestunden gibst?, fragte Betty.

Das geht sich schon aus.

Das sagt sich leicht. Wenn es sich nicht ausgeht, ist es zu spät.

Betty kann es nicht lassen. Immer wieder behandelt sie Teresa als schulischen Problemfall, obwohl Teresa noch nie einer war. Betty sagt, eben deswegen ist es nie so weit gekommen. Sie macht das nur, damit es nicht so weit kommt. Vorbeugend ergeht sich Betty in düsteren Prophezeiungen. Sie vertraut Teresa nicht, obwohl Teresa bis jetzt keinen Anlass geliefert hat, an ihren Schulleistungen zu zweifeln. Betty hat noch nie mit Teresa gelernt, geübt oder sie auch nur Vokabeln abgeprüft. Das könnte sie gar nicht, dazu hätte sie nicht die Zeit. Ihr Beitrag zu Teresas Schulerfolg sind Warnungen und skeptische Vorhersagen, die auf der Annahme beruhen, dass Teresa im Grunde ihres Charakters pflichtvergessen ist.

Es ist verblüffend, wie beharrlich Erziehungsberechtigte von Unterstellungen ausgehen. Sie sehen dir mutmaßliche Eigenschaften an, aus welchen Gründen auch immer, und stellen ihre Behandlung darauf ab, blind für die Realität.

Betty sieht Teresa als potentiell gefährdete Schülerin und verhält sich dementsprechend.

Nickis Mutter geht davon aus, dass sich Nicki schon noch als der lernbegierige, verlässliche Typ entpuppen wird, den sie verzweifelt in ihm vermutet, und fällt auf alle seine Ausreden rein.

Erstaunlich, wie sie es letztlich doch schaffen, den häuslichen Erwartungen auszuweichen und sich einen authentischen Charakter zu bewahren.

Und nun hüpft Sophie vor ihr her durch den Wienerwald, umarmt wehrlose Bäume und schwatzt was vom Einklang mit der Natur. Als Jüngerin der Lehre vom Einklang mit Gucci war sie lustiger.

Ich hab Hunger, sagt Teresa.

Du musst in dich hineinhorchen und in deinen Bauch hineinatmen, so, ganz tief.

Wozu?

Damit kriegst du dein Hungergefühl in den Griff.

Ich will mein Hungergefühl nicht in den Griff kriegen, ich will was essen.

Sophie schneidet eine belästigte Grimasse. Du bist mühsam, Resi.

Teresa überlegt verbittert, wie sie sich das nächste Mal dazu bringen kann, Sophie einfach vor dem Schultor stehen zu lassen. Falls es ein nächstes Mal gibt.

Betty hat Hannes erst gestern Abend wieder angestachelt, von Sophie Unterhalt für Teresa einzutreiben.

Da ist nichts zu holen, sagte Hannes, das haben wir doch schon versucht.

Dann soll dieser Edwin einspringen. Oder ist das in *seinen Kreisen* nicht üblich, dass man einspringt, wenn die Frau Schulden hat?

Sie sind doch noch gar nicht verheiratet.

Ja, komisch, nicht? Wann ist denn nun diese ominöse Hochzeit?

Keine Ahnung, sagte Hannes.

Ich weiß es auch nicht, rief Teresa aus der Küche, von wo sie sich ein Glas Milch geholt hatte. Sie mischte sich nur ein, um ihnen klar zu machen, dass sie ihr Gespräch mitanhören hatte müssen. Sie dachte, das würde ihnen unangenehm sein. Aber offenbar war es ihnen egal.

Hannes rief lediglich zurück: Ehrlich gesagt, mich interessiert das gar nicht!

Sie sitzen in einem Heurigengarten, mit Blick auf Weinberge, Teresa isst Geselchtes und Erdäpfelsalat, Sophie trinkt einen Gespritzten.

Am Nebentisch eine Familie mit zwei Kindern, das kleinere, ein Mädchen etwa in Leos und Ferdis Alter, wackelt zu ihnen herüber. Sofort zieht Sophie eine Riesenshow ab, rutscht von ihrer Bank, geht vor dem kleinen Ding in die Hocke, lächelt, kichert, kitzelt und kann sich gar nicht mehr einkriegen vor kinderliebem Entzücken.

Der Kindesvater, ein ausnehmend attraktiver Typ, stiefelt auf langen Beinen an ihren Tisch und fängt sein Junges ein. Er legt es sich über die Schulter, und während es dort oben zappelt, muss er Sophie schnell noch Rede und Antwort stehen. Er betet die Kindesdaten her: Alter in Monaten, Vornamen, wie viele Zähne.

In *dem* Alter sind sie hinreißend, säuselt Sophie, als verstünde sie was davon.

In *dem* Alter war Teresa, als Sophie nächtelang nicht heimgekommen ist, woran sie sich zwar nicht erinnern kann, was sie aber erzählt bekommen hat. (Außerdem erinnert sie sich an andere Nächte, in denen Sophie nicht heimgekommen ist, die Routine, mit der sie wegblieb, legt jahrelange Vorübungen nahe.)

Seit wann interessierst du dich für Kinder?, fragt Teresa gedämpft, als der fesche Vater samt Klein Paula halbwegs außer Hörweite ist.

Sophie schaut erstaunt. Immer schon. Wieso?

Teresa öffnet den Mund und schließt ihn wieder. Spielerisch nimmt sie ihr Messer und hackt den Fettrand vom Geselchten, den sie übrig gelassen hat, akribisch in kleine Stücke.

Sophie beobachtet sie und lehnt sich dann entspannt zurück.

Weil sie sich der Befürchtung nicht erwehren kann, dass demnächst Edwin hinter einem Busch hervorspringen wird, entschließt sich Teresa schließlich, den Stier bei den Hörnern zu packen und fragt: Wie geht es deinem Bräutigam?

Sophie, das Gesicht sonnenwärts gewandt, lässt ihre Zungenspitze über ihre Unterlippe gleiten, bevor sie sagt: Ich glaube, nicht so gut.

Teresa wartet ab.

Sophie setzt sich auf, schaut Teresa an und bemüht sich, ein zufriedenes Lächeln hinter einer schuldbewussten Miene zu verstecken.

Mit Edwin ist es in letzter Zeit nicht mehr so gut gelaufen, sagt sie, ihr Weinglas drehend.

Ja?

Er war irgendwie … alt, findest du nicht?

Ist er tot?

Nein! Wie kommst du darauf?

Du sagst, er *war* alt.

Das sagt man so, wenn etwas vorbei ist.

Weil Teresa schweigt, redet sie weiter.

Seine Kinder sind ja nicht viel jünger wie ich. Und er hat *Enkel*!

(Jünger *als*! *Als*! Kann sich dieses Spatzenhirn nicht mal sowas Einfaches merken?)

Du magst doch kleine Kinder so gern! In sarkastischem Ton.

Sarkasmus ist an Sophie verschwendet.

Ja, aber ich bin doch keine *Großmutter*! Großmutter wie *aussätzig*.

Sie nimmt einen Schluck aus ihrem Weinglas.

Heißt das, du heiratest Edwin nicht?, fragt Teresa mit plötzlich klopfendem Herzen.

Genau. Heißt es. Die Hochzeit ist abgeblasen.

Sie kichert.

Teresa sitzt da, schaut auf die Weinstöcke, die strammstehen vor ihr, und fühlt sich auf einmal luftballonleicht.

Sie merkt, wie sie grinst. Ha! Auf ihre Art ist Sophie ja doch zuverlässig. Da kann man sagen, was man will. Immerhin.

Sie geht hügelabwärts, beschwingt, als Sophie beiläufig hinwirft: Ach, und außerdem hab ich mich verliebt.

Na klar.

In wen?, fragt Teresa.

Hartmut Dietzl.

Ist das dieser Regisseur?

Ja.

Der ist doch ein furchtbarer Aufreißer, oder?

Sophie gluckst glücklich, als sie antwortet: Er ist süß. Er sagt, so ernst war es ihm noch nie. Naja, das sage ich auch immer. Meistens. Oft. Aber er ist einfach süß. Er sagt, er will ein Kind von mir.

Sie kichert wieder.

Teresa bleibt stehen. Sie starrt Sophie an.

Sophie bemerkt es nicht. Sie ist damit beschäftigt, in Gedanken an Herrn D. innig vor sich hin zu lächeln und waldfeeartig durchs Gebüsch zu wandeln.

Ich hab gesagt, ich überlege es mir, berichtet sie. Sie hält Zweige beiseite, um sich an Teresa vorbeizuschieben.

Dann fährt sie fort: Vielleicht überlege ich es mir ja wirklich. Warum auch nicht?

Teresa lehnt sich gegen den nächsten Baum.

Er gibt null Energie her.

Elfriede Hammerl

Der verpasste Mann

Roman

264 Seiten. Deuticke 2004

Was wäre gewesen, wenn …? Klassische Frage. Meistens nicht beantwortbar. Anders für Marie. Sie erfährt eines Tages, was gewesen wäre, wenn … Und kriegt die Chance, eine alte Entscheidung zu korrigieren. Soll sie in ein anderes Leben umsteigen?

Marie hat sich seinerzeit gegen den aufregenden Paul und für den zuverlässigen Hans entschieden. Und zweifelt seitdem daran, ob die Entscheidung richtig war. Zumal sich Hans zu einem unzufriedenen Nörgler entwickelt hat, der ihr wie ein Klotz am Bein hängt. Da taucht plötzlich der geheimnisvolle Onkel Gregor auf und bietet ihr an, in einen Tag aus ihrem verpassten Leben mit Paul zu schauen.

»Der wunderbare Wortwitz, der sowohl die Dialoge als auch die Beschreibungen der Charaktere auszeichnet, und die spritzig-fließende Sprache machen schmunzeln. Gesellschaftspolitische Frauenproblematik in leicht sprudelnde Ironie umzuwandeln, das ist das Talent der Elfriede Hammerl. Dieses Buch jedenfalls zählt zu den wenigen, die frau nicht weglegen möchte, bevor sie ausgelesen sind.«

diestandard.at

»Was sollte eine Frau tun, wenn sie glaubt, den falschen Mann geheiratet zu haben? Flüchten!«

Für Sie